PANIC SNAP

Für meine Liebsten!

NALA MARTIN

PANIC SNAP

EROTISCHER ROMAN

ANAIS

INHALT

EIN JAHR ZUVOR

»Ich geh schon!«, rief Sharon leise. Sie wusste bereits, was sie erwarten würde, wenn sie die Eingangstür öffnete. Sie atmete tief ein, griff nach der Türklinke und drückte sie nach unten.

»Moin!«, rief einer aus dem Trupp der vielen Helfer, die alle sofort ins Haus stürmten, direkt an Sharon vorbei, ohne sie zu beachten.

Sharon hörte, wie Patrick die Aufgaben verteilte.

»Die hier!«, sagte er und deutete auf einige Kisten, die an der Wand standen. »Das hier kommt auch mit. Und das hier«, fuhr er fort.

Sharon schluckte die aufkommenden Tränen hinunter, vorbei an dem dicken Kloß in ihrem Hals.

So fühlt es sich also an, dachte sie.

Sie ging ins Wohnzimmer, sah, wie es sich verändert hatte. Seinen Computer hatte er als Letztes abgebaut, gestern Abend noch, ehe er die Nacht wieder auf der Couch verbrachte. Seit Wochen schlief er schon nicht mehr im gemeinsamen Bett. Anfangs hatte sie sich Nacht für Nacht in den Schlaf geweint. Leise, ohne dass er es gehört hatte.

Der Platz auf dem Schreibtisch war nun leer. Staub hatte sich angesammelt. Katzenhaare, Flusen, Krümel. Sie würde die letzten Spuren seiner Anwesenheit später mit dem Staubsauger entfernen.

Sein lederner Schreibtischsessel war weg. Die Helfer hatten ihn schon in den Lkw verfrachtet. Sie konnte sich noch erinnern, wie er ihn damals mitgebracht hatte. Ein riesiges schwarzes, schweres Ungetüm. Ihre kritischen Blicke quittierte er damals mit: »Ich häng an diesem Sessel. Er ist so gemütlich.«

Sie hatte ihn gewähren lassen, und ja, er hatte recht: Dieser Sessel war unglaublich gemütlich. Sie hatte gerne darauf gesessen.

Patrick geht!, hämmerte es in Sharons Kopf.

Ihre Augen füllten sich mit Tränen.

Um nicht im Weg zu stehen, setzte sie sich auf die Couch, zog ihre Knie an ihren Körper und schlang ihre Arme darum, als wäre es das Einzige, woran sie sich klammern könnte.

Die letzten Wochen seit sie und Patrick sich getrennt hatten, hatte sie sich immer gefragt, wie es sich wohl anfühlen würde, ohne ihn zu leben. Ob sie unvollkommen wäre? Was würde ihr fehlen? Konnte man sich an eine solche Veränderung gewöhnen?

Das Leben mit Patrick hatte ihr immer Spaß gemacht. Sie hatte diesen Mann geliebt. Nicht vom ersten Tag an, nein, und auch nicht bis zum letzten Tag. Aber die Tage, die sie ihn geliebt hatte, waren intensiv, spannend, lustig, voller Höhen und Tiefen gewesen.

Sie hätten sich auseinandergelebt, hatte Patrick gesagt.

Er war eines Abends nach Hause gekommen, hatte sie zum Gespräch ins Wohnzimmer gebeten. Sie hatten sich auf die Couch gesetzt. Sharon hatte schon den ganzen Tag über ein schlechtes Gefühl gehabt, ein Gefühl, das ihr sagte, dass sich etwas verändern würde.

»Es passt nicht mehr«, hatte er dann gesagt, ihr in die Augen gesehen und sie gemustert. Er hatte sie nicht berührt, nicht in den Arm genommen. Er hatte sie einfach nur angesehen.

Ihre unruhige, teilweise hyperaktive und verwirrende Art, die er früher akzeptiert hatte, war für ihn unerträglich geworden. Aber auch seine Witze, über die sie früher gelacht hatte, waren abgenutzt und nicht mehr lustig. Am meisten jedoch störte ihn, dass Sharon nicht reden konnte. Nein, das war natürlich falsch ausgedrückt: Sharon konnte reden, und das machte sie gut. Aber sie sprach selten über das, was sie wirklich fühlte und vor allen Dingen wollte. Sie hielt ihre Bedürfnisse an der falschen Stelle eisern unter Verschluss. Und das war für Patrick unerträglich geworden.

Sharon beobachtete, wie Patrick vor der Wohnzimmertür stehen blieb und mit einem der Umzugshelfer sprach. Sie stellte fest, wie abgekämpft er aussah. Wie müde und erschöpft er wirkte. Erschöpft von ihr, von seinem derzeitigen Leben mit und ohne sie. Er wollte nur noch weg und dem Ganzen ein Ende bereiten.

Aber auch wenn sie sich nun trennten, so würde Patrick immer ein Teil ihres Lebens bleiben, nicht nur in der Vergangenheit, auch in der Zukunft. Sie kannte das schon. Es war nicht die erste Trennung von einem Mann, der dennoch Teil ihres Lebens blieb. Denn Simon, das war Sharons und Patricks gemeinsamer Sohn, und Fi,

Sharons Tochter, die irgendwie auch Patricks Tochter war, würden die Hälfte des Monats bei Patrick verbringen.

Sie könne dann ja, hatte er gesagt, arbeiten, soviel sie wolle.

Sharon wusste, dass er eine Schwachstelle erwischte. Sie hatte angefangen, auf selbstständiger Basis zu programmieren, und einige wirklich zeitintensive Großkunden an Land gezogen. Diese Kunden waren der Grund, warum Sharon das Haus alleine halten konnte. Patrick wollte es nicht übernehmen und Sharon sich auf keinen Fall davon trennen. Also überschrieb er ihr seinen Teil des Hauses, die beiden vereinbarten eine Abtretungssumme und nun lag die Verantwortung dafür auf Sharons Schultern.

Patrick sah Sharon auf der Couch sitzen und beobachtete, wie sie weinte. Er hatte Mitleid mit ihr, wusste, wie heftig die Trennung sie aus dem Sattel gerissen hatte. Sharon war ein Gewohnheitstier. Veränderungen verkraftete sie oft nur sehr schwer und es dauerte lange, bis sie sich an etwas gewöhnt hatte. Patrick war immer ihre Basis gewesen, ihr Ruhepunkt, wenn sie wieder rastlos war. Jetzt würde dieser Ruhepunkt wegbrechen. Patrick sorgte sich darum, was mit Sharon passieren würde, wenn er nicht mehr an ihrer Seite wäre. Aber andererseits, dachte er, läge es nicht mehr in seiner Verantwortung. Sharon war alt genug, ihr Leben selbst in den Griff zu bekommen. Sie war alt genug, sich eine neue Basis zu suchen, an der sie Kraft tanken konnte.

»Vorsicht. Hier sind Gläser drin!«, rief Patrick einem Helfer zu, ehe er zu Sharon ging.

Sie weinte, Tränen liefen unablässig über ihre Wangen.

»Warum?«, fragte sie verzweifelt.

»Ach Süße«, sagte Patrick und schloss sie in seine Arme. Es war nicht so, dass er sie nicht mehr mochte oder gar hasste. Im Gegenteil, er hatte Sharon immer noch furchtbar gerne. Aber er liebte sie nicht mehr. Es war eigentlich ganz einfach. Das Unerklärliche hatte immer so einfache Antworten.

Er griff in seine Hosentasche und zog ein Taschentuch hervor. Er hatte gewusst, dass der Abschied schwer werden würde für Sharon.

Seit dieser Sache mit Dave hatte sie sich verändert. Sie hatte sich verkrochen, war zwar sehr emotional, aber sie staute ihre Gefühle auf. Anstatt darüber zu reden, brachen sie einfach irgendwann aus ihr heraus. Unkontrolliert und ungebremst. Etwas, was ihn überforderte. So wie jetzt. All die Wochen zuvor hatte sie keine Anzeichen gezeigt, dass die Trennung sie so sehr belastete. Hatte ihr Leid in sich gesammelt, gehortet und bewacht wie einen Schatz. Und jetzt kam alles hoch. Ausgerechnet jetzt, wo es so gar kein Zurück mehr geben konnte.

Patrick beobachtete sie eindringlich. Er wusste aber, dass es bei Sharon keine Nachwehen geben würde, die er mitbekommen würde. Sobald er durch die Tür wäre, würde sie nach außen hin in einen kalten, berechnenden Modus fahren. Diesen Modus würde sie so lange halten, bis auch ihr Gefühlsleben wieder stabil war. Nervende SMS, nächtliche Anrufe oder spontane Besuche, damit würde er nicht rechnen müssen. In diesem Punkt war seine Exfreundin konsequenter und zielgerichteter als einige andere Frauen, die er kannte. Hier war sie zu stolz, um sich die Blöße zu geben, jemandem nachzulaufen, der sie nicht haben wollte.

Doch es war eben auch genau dieser Stolz, der ihn zu seiner Trennung zwang. Ihr Stolz, nicht allzu viel über sich und ihre Gefühle preiszugeben. Ihr Stolz, ein Scheitern zu verstecken. Ihr Stolz, immer bis zum bitteren Ende jeden Weg alleine gehen zu wollen. Anfangs hatte Patrick gedacht, dass sie es allen beweisen wollte, dass sie es alleine schafft. Aber das stimmte nicht. Dazu war ihr Triumph zu klein. Mittlerweile war er sich sicher, dass sie es sich selbst beweisen wollte und musste. Dass sie gleichzeitig ihr engster Freund und schlimmster Feind war. Er wusste auch, so gut kannte er sie bereits, dass sie nach dem ersten Schock der Trennung innerlich die Ärmel hochkrempeln würde und sich wahrscheinlich so etwas sagen würde wie: Wäre ja gelacht, wenn ich das nicht auch schaffe.

Er sah sie an.

Er kannte sie in- und auswendig. Jede Regung ihres Gesichts verriet ihm, was los war. Sie war lesbar wie ein Buch, geschrieben in einer fremden Sprache. Hatte man die Sprache erst gelernt, konnte man es lesen. Was aber nicht hieß, dass man es auch verstand.

Es gab Dinge an ihr, die änderten sich nie. Ihr Haare zum Beispiel waren seit jeher rot. Lang und rot. Ihre Lippen schienen immer zu rufen: »Küss mich!« Und er hatte sie gerne geküsst. Ihre Augen, die so neugierig und gleichzeitig so kritisch in die Welt sahen. Sharon war immer perfekt gewesen für Patrick. Und er für Sharon. Vielleicht waren sie zu perfekt füreinander?

»Wir sind dann fertig!«, rief einer der Helfer, der ins Wohnzimmer gekommen war.

Sharon nickte, obwohl der Satz an Patrick gerichtet war. Der Helfer wollte noch etwas sagen, bemerkte dann aber, dass der Moment der falsche war. Er schwieg und verließ den Raum.

»Wenn ich noch etwas vergessen habe ...«, weiter kam Patrick nicht, denn seine Stimme versagte. Er hatte nicht erwartet, dass es doch so schwer werden würde für ihn.

»… dann ist es nicht aus der Welt«, sagte Sharon leise. Da war er wieder. Ihr Zwang, Angefangenes zu beenden. Angefangene Sätze konnte Sharon nicht stehen lassen. Sie musste sie beenden.

»Okay. Dann geh ich jetzt. Nächsten Freitag hole ich dann das erste Mal die Kids. Direkt aus der Schule und aus dem Kindergarten, in Ordnung?«

Sharon nickte.

Die beiden waren gerade bei Sharons bester Freundin, Kathi, damit sie das Drama des Auszugs nicht miterleben mussten.

Patrick wollte den Schlüssel fürs Haus vom Schlüsselbund abmachen, doch Sharon winkte ab.

»Ein anderes Mal«, erklärte sie mit erstickter Stimme. Sie konnte sich kaum noch zurückhalten, wusste, jedes weitere Wort würde ihre Tränenschleusen öffnen. Der Kloß in ihrem Hals erschien ihr unerträglich. Am liebsten würde sie ihm um den Hals fallen, ihn anbetteln, zu bleiben.

»Tschüss«, sagte Patrick leise, überlegte, ob er sie noch in die Arme schließen sollte. Er entschied sich, es zu lassen.

»Tschüss«, flüsterte Sharon, und das war das Wort zu viel. Ihre Augen füllten sich unkontrolliert mit Tränen und sie konnte nichts mehr sehen. Sie schluchzte auf und schloss die Tür. Und während er in den Wagen einstieg und ihn startete, sank Sharon weinend an der Tür zu Boden.

Dort saß sie eine ganze lange Weile. Die Stille um sie herum beruhigte sie eigenartigerweise. Patrick hatte einen Teil von ihr mitgenommen. Die Angst vor der Zukunft war leider nicht dabei gewesen. Sie saß in ihr, tief und fest verankert.

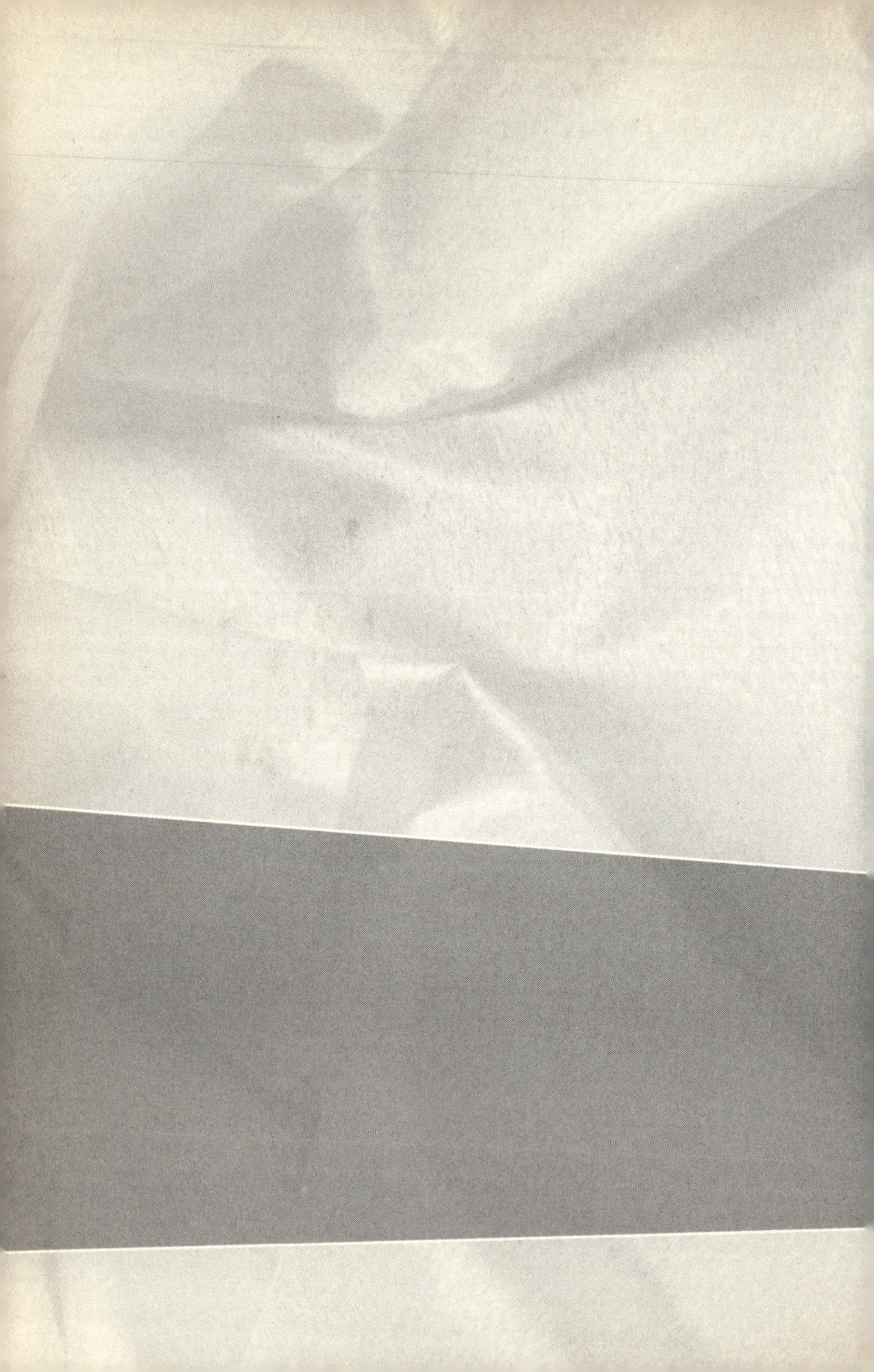

SHARON

Aufwachen Sharon, heute ist der erste Tag deines neuen Lebens!«, rief mein Engelchen aufgeregt.

»Ja los, raus aus den Federn, faule Socke!«, rief mein Teufelchen.

Engelchen und Teufelchen waren sozusagen das Gimmick, welches mir mein Erschaffer mit auf den Weg gegeben hatte. Ähnlich einer lustigen, aber völlig unbrauchbaren Beilage in einem Comicheft, musste ich sie tolerieren. Sie waren einfach dabei, steckten in mir drin und mich teilweise mit guten, manchmal aber auch mit weniger guten Ideen an. Engelchen verkörperte dabei gerne meine moralische, anständige und ordentliche Seite, die nur mit Netz und doppeltem Boden spielte. Es hielt mir eine Standpauke, wenn ich unrechte Dinge dachte, sagte oder tat.

Mein Teufelchen hingegen stand für all die Dinge, die ich mir zu tun wünschte, aber selten den Mut hatte auszuleben. Mein Teufelchen war immer vorne und hielt mich dazu an, etwas egoistischer zu sein und ab und zu die politische Korrektheit und einige Hemmungen schlichtweg über Bord zu werfen. Letztlich mochte ich die beiden, ich hatte gelernt, mit ihnen und ihren Extravaganzen zu leben. Sie waren die Schuldigen, die mich zu einem eigenartigen, wenn auch irgendwie liebenswerten Wesen machten.

Ich war längst wach, tat aber gerne noch so, als wäre ich tot oder würde zumindest noch schlafen. Ich gähnte herzhaft und streckte meine Arme.

Der erste Tag meines neuen Lebens? Der fängt ja genauso an wie der letzte Tag meines alten Lebens!, dachte ich zynisch.

Ich warf einen Blick auf meinen Wecker, der friedlich neben mir tickte. Er sah so unschuldig aus, tat keiner Seele etwas zuleide, bis …

Weiter kam ich mit meinem Gedanken nicht, denn dieses grauenvolle technische Wunderwerk klingelte. Ich schlug einmal auf ihn drauf und er hörte auf. Eiligst stieg ich aus dem Bett und ging direkt in den Wohnraum. Meine beiden Kinder waren schon wach und saßen, wie sollte man es anders meinen, vor dem

Fernseher. Ein Machtwort meinerseits, ein maulendes Raunen ihrerseits und schon war die Situation geklärt und beide setzten sich artig an den Küchentisch, um ihr Frühstück zu essen. Immerhin duldete ich derartiges Verhalten nicht, wenn Schule oder Kindergarten anstanden.

Vor einem Jahr ist Patrick ausgezogen, dachte ich, als mein Blick auf den Familienplaner fiel, in dem genau eingetragen war, welche Zeiten wie und bei wem verplant waren. Den Hauptteil meiner Zeit beanspruchten meine Kinder. Im 14-Tage-Turnus waren sie bei mir und während dieser Zeit hatte ich volles Programm. Neben Schule und Kindergarten standen Vereine auf der Tagesordnung. Kindergeburtstage, Veranstaltungen und sonstige »ganz dringliche« Termine, die man so als alleinerziehende Mutter unbedingt in seinem Terminplaner haben musste.

Fiona, meine Tochter, pflegte nicht nur einen großen Freundeskreis, sie hatte auch kostspielige Hobbys wie Reiten und Tanzen. Außerdem besuchte sie einmal in der Woche einen Selbstverteidigungskurs. Ich war immer wieder aufs Neue beeindruckt, wie selbstständig sie schon war.

Simon, mein kleiner Sohn, hatte sich im Kindergarten ein soziales Netz aufgebaut, und selbst in diesem Alter gehörte es bereits zum guten Ton, sich miteinander zu verabreden und die Nachmittage miteinander zu verbringen.

Die beiden Geschwister waren in der Regel ein Herz und eine Seele. Üblicherweise setzten sie sich füreinander ein. Nur wenn es um das letzte Stück Kuchen oder Schokolade ging, brach ein erbitterter Krieg unter ihnen aus, der in regelmäßigen Abständen mit einer pädagogisch fragwürdigen Maßnahme meinerseits endete: Keiner bekam etwas davon, beide Kinder verzogen sich schmollend in ihre Zimmer und ich gönnte mir genüsslich das umstrittene Objekt der Begierde.

Auf dem Küchentresen vor mir lag die Post. Nicky liebte es, unseren Briefkasten auszuräumen, und machte das jeden Morgen vor dem Frühstück. Ein Brief von einer Versicherung war darunter und dann war auch noch eine Nachzahlung ans Finanzamt fällig.

Vor einem halben Jahr hatte ich einige meiner wichtigsten Kunden verloren und jetzt war ich so gut wie pleite. Ich schaffte es zwar, die laufenden Kosten zu decken, aber einfach war das nicht. Ich hangelte mich zwischen Mahnungen und Rechnungen durch, schob mein Geld von hier nach dort. Und jeden Tag konnte ein Posten eintrudeln, mit dem ich nicht gerechnet hatte. Schon eine kleine Reparatur am Auto oder am Haus konnte und würde mir zielsicher das finanzielle Genick brechen.

Ich ärgerte mich darüber und so manche Nacht blieb ich schlaflos, aber ich war nicht bereit, mein geliebtes kleines Häuschen aufzugeben. Es war zwar klein und nur ein Bungalow, aber es war meins. Und ich hatte fast alles im Haus mit Patrick gemeinsam gebaut. Kampflos würde ich das Haus niemandem überlassen.

Ich hatte wochenlang versucht, neue Kunden zu finden, mit denen ich die Lücken hätte schließen können. Ich hatte wie wild Klinken geputzt, hatte Energie, Zeit und Geld in Werbemaßnahmen gesteckt, aber es hatte nichts geholfen. Ich war nun kurz vor dem Ende der Fahnenstange und ich brauchte Geld. Das war mein zentrales Thema geworden und es frustete mich enorm.

Ich drängte meine Kinder zur Eile. Die beiden spülten ihre Brote mit Kakao hinunter und rannten in ihre Zimmer, um sich anzuziehen. Ich stellte meine heiß geliebte Kaffeemaschine an und legte ein passendes Pad ein. Während der Kaffee in meinen Kaffeebecher lief, ging ich hinüber zu meinem Schreibtisch und stellte meinen Laptop an.

»Mama, Hilfe!«, hörte ich meinen Sohn und sah, wie er mir entgegenkam. Er hatte sich in seinem Pullover verheddert. Ich half ihm dabei, seine Gliedmaßen zu sortieren und den Pullover ordentlich anzuziehen. Dann schickte ich ihn ins Badezimmer.

Ich hörte, wie meine Kinder stritten, wer zuerst ans Waschbecken durfte. Meine Tochter schrie, mein Sohn heulte kurz auf.

»Hey!«, rief ich. »Vertragt euch!«

Ich packte in Ruhe ihre Koffer, denn ab heute Nachmittag würden sie bei Patrick bleiben für die kommenden 14 Tage. Und für mich startete damit mein neues Projekt, um wieder Geld in die Kassen zu spülen.

Ich hatte mich lange mit meiner Freundin Kathi beraten, was ich denn tun könnte, um an Geld zu kommen. Nachdem für mich die Vorschläge meines Teufelchens, eine Bank zu überfallen oder einen uralten, steinreichen Kerl zu heiraten und ihn (an dieser Stelle verhinderte ein lautes »Piep« von meinem Engelchen, dass ich hören konnte, was ich mit ihm hätte machen sollen), nicht infrage kamen, mussten wir uns eine realistische Art und Weise überlegen, wie ich schnell zu Geld kommen konnte.

Also kam ich auf die Idee, mich wieder ins Studio zu setzen und durch die Laufkundschaft meine finanziellen Mittel zu erhöhen. Ich rechnete durch, auf welchen Schnitt ich kommen müsste, um in Ruhe leben zu können, und legte einen Zeitplan fest. Ich würde zwei Wochen fest im Studio arbeiten und nebenbei programmieren. Die andere Hälfte des Monats würde ich hauptsächlich Datenbanken programmieren und nebenbei mal ins Studio fahren, um den ein oder anderen Termin mit künftigen oder ehemaligen Stammgästen zu machen.

Ich durchforstete den aktuellen Markt und stellte fest, dass es kaum noch klassische Dominas gab. Nahezu alle waren berührbare Bizarrladys geworden, viele von ihnen spielten auf beiden Seiten, waren also auf der aktiven Seite Domina, auf der passiven Seite Sklavin oder Zofe. Ich fragte mich, ob man Männer tatsächlich noch mit meinem hinterlistigen Trick locken konnte. Ich hatte früher gerne getönt, dass ich auch als unberührbare Domina Sex mit meinen Gästen hatte, aber eben nur dann, wenn ich das auch wirklich wollte. Das war dann so gut wie nie vorgekommen, denn das Gros der Gäste passte einfach nicht in mein optisches Beuteschema. Außerdem gab es wenige Männer, die mich in ihrer passiven Neigung so sehr reizten, dass ich sie direkt in mir spüren wollte.

Kathi fand meine Idee überhaupt nicht gut, musste dann aber nach viel Gezeter ihrerseits gestehen, dass sie leider über keine bessere verfügte. Und so telefonierte ich mit Andrea, einer alten Bekannten und ehemaligen Kollegin von mir, die seit einigen Jahren ein eigenes Studio in Hamburg hatte. Sie freute sich sehr, von mir zu hören, und bot mir an, zu ihr zu kommen und einfach auszuprobieren, ob das denn noch mein Ding wäre. Ich war verwöhnt gewesen in früheren Zeiten. Ich war nur in meinem ersten Jahr gezwungen gewesen, mich ins Studio zu setzen und die verpönte Laufkundschaft mitzunehmen. Danach hatte ich den Luxus gehabt, ausschließlich von meinen Stammgästen leben zu können, die sich streckenweise tatsächlich so sehr um mich rissen, dass ich oft schon Wochen im Voraus ausgebucht gewesen war. Einige Jahre später hatte ich mich komplett aus dem Gewerbe zurückgezogen. Hatte meinen Sohn geboren, eine normale Arbeit angenommen und war felsenfest davon überzeugt gewesen, nie wieder ins Gewerbe gehen zu müssen.

So sehr mir die Arbeit mit Stammgästen gefallen hatte, so sehr hasste ich das Sitzen und Warten auf neue Gäste. Das war hart und erforderte viele Nerven. Ich empfand es als sehr unangenehm, gemeinsam mit anderen Frauen um einen Mann zu buhlen. Schon allein deshalb hatte ich schnell das Niveau angezogen und entschieden, dass Gäste gefälligst um mich zu kämpfen hatten. Geholfen hatten mir damals sicherlich mein jugendliches Aussehen und mein gutes Händchen für den Markt. Ich hatte schnell herausgefunden, wo die Lücken waren, die ich füllen konnte.

Nachdem ich geduscht und mich aufgehübscht hatte, schnappte ich meine gepackten Sachen und fuhr in die Stadt.

Ich drückte auf die Klingel und wartete einen Augenblick. Ein kurzes Knacken kündigte an, dass ich sogleich eine Stimme hören würde.

»Ja bitte?«

»Sharon hier!«, rief ich und sofort summte die Tür und ich betrat das Gebäude. Von außen sah es aus wie ein riesiges Bürogebäude mit einer verspiegelten Fassade, hinter der man alles Mögliche vermuten würde, aber bestimmt kein Dominastudio.

Ich ging einige Treppen hinauf in den ersten Stock, lief durch den kleinen Flur. In der Tür stand meine ehemalige Kollegin und Inhaberin des Studios, in dem wir früher gemeinsam gearbeitet hatten.

»Hey! Es ist so schön, dich endlich wiederzusehen. Meine Güte, wie lange ist das her?«, fragte sie und schloss mich in ihre Arme und ich hatte den Eindruck, dass sie sich aufrichtig freute. Die Sache mit »Freundschaft« und »Kolleginnen« ist gar nicht so einfach in einer Frauendomäne wie dieser, wo Aussehen, Alter und Sprache entscheiden können, wer mehr verdient und wer womöglich leer ausgeht. Hatte man seinen 40. erreicht, fällten die meisten Dominas eine Entscheidung, die überwiegend mit der Konkurrenz zu tun hatte: Sie gründeten ein eigenes Dominastudio, um eben nicht mehr gegen die jüngeren, schlankeren, strafferen und vor allem enthemmteren Kolleginnen antreten zu müssen.

Ich war im Laufe meiner Zeit als aktive Domina häufiger gefragt worden, ob ich nicht ein eigenes Studio eröffnen wolle. Mit meinem Namen und meinem Ruf wäre das eine tolle Sache, wurde mir eingeredet. Doch im Gegensatz zu einigen Kolleginnen behielt ich meinen Realitätssinn. Ich hatte in all den Jahren gesehen, wie viele Dominas mit ihren Studios pleitegegangen waren. Wie sie am Existenzminimum krochen, ja sogar ihre Wohnung verloren oder auf Sozialhilfe angewiesen waren. Denn unterm Strich ist es die Frau, die unabhängig arbeitet, die oftmals mehr verdient.

Allein die Verantwortung, monatlich die Miete, den Strom, Heiz- und Nebenkosten in den Laden einzubringen, schreckte mich gehörig ab. Das Gewerbe war wenig berechenbar, eigens von mir geführte Studien zeigten zum Beispiel tiefe Umsatzeinbrüche während der Ferienwochen und Feiertage. Hinzu kam, dass wir eine Luxusdienstleistung anboten, also etwas, wo zuallererst gespart wurde. Wenn das Geld knapp sitzt, verzichtet der Mann auf teure Sexualpraktiken.

Dann wollte ein Studiobesitzer natürlich genug Frauen im Studio haben. Diese waren, ähnlich wie der Markt, ebenfalls kaum berechenbar. Zum Teil verschwanden sie ohne ein Wort des Abschieds von heute auf morgen oder stellten sich als unzuverlässige Mitarbeiterinnen heraus. Manch eine war dem Alkohol oder den Drogen verfallen, oder sie hatten einen Zuhälter an der Hand. Nichts, was man als Studioinhaberin unbedingt brauchte.

Und zu guter Letzt wollte man natürlich auch selbst überleben, von dem ins Haus gebrachten Geld seinen Anteil haben. Meine Berechnungen diesbezüglich zeigten mir klipp und klar: Mach keinen Mist. Bleib unabhängig und dir bleibt unterm Strich mehr.

Außerdem blieb ich so flexibler, konnte problemlos auch mal ein Zimmer in einem anderen Studio mieten oder als Gastdomina in anderen Studios fungieren. Nein, ein eigenes Studio käme für mich nie infrage.

Ich umarmte Andrea ebenfalls herzlich.

»Keine Ahnung, auf jeden Fall einige Jahre!«, antwortete ich. Ich konnte kaum glauben, dass wir uns tatsächlich so lange nicht mehr gesehen hatten.

»Komm rein«, rief sie und lief vor mir her.

Sie war älter geworden und hatte das ein oder andere Kilo hier und dort zugelegt, war aber immer noch gut aussehend und schmal. In ihrem Gesicht fielen mir die Sorgenfalten auf. Andrea hatte mir schon am Telefon erzählt, dass der Laden momentan nicht allzu viel abwirft. Sie konnte von Glück sprechen, dass sie einen stillen Teilhaber hatte, der etwas Geld in den Laden steckte. Ihre Vorgängerin hatte das Studio nahezu komplett heruntergewirtschaftet, weshalb ich mich damals entschlossen hatte, das sinkende Schiff zu verlassen. Ich hatte erlebt, wie der Gerichtsvollzieher klingelte und uns der Strom abgestellt wurde. Gut, dass es in einem Dominastudio immer Kerzen gab, und den Gästen konnte man problemlos erklären, dass wir derzeit unsere romantische Ader ausleben würden. Außerdem eignete sich Kerzenwachs super, um das Gegenüber zu quälen.

Andrea hatte viel Liebe in die Räumlichkeiten gesteckt, als sie den Laden übernommen hatte. Dennoch merkte ich durchaus, dass ihr der Druck und der Stress auf der Seele lasteten.

Wir liefen durch den langen Flur, in dem neues Laminat ausgelegt war. Es roch vertraut, nach Kerzen, Latex, Lack und Leder, nach Reinigungsmittel und Parfüm. Die typische Feuchtigkeit der ewig duschenden Gäste hing in der Luft. Wir gingen bis zum Ende des Flurs und Andrea öffnete die Tür, die Tür zur Schlangengrube, wie ich Aufenthaltsräume wie diese im Geheimen gerne nannte.

Aufenthaltsräume für professionelle Frauen waren irgendwie immer gleich. Ein großer Tisch, viele Stühle, über deren Lehnen Klamotten hingen. Schrankwände oder Spinde mit langen Spiegelfliesen daran. Massenweise Kisten an den Wänden, durchsichtig, gefüllt mit Wäsche oder Sexspielzeug.

Berge von Papier, Kataloge, Bestellformulare, Zeitschriften. Stehende kleine Spiegel, Getränkeflaschen überall. Und natürlich: Schuhe. Massenhaft Schuhe in unterschiedlichen Stilen und Höhen. Jeder Schuhfetischist hätte seine wahre Freude daran.

Oftmals, je nach Größe des Raums, befand sich auch eine Couch darin, auf der man das ein oder andere Nickerchen halten konnte. Und natürlich durfte in keinem Aufenthaltsraum die Küchenzeile fehlen, mit einem Kühlschrank, in dem neben dem Mittagessen und den kalten Getränken auch noch die Poppersfläschchen gelagert wurden. Und natürlich an der Wand: ein Verbandskasten für die gröbsten Notfälle. Ich entdeckte außerdem noch die »Ausredenliste«, hinter der sich eine ganz besondere Geschichte verbarg.

So hatten wir vor vielen Jahren mal einen Gast, dessen Hoden sich im Laufe einer Session durch einige kleine Schläge blau verfärbten. Er hatte seiner Angebeteten dann erzählt, er wäre gegen den Schreibtischstuhl geprallt. Als er uns davon erzählte, konnten wir unser Lachen kaum zurückhalten und beschlossen, eine Liste zu erstellen, auf der wir die besten und skurrilsten Ausreden sammelten, um sie dann eventuell an andere Gäste weiterzugeben, die ebenfalls davon Gebrauch machen konnten. Selbstredend übernahmen wir keinerlei Verantwortung dafür, ob diesen Ausreden auch Glauben geschenkt wurde.

Der Raum war gut geheizt, was damit zu tun hatte, dass die meisten Frauen in Unterwäsche und Bademantel auf ihre Gäste warteten. Wenn ein Gast kam, warf man dann schnell etwas »noch Kürzeres« über und schon war man zumindest fürs Vorgespräch angezogen. Es roch nach Haarspray, Deo und Parfüm.

Der große Tisch, das Herzstück des Raumes, war vollgestellt mit Schminktaschen, Magazinen und Laptops. Ein Pulk von Handys lag darauf, was den Hintergrund hatte, dass die meisten Frauen neben einem dienstlichen Handy noch ein privates hatten. Manche Frauen inserierten unter mehreren Namen, sodass sie für jeden ihrer Nicknamen ein eigenes Handy, mit eigenem Angebot, hatten. Und manche von ihnen hatten noch einen Hauptberuf und auch dieses Mobiltelefon lag dann bereit, oftmals mit einer riesigen Notiz darauf: »Finger weg!«

Neben jedem Mobiltelefon lag ein Terminkalender mit einem passenden Kugelschreiber dazu.

In der Mitte des Tisches stand eine Schale Knabbereien.

Einige Augenpaare richteten sich auf mich, als ich durch die Tür kam. Das war der erste Moment, der mich immer etwas nervös werden ließ. Aber diese Nervosität ließ ich mir nicht anmerken. Denn der Schuss konnte schnell nach hinten losgehen.

Ich war nämlich nicht nur eine neue Kollegin für die Damen, mit der man sich vielleicht über das ein oder andere Outfit unterhalten oder von der man sich einen Schminktipp abholen konnte, nein, ich war auch Konkurrenz. Und so wie ich taxiert wurde, offenbar sogar eine ziemlich große.

Glücklicherweise war ich die einzige Rothaarige im Raum, sodass dieser Punkt schon mal erledigt war. Vor mir saßen drei Bizarrladys, die sowohl aktiv als auch passiv arbeiteten, und eine passive Dame. Ich wusste von Andrea, dass ich die einzige Domina im Studio sein würde. Ich rechnete mir viele Chancen dadurch aus, denn ich wusste, dass es genügend Gäste gab, die Switchern sehr skeptisch gegenüberstanden.

»Hi, ich bin Sharon!«, rief ich in die Runde. Ein Stimmenwirrwarr aus Antworten erreichte mich.

Ich bemerkte, wie ich gemustert wurde. Von oben bis unten.

Und auch ich sah mir die anwesenden Damen unauffällig an. Figürlich war alles vertreten, von der schlanken Dame bis hin zum Vollweib. Sie waren nahezu alle jünger als ich. Plötzlich hörte ich Schritte hinter mir und spürte, wie mir von hinten die Augen zugehalten wurden.

»Wer bin ich?«, fragte eine Stimme und ich erkannte sofort, wer dahintersteckte.

»Emma!«

Emma gehörte zu den passiven Damen, sie war schon seit Jahren im Gewerbe und eine jener Damen, die auch privat SM auslebten.

Ich schloss meine Arme um sie, froh darüber, ein weiteres bekanntes Gesicht zu sehen.

»Hier ist dein Spind, Sharon. Da kannst du deine Sachen unterbringen. Ich bringe dir gleich noch ein paar Kleiderbügel«, erklärte Andrea gutmütig und marschierte los.

Da war ich wieder. Zu Hause. Wie früher, wie ganz früher, als ich angefangen hatte. Ich wusste, dass die Frauen hier allesamt auf Laufkundschaft warteten. Es war wie das Warten auf ein Urteil. Manche Männer waren dann auch noch so offen und ehrlich und erklärten, dass die Brüste zu groß oder zu klein wären, man zu dick oder zu dünn sei. Manches war nicht einfach zu schlucken, auch wenn Geschmäcker bekanntlich verschieden sind.

Ich kannte aber auch die süchtig machende Mischung aus Hochgefühl und Erschöpfung, wenn man an einem Tag mal eben 800 Euro oder mehr auf den von den High Heels müden Beinen aus dem Studio trug und nur noch ins Bett fallen wollte. Und das war Anreiz genug, Stunden auf einen Gast zu warten. Jeder einzelne von ihnen konnte derjenige mit den im übertragenen Sinne goldenen Eiern (in zweierlei Hinsicht) sein.

Ich sortierte meine Sachen in meinen Spind. Meine geliebten Bullenpeitschen lagerte ich eingerollt in einem Beutel aus Leinen. In eine Papprolle steckte ich meine Rohrstöcke. Auf die Kleiderbügel sortierte ich meine Garderobe. Ein schwarzes Taillenkorsett, eine schwarze Seidenbluse. Ein Lederkleid, ein Lederrock, ein Satinrock. Mehrere Oberteile, Hosen und Unterwäsche legte ich fein säuberlich zusammen auf das Regalbrett. Meine Nylons lagerte ich in einer kleinen Schachtel.

Mein aktuelles Lieblingsoutfit, die weiße Bluse und das Rüschenhöschen, hängte ich gemeinsam mit einem schwarz-weiß gestreiften Stoffkorsett auf einen anderen Bügel. Meine Schuhe, die ich einzeln in Schuhschachteln aufbewahrte, stapelte ich am Boden des Spinds. In einem seidenen Beutel lagen meine Spitzenschuhe, die ich für die ein oder andere Tramplingsession benötigte, bei der ich, auf dem Gast stehend, meine Ballettübungen vollführte.

»Wow, du hast eine Menge Schuhe!«, rief eine der Damen.

Aufgrund einiger unschöner Begebenheiten in meinem Leben hatte ich mittlerweile eine beachtliche Schuhsammlung, denn ich war das, was man im Allgemeinen als »Frustshopper« bezeichnete. Hatte ich Liebeskummer oder andere Sorgen, zog ich los und kaufte Schuhe. Und davon hatte ich mehr als genug gehabt, in den letzten Jahren.

Ich atmete tief ein, betrachtete mein Werk und ließ mich schließlich auf einen der freien Stühle sinken. Ich war wieder hier, zurück in meinem alten Leben. Ich würde Stammgäste treffen, aber auch die Laufkundschaft mitmachen. Die Spannung, nicht zu wissen, was der Tag bringt – Euphorie oder Enttäuschung –, hatte einen ganz eigenen Charakter. Mir kamen die Worte meiner Freundin Kathi in den Kopf, die mich gefragt hatte, ob ich das wirklich wollte. Ob ich mich wirklich da hinsetzen wollte, zwischen all die jungen Dinger. Ich blickte in die mir größtenteils fremden Gesichter. Sie waren so jung, doch so manche von ihnen schien bereits eine Menge gesehen zu haben. Ob ich auch jemals so ausgesehen hatte? Hand aufs Herz – ich wäre niemals hierhergekommen, hätte ich keine Geldprobleme. Aber davon wusste Andrea nichts. Ich tat alles, um den Mythos einer freien und unabhängigen Entscheidung zur Rückkehr aufrechtzuerhalten. Auf meiner Website hatte ich geschrieben, dass ich mich wieder nach dem Studioalltag sehnte, Abwechslung in meinem Alltag benötigte. Ich hatte die Werbetrommel gerührt, in der Hoffnung, möglichst bald wieder einen vollen Terminkalender und damit auch einen vollen Geldbeutel zu haben. Ich hatte kokettiert mit allen Praktiken, die individuell möglich wären.

Kathi hatte mich gefragt, ob ich meine, wirklich für alles gerüstet zu sein. Ob ich alle Eventualitäten bedacht hätte. Was wäre, wenn Dave wieder ins Studio käme?, hatte sie gefragt. Ich hatte pflichtbewusst geantwortet, dass ich ihn aus dem Studio werfen würde. Sie hatte mich gefragt, ob ich meine größte Schwäche im Griff hätte, und damit meinte sie meine Schwäche, dass so manch ein Mann es schaffte, nicht meine aktive, sondern meine passive Ader anzufixen. Ich hatte ihr erklärt, dass ich dagegen nichts machen konnte, dass das häufiger passierte, auch innerhalb meines Alltags, ich aber meine passive Ader nur dann pulsieren lassen würde, wenn ich der Meinung wäre, dass es richtig sei. Und selbstverständlich nicht im Studio, auf gar keinen Fall. Zumal die, die zu mir kamen, in der Regel auch nicht aktiv waren. Kathi kannte dann auch noch meinen hohen Anspruch an die Männerwelt und wir kamen zu dem Schluss, dass es sicherlich kein weiteres Mal passieren würde, dass mich ein Mann so in seinen Bann ziehen würde.

Nun also war ich bereit, auf die Welt losgelassen zu werden.

Gerüstet mit dem Willen, Geld zu verdienen und dabei auch noch Spaß zu haben. Ich war hoch motiviert und dennoch etwas ausgebremst. Das lag daran, dass sich mein Leben in den letzten

Jahren drastisch verändert hatte. Und nachdem Patrick sich von mir getrennt hatte und ausgezogen war, hatte ich innerlich meine Ärmel hochgekrempelt und mir fest vorgenommen, ein tolles, erfülltes Leben zu führen. Und verdammt noch mal, wenn ich mir das vornahm, sollte das auch funktionieren!

Ich zog mir eine Strumpfhose und einen kurzen Rock an, dazu ein Korsett. Ich war gerade fertig, als es an der Tür klingelte. Einige Minuten später kam Andrea in den Raum und klärte uns auf.

»Einer von den Studiohoppern«, erklärte sie. Ein Studiohopper war ein Gast, der durch sämtliche Studios tingelte. Er zeichnete sich dadurch aus, dass er über viel Insiderwissen verfügte und nahezu jede professionelle Dame in der Szene kannte.

»Oh. Wer denn?«

»Der Jungspund«, erklärte Andrea und die Frauen nickten wieder.

»Aber nicht Don Giganti?«, rief ich aus.

Die Damen hatten Fragezeichen auf den Gesichtern.

»Don Giganti, der gut aussehende Hamburger Kerl, der eigentlich Nico heißt und immer von allen Frauen eins mit dem Gürtel haben will«, erklärte ich nun.

»Ja. Genau der. Jede schnallt einen Gürtel um und dann im Laufe der Session ziehen wir ihm selbigen über den Körper.«

»Nein, ich glaub es ja nicht. Dass es den Kerl noch gibt! Mensch, Unkraut vergeht aber irgendwie auch nicht«, sagte ich mit einem Lächeln im Gesicht.

Don Giganti besuchte verschiedene Studios. Es verging oft eine Weile, bis er wiederkam, manchmal mehrere Monate.

»Alles klar, Sharon, ich merke schon, du kennst ihn. Ihr macht nur 15 Minuten, vier Frauen insgesamt. Du bist dabei, Sharon«, sagte Andrea.

Wir zogen uns um, ich wählte eine enge Hose und zog einen edlen Ledergürtel durch die Laschen. Don Giganti gehörte ansonsten eher zu den einfacheren Gästen, er hatte in der Regel keine Kleidungswünsche. Wir gingen zu ihm, er musste vor uns auf die

Knie sinken und uns die Schuhe sauber lecken. Wichtig war ihm, zu sehen, wie wir die Gürtel aus den Laschen zogen. Es wurde regelrecht zelebriert, was der ganzen Situation wieder einen ganz besonderen Touch gab.

Dann schlugen wir ihn hintereinander mit dem Gürtel auf den Hintern oder Rücken. Zum Schluss durfte er sich auf den Boden legen und sich selbst befriedigen, während sich eine der Bizarrladys über sein Gesicht kniete und ihm einen netten Einblick verschaffte.

So schnell, wie er gekommen war und Aufregung verursacht hatte, so schnell war er wieder gegangen. Wir hatten den kleinen silbernen Raum benutzt dafür, denn dieser verfügte über einen weichen Teppichboden, auf dem der Gast gemütlich liegen konnte. Wir Frauen hatten unseren Spaß mit ihm und er mit uns. Und das war letztlich doch eigentlich das Wichtigste: dass es allen Spaß machte. Und so schrieb ich, als ich wieder im Aufenthaltsraum am Tisch saß, nach langer Zeit den ersten Gast in mein heiliges Büchlein. Ich beschrieb, wie er aktuell aussah, welche Frauen dabei gewesen waren und was sie dabei getragen hatten. Ich schrieb auf, in welchem Raum wir gewesen waren. Denn auch jemand mit einer kurzen Session sollte Abwechslung bekommen, fand ich.

Es klingelte erneut an der Tür, während ich die letzten Informationen aufschrieb. Ich heftete das Blatt im Reiter »G« ab, als Andrea erneut in die Küche kam.

»Sharon, ein Gast, der zu dir möchte. Er sagt, er hat deine Website entdeckt und möchte sich mit dir unterhalten«, erklärte sie.

Das fängt ja richtig gut an!, dachte ich und ging sofort zu ihm, um ein Vorgespräch zu führen.

Ein nervöser Jüngling, etwa 25 Jahre alt. Ich musste zugeben, dass ich mit den jüngeren Vertretern der bezahlenden Zunft nur selten wirklich gut zurechtkam, was damit zu tun hatte, dass die junge Zunft es nicht nur dreckig wollte, sondern oftmals auch die Hochzeitsnacht für kleines Geld erwartete.

Der Jüngling erklärte mir, er sei Student. Das war für mich schon ein Zeichen, dass er mir gleich erklären würde, dass er wenig Geld habe, und mich fragen würde, ob ich ihm nicht einen Preisnachlass gewähren könne.

Derartigen Situationen versuchte ich immer mit Feingefühl zu begegnen. Ich kannte Kolleginnen, die sofort dem Gegenüber über den Mund fuhren und ihn aus dem Studio warfen. Das fand ich allerdings zu unhöflich. Also beschloss ich, ihm zu erklären, dass er sich eben keinen Porsche kaufen könne, wenn er dafür kein Geld habe.

Ich fragte ihn, wie viel Geld er denn ausgeben könnte, und er erklärte mir, dass er Geld für eine halbe Stunde dabeihätte.

Ich fragte ihn, was er sich denn vorstellen würde.

»Bondage, auf jeden Fall. Japanisches Bondage. Und Schläge, aber ohne Spuren bitte, ich gehe heute Abend noch ins Schwimmbad. Darf ich dich eigentlich auch ficken?«, fragte er unverblümt.

Die Jugend von heute war so ungestüm!

Ich verneinte.

»Okay, darf ich dich lecken?«, fragte er.

Ich verneinte erneut.

»Ich bin eine unberührbare Domina«, erklärte ich.

Er nickte, aber ich stellte fest, dass er keine Ahnung hatte, wovon ich sprach.

»Hast du denn eine Kollegin, mit der ich das machen kann?«, fragte er hektisch.

Ich verabschiedete mich und schickte eine der Bizarrladys zu ihm. Sollte die sich doch von ihm ablecken lassen, dachte ich. Und trotzdem war ich etwas bedrückt, dass ich ihn nicht für mich gewonnen habe. Immerhin ging mir dadurch natürlich auch Verdienst durch die Lappen.

Während ich versuchte, meine Enttäuschung zu verbergen, klingelte es erneut an der Tür. Wenige Minuten später stand Andrea wieder bei uns: »Ein neuer Gast, er war noch nie hier. Er ist noch etwas unschlüssig, weiß also noch nicht, was er will. Geht doch bitte alle rein und stellt euch kurz vor.«

Die Frauen sprangen sofort auf und es entstand ein geschäftiges Treiben. Sie griffen nach Kleidern, Korsetts und Schuhen, zogen sich die Lippen noch mal nach oder bürsteten kurz die Haare durch. Ein letzter Blick in den Spiegel und die Damen schienen fertig.

»Nanu?«, fragte ich in die Runde.

»Du musst reingehen und dich vorstellen. Du gehst einfach hin, gibst ihm die Hand, sagst deinen Namen und dann gehst du wieder raus«, erklärte mir Andrea.

Ich runzelte die Stirn. Na, das nannte ich ja mal »Hühner auf der Stange« in Perfektion. Die Frauenschlange setzte sich in Bewegung und im Gänsemarsch liefen wir durch den Flur.

Emma klopfte an die Tür des großen Raums. »Der Rote«, so wurde der Raum genannt. Es war der schönste und größte Raum im Studio und gleich würde ich ihn nach all den Jahren wiedersehen. Vorhin, als Andrea mich durchs Studio geführt und mir alles gezeigt hatte, war er belegt gewesen.

Emma war, so schnell wie sie drinnen war, auch schon wieder draußen.

»Das ging ja fix«, murmelte ich.

Die Nächste marschierte hinein, während wir vor der Tür warteten. Keine fünf Sekunden dauerte es und die Nächste marschierte durch die Tür. Ich kam mir vor wie in einer Fabrik. Ein schreckliches Gefühl.

Schließlich war ich an der Reihe.

Ich atmete tief ein, klopfte an die Tür, öffnete sie und betrat den Raum. Es hatte sich nichts verändert. Rote Wände, ein roter Boden. Ein Andreaskreuz und wuchtige Spiegel an den Wänden. In der Mitte des Raums eine Spreizstange, die von der Decke hing. In einer Ecke stand ein Bett. Riesige Regale und Vitrinen säumten die Wände, sie waren gefüllt mit verschiedenen Instrumenten, mit denen man foltern und quälen konnte.

An einer Leiste mit vielen Haken hingen unterschiedliche Peitschen, Rohrstöcke standen in einer schweren Vase. Einige Käfige waren im Raum verteilt.

»Wow!«, sagte ich leise.

Mein Teufelchen rieb sich aufgeregt die Hände. Endlich durfte es wieder die Folterkammerfantasien herausholen.

»Zu Hause! Ich bin zu Hause!«, rief es laut auf. Mein Engelchen seufzte.

Ich sah mich in dem Raum um und für einen kleinen Moment hatte ich vergessen, warum ich eigentlich hierhergekommen war.

»Das ist aber sehr unhöflich«, riss mich eine fremde Stimme aus den Gedanken.

Ich drehte mich entgeistert um, aber innerhalb von wenigen Sekunden hatte ich mich wieder gefangen.

»Ja stimmt. Sehr unhöflich sogar. Ich bin Sharon.«

Ich trat auf ihn zu und reichte ihm meine Hand. Er nahm sie und drückte sie fest.

»Es ist nur … ich war schon so lange nicht mehr hier«, erklärte ich lächelnd und schwelgte in meiner Erinnerung. Am liebsten hätte ich ihm erzählt, was ich hier schon alles erlebt hatte, in Zeiten, als wir Frauen noch nicht im Gänsemarsch durch die Gänge laufen mussten und uns wie auf dem Silbertablett zu präsentieren hatten. Ich wollte ihm erzählen, wie intensiv und umtriebig ich hier gewesen war. Ich wollte, dass er nachfragte, sich neugierig zeigte, und mich mitteilen. Ihm, der keine Ahnung hatte von dem, was hier ablief. Der eigentlich nur die andere Seite sah, niemals jedoch die meine.

»Ich bin Oliver. Schon okay. Schick mir die Nächste rein«, sagte er.

Ich runzelte die Stirn.

»Alles klar«, sagte ich und ging wieder aus dem Raum.

Kaum war ich im Aufenthaltsraum angekommen, schnürte ich mich aus meinem Korsett. Die anderen Frauen warteten noch, bis Andrea wiederkam, um zu sagen, für wen von uns er sich entschieden hatte. Ich war mir sicher, dass er mich nicht auswählen würde.

Es verging einige Zeit, bis Andrea wiederkam.

»Sharon?«

Ich drehte mich zu ihr.

»Er will dich.«

»Warte mal, der Kerl ist doch alles andere als passiv. Das sehe ich dem doch schon an der Nasenspitze an. Der will doch nur ficken im Ambiente«, erklärte Nicole, eine von den mir fremden Bizarrladys.

»Okay, alles klar. Hat er gesagt, was er will?«

Andrea schüttelte den Kopf.

»Nein. Er möchte sich mit dir unterhalten.«

Ich zog die Augenbrauen hoch. »Ach? Unterhalten nennt man das neuerdings?«

Die Frauen lachten und ich schnürte meinen Körper wieder ins Korsett.

Na dem Schnösel da drüben würde ich es schon zeigen. Mich so aus der Erinnerung zu reißen. Der würde jetzt aber die Superdomina Sharon bekommen, so viel war sicher.

»Ja mach ihn rund«, rief mein Teufelchen begeistert und holte einen Baseballschläger hervor.

Ich zog meine Lippen nochmals mit meinem Lippenstift nach und prüfte das restliche Make-up. Dann drehte ich mich auf dem Absatz um und marschierte mit strammen Schritten zu ihm in den großen roten Raum.

Diesmal verbrachte ich keine Sekunde damit, in Erinnerungen zu schwelgen. Ich donnerte durch die Tür.

»Du sitzt auf meinem Platz!«, polterte ich los. Er saß immerhin auf dem gemütlichen Ledersessel, der für die Aktiven reserviert war. Die Passiven mussten mit den kleineren, ungepolsterten Stühlen vorliebnehmen.

»Sie«, sagte er nur.

»Was?«, fragte ich und stutzte.

»Wie bitte!«

Ich schüttelte irritiert den Kopf und runzelte die Stirn.

»Es heißt: *Sie* sitzen auf meinem Platz!, und *Wie bitte*!«, erklärte er noch mal. Er erhob sich und reichte mir die Hand. »Freut mich sehr, Sharon«, sagte er leise und lächelte mich an. »Was ist? Hast du dein Pulver so schnell verschossen?«, fragte er grinsend.

»Nein! Aber du weißt schon, dass ich Domina bin, oder?«

Er hob die Augenbrauen und legte damit seine Stirn in Falten.

»Wie kommst du darauf, dass ich daran gezweifelt hätte?«, fragte er und setzte einen erwartungsvollen Gesichtsausdruck auf.

Ich sah ihn an. Sein Gesicht war kantig. Er hatte Falten im Gesicht, viele Falten, die von seinem Glück und seinen Sorgen erzählten. Das stand ihm und ich liebte Falten. Männer ab 40 hatten eine anziehende Wirkung auf mich. Waren sie schlank und hatten ein markantes Gesicht und benahmen sich souverän, erhaschten sie sofort meine Aufmerksamkeit. Sein Haar war kurz und lag frisiert und gestylt auf dem Kopf. Ein leichter Scheitel, ein kleiner Haarbogen und fertig war die seriöse und doch lockere Frisur. Er trug ein Jackett mit einem Kragen aus Wolle, sehr extravagant, wie ich fand, dazu ein weißes Hemd und eine Jeans. Seine Augen waren strahlend blau, seine Haut war gebräunt. Er sah aus, als wäre er gerade aus dem Urlaub gekommen. Oder war er vielleicht ein Opfer der Sonnenbank? Er wirkte entspannt und ruhig. Ich schätzte ihn auf Mitte 40.

Unter seinen Augen zeichneten sich leichte Ringe ab, und wenn er lachte, hatte er Krähenfüße an den Augenwinkeln. Ich sah, dass er sich offenbar beim Rasieren geschnitten hatte. An seiner Stirn hatte er die typische »Ich bin als Kind gegen eine Kante geknallt«-Narbe. Um seinen Hals lag eine kleine schmale Goldkette mit einem Kreuz daran. Das wiederum fand ich albern.

»Ich habe nicht gedacht, dass du daran gezweifelt hast«, erwiderte ich betont gelassen.

»Sie.«

Was war mit dem denn los? Wollte er unbedingt, dass ich ihn siezte? Normalerweise war es üblich, sich im Studio zu duzen. Oder wenn man sich siezte, siezte man sich gegenseitig. Bei sehr alten

Gästen war das durchaus üblich, dass sie mich siezten, genauso wie bei sehr devoten Gästen, die ein bestimmtes Rollenschema aufrechterhalten wollten. Diese duzte ich, um die Hierarchie gleich vorab zu klären. Aber Oliver hier vor mir war zu jung und außerdem siezte er mich nicht. Im Gegenteil, er blieb beim »Du«.

»Komm schon. Sag ihm, dass du deshalb daran gezweifelt hast, weil er gerade alles in dir anfixt, nur nicht deine sadistische und dominante Ader«, flüsterte mein Teufelchen erstaunlich treffend.

»Sharon. Wehe dir, du lässt dich wieder auf so einen Mist ein. Mach niemals einen Fehler zweimal«, mahnte mein Engelchen mit hocherhobenem Zeigefinger.

»Es heißt: Mach niemals denselben Fehler zweimal mit derselben Person!«, konterte mein Teufelchen.

»Erinnere dich, wie es …«, weiter kam mein Engelchen nicht, denn mein Teufelchen hatte ihm mit dem Baseballschläger eins über die Rübe gezogen und so sank es elegant und bewusstlos zusammen.

»Also ich hätte nie gedacht, dass *Sie* daran gezweifelt hätten«, wiederholte ich pflichtbewusst.

»Aber warum fühltest du dich dann berufen, es zu erwähnen?«, fragte er mich.

»Ich wollte es einfach nur erwähnt wissen. Sicherheitshalber, damit es da keine Zweifel gibt.«

Ich war bekannt für meine Eloquenz. Ich beleidigte nie, nahm immer die goldene Mitte, äußerte aber konsequent jegliche Zweifel. Manch einer war schon genervt von meiner permanenten Toleranz und politischen Korrektheit.

»Für dich oder für mich?«, fragte Oliver.

Dieser Mann war fit im Kopf. Eine Tatsache, die mich gerne in die Knie zwang. Wenn jemand im Kopf schneller und fitter war als ich, war das für mich schon ein gutes Zeichen. Vor logischen und verbalen Fähigkeiten, die besser waren als die meinigen, zog ich meinen Hut.

Ich schwieg.

»Mir war klar, dass du Domina bist. Aber dir selbst anscheinend nicht?«, fragte er erneut.

»Doch schon«, meine Stimme verlor sich leicht, aber ich räusperte mich.

»Lassen wir das. Ich will dich nicht überfordern«, erklärte er.

Wie bitte, was? Hatte der das gerade tatsächlich gesagt? Was meinte er, wen er da vor sich stehen hatte? Ich meine, ich hatte studiert, ich war keine dumme Pute, die völlig überfordert war. Ich überlegte, mit welchen Fremdworten ich um mich schmeißen könnte, um ihn irgendwie zu erniedrigen oder gar zu beeindrucken.

»Alles gut, Sharon. Lass uns das Thema wechseln. Du hast hier vorhin den Raum betreten und dabei so gestrahlt. Wie kommt das?«, fragte er und ich war dankbar für den Themenwechsel.

»Ich war lang nicht mehr hier. Ich kenne das Studio noch von früher. Manches sieht anders aus, manches ist gleich geblieben. Heute sah ich diesen Raum das erste Mal wieder«, erklärte ich.

Er beobachtete mein Gesicht ganz genau, während ich schwelgte. Es kam mir vor, als würde er es studieren.

»Du bist schon öfter hier gewesen?«, fragte ich ihn.

»Sie«, verbesserte er mich.

Ich runzelte die Stirn.

»Sind *Sie* schon öfter hier gewesen?«, fragte ich schließlich höhnisch.

Er lächelte mich nach wie vor entwaffnend an und ging auf meine Provokation nicht ein.

»Nein, ich bin das erste Mal in diesem Studio«, antwortete er.

»Ach so. Sie wissen aber, wie das hier abläuft?«

Er nickte.

»Ja, ich habe darüber im Internet gelesen«, erklärte er selbstsicher.

Ich lachte gehässig auf. »In einem dieser unsäglichen Foren?«

Er starrte mich ernst an und schüttelte den Kopf.

»Pass auf. Ende der Belustigung hier. Du bist hier in einem BDSM-Studio. Du suchst keine Domina, sondern eine Sklavin. Ich bin Domina. Wir beide werden miteinander nicht glücklich«, erklärte ich mit ernster Stimme.

»Woher willst *du* wissen, was ich suche?«, fragte er.

»Ich erkenne so etwas«, erklärte ich selbstsicher und überheblich.

»Aha. Nachdem du, weiß Gott wie lange, nicht mehr in dem Gewerbe gearbeitet hast?«

»Touché!«, rief mein Teufelchen lachend.

»Los. Sag ihm, er soll sich verkrümeln«, keifte mein Engelchen genervt und rieb sich seine Beule.

»Nein. Es ist nur so, dass ich Switcherin bin und du meine aktive Ader überhaupt nicht anfixt. Also gehe ich davon aus, dass du selbst auf der aktiven Seite spielst!«, erklärte ich dogmatisch und entschieden und hoffte, dass der Korb auch bei ihm ankam.

»Wir bleiben beim Sie«, sagte er, »Switcherin? Dann hast du ja auch eine passive Ader!«

»Ja, aber die lebe ich nicht im Studio aus!« Ich blickte ihm dabei fest in die Augen.

»Wir können auch woanders hingehen, wenn es dich hier so sehr stört«, sagte er.

Der Kerl machte mich wahnsinnig. Verstand er nicht, dass ich nicht wollte?

»Ich werde jetzt rausgehen und Andrea noch mal hierher schicken. Bestimmt wird sie *Ihnen* eine passende Dame empfehlen können. In Ordnung?«, schlug ich vor.

Er schüttelte den Kopf.

»Nein, nicht in Ordnung. Aber mach mal.«

Ich verließ den Raum und ging zurück zu den anderen Frauen. In der Zwischenzeit war offenbar ein weiterer Gast gekommen, denn eine der Frauen fehlte. Ich informierte Andrea darüber, dass es sich bei dem Herrn um einen aktiven Gast handeln würde. Sie nickte und ging nochmals zu ihm, um sich zu unterhalten. Ich trank in der Zwischenzeit ein Glas Wasser und wartete, ob sich noch etwas ergab. Vielleicht buchte er ja eine passive Dame und mich als Domina dazu? Das würde mir zumindest finanziell sehr helfen.

Einige Zeit später kam Andrea wieder.

»Sharon, er will sich noch mal mit dir unterhalten«, erklärte sie und schien auch etwas genervt. Ein derartiges Hin und Her war nicht erwünscht, schließlich blockierte er einen Raum, den wir vielleicht für andere Gäste brauchen würden. Andererseits war er eben nicht nur ein Gast, sondern auch Geld auf zwei Beinen, sodass man es wirtschaftlich sehen musste. Wir taten viel, damit Gäste blieben und sich wohlfühlten.

Ich rollte mit den Augen und seufzte genervt. Was genau hatte er denn nicht verstanden daran, dass er mich einfach nicht haben konnte?

Energisch betrat ich ein weiteres Mal den Raum.

»Ich habe einen Vorschlag für dich«, sagte er, ehe ich ein Wort von mir geben konnte.

In mir war alles in Alarmbereitschaft. Immer dann, wenn ein derartiger Satz fiel, wusste ich, dass es oft kein gutes Ende nahm. Ich bereitete mich darauf vor, ihm eine satte Abfuhr in einer anderen, nicht ganz so freundlichen Tonlage zu verpassen.

»Gib mir eine Stunde. Wir spielen ein bisschen miteinander und dann sehen wir, ob es dir Spaß macht«, schlug er vor.

Ich schüttelte den Kopf.

»Nein, das geht nicht«, sagte ich.

»Nur eine Stunde. 60 Minuten und keine Minute länger«, wiederholte er.

»Tut mir leid. Ich bin im Studio aktiv und nicht passiv. Warum suchen Sie sich nicht einfach eine andere Frau aus, die zu Ihren Neigungen passt?«, fragte ich.

Er seufzte.

»Andrea hat mich ja schon gewarnt, dass du ein harter Knochen bist. Aber dass ich so lange brauchen würde, hätte ich nicht gedacht.«

»Wie bitte? Was hat Andrea gesagt?«, fragte ich und wusste, dass das die absolut falsche Reaktion war. Immerhin ließ ich es gerade zu, dass er uns gegeneinander ausspielte. Aber mein Kampfgeist wollte so etwas nicht auf sich sitzen lassen.

»Sie bestätigte, dass du manchmal auch im Studio switchen würdest. Zumindest, dass du das früher gemacht hast.«

Ich nickte. Wo sie recht hatte, hatte sie recht. Aber jetzt machte mich diese Tatsache fuchsteufelswild.

»Das mache ich nur, wenn die Hölle zufriert«, erklärte ich bissig, drehte mich um und ging zur Tür.

»Ich zahle dir das Doppelte von dem, was du sonst für eine Stunde bekommst.«

Diese Worte ließen mich innehalten und mein Teufelchen aufhorchen. Na super, das war genau meine Schwachstelle. Ich brauchte Geld und er bot mir Geld.

»Mach es bitte nicht. Du wirst das Geld auch anders zusammenbekommen. Außerdem stand auf dem Brief ›Letzte Mahnung‹, es wird also keine weitere Mahnung mehr kommen«, flüsterte mein Engelchen gebannt.

»Sie braucht die Kohle. Sie hat so schon kalte Füße, sollen die etwa abfrieren?«, konterte mein Teufelchen geschickt.

»Es werden noch mehr Gäste kommen«, sagte mein Engelchen.

Ich schüttelte den Kopf.

»Nein, tut mir leid. Keine Chance.«

Oliver musterte mich kurz.

»Gut. Dann schick mir doch die dunkelhaarige Kollegin von dir«, erklärte er. Ich nickte und ging zur Tür.

»Sharon?«, fragte er.

Ich drehte mich zu ihm um.

»Mein Angebot steht! Auch wenn ich das nächste Mal herkomme.«

Ich nickte und ging zurück in den Aufenthaltsraum. Emma bereitete sich vor und ging dann zu ihm.

Ich dachte über sein Angebot nach, doch nach einiger Zeit schob ich meine Gedanken beiseite, denn es klingelte ein weiteres Mal an der Tür.

So ging es dann auch weiter während meines ersten Tages. Es klingelte, Gäste kamen, Gäste blieben, Gäste gingen wieder.

Als Emma aus der Session mit Oliver wiederkam, erzählte sie kurz, dass sie es genossen habe. Dass er wohl ganz gut gewesen sei. Das ist in der Tat immer eine Auszeichnung. Es kam nicht oft vor, dass wir Gäste hatten, die unseren Vorlieben entsprachen, geschweige denn, eine gute Technik an den Tag legten. Letztlich durfte man nie vergessen, dass die Männer, die zu uns kamen, nur sporadisch ihren SM auslebten, während wir mit dem Thema nahezu täglich zu tun hatten.

Ich lebte mich wieder im Studio ein, lernte die Frauen besser kennen, während ich täglich Zeit mit ihnen verbrachte. Ich konnte sie schnell einschätzen, stellte fest, dass ich gut mit ihnen zurechtkam. Und ich verdiente nicht schlecht. Aber leider auch nicht gut genug, sodass es reichen würde. Am letzten Tag der zweiten Woche klingelte es an der Tür. Und immer wieder war es die Klingel, die jede von uns aus den Gedanken, Websites oder Büchern riss.

»Sharon, kannst du mal aufmachen bitte?«, fragte die Wirtschafterin, die gerade auf dem Weg zu einem anderen Gast war.

Ich lief zur Tür und öffnete sie.

»Sharon! Wie schön, dich zu sehen.«

»Ach herrje. Sie schon wieder.«

Oliver trat durch die Tür und ließ sich von mir in einen freien Raum bringen. Er legte seine Jacke ab und nahm Platz.

»Wollen Sie zu jemand Bestimmtem?«, fragte ich schließlich.

Oliver grinste und nickte.

»Ja. Zu dir!«

Ich lächelte.

»Mich gibt es nur aktiv. Tut mir leid, ich scheine nicht ganz Ihr Fall zu sein«, erklärte ich.

»Das Leben kann so grausam sein!«, seufzte er übertrieben.

Ich lachte.

»Ja. Nicht nur das Leben, in diesem Fall auch ich.«

Oliver hob die Augenbrauen.

»Ich würde dich gerne sehen. Innerhalb einer Session. Dich kann ich dazubuchen?«, fragte er.

Ich starrte ihn an und überlegte, ob das so eine gute Idee wäre. Dann schüttelte ich den Kopf.

»Ich glaube nicht, dass das so eine gute Idee ist«, erklärte ich.

»Ich möchte dich gerne mit Emma zusammen.«

»Pass auf, ich schick dir Emma rein und ihr beide macht euch eine nette Zeit. Okay? Ich glaube wirklich nicht, dass es eine gute Idee ist, wenn ich dabei wäre«, erklärte ich, erhob mich und ging. Ich war erstaunt, dass er mich einfach gehen ließ.

Zehn Minuten später stand Emma wieder in der Küche.

»Sharon, er hat dich mit dazugebucht«, erklärte sie und wedelte mit einigen Scheinen vor meiner Nase.

»Was? Nein!«

»Warum? Glaub mir, er ist nett. Er will nur, dass du mich ein bisschen schlägst und bearbeitest.«

Ich knirschte mit den Zähnen. Dieser Mistkerl! Er hatte einfach Emmas Unwissenheit ausgenutzt.

»Er will auch keinen Sex mit dir und ich habe ihm auch gesagt, dass du unberührbar bist.«

Ich grummelte. Okay. Gut. Wenn er die Domina Sharon haben wollte, dann sollte er sie auch kriegen.

Emma hatte ihn schon ins Badezimmer gebracht und zog sich nun um. Sie wählte ein Korsett, unten und obenrum nackt. Sie legte sich ein Halsband um und war bereit.

Ich wählte enge weiße Leggins, dazu eine schwarze Bluse und ein Taillenkorsett.

Ich sah aus wie eine Reiterin, als ich in meine Stiefel geschlüpft war. Ich griff nach meiner Gerte.

Der wird jetzt sein blaues Wunder erleben!, dachte ich, während wir warteten, bis die Glocke im Badezimmer ertönen würde. Das Zeichen, dass er bereit war, abgeholt zu werden.

Emma holte ihn ab und ging mit ihm ins rote Zimmer. Wir hatten vereinbart, dass ich erst einen Augenblick später dazukommen würde. Ich ging hinaus in den Flur und stellte mich an die Tür zum roten Zimmer und lauschte. Er hatte eine ruhige, sanfte Stimme. Ich hörte, wie er ab und zu seine Hand auf ihren Körper sausen ließ. Hin und wieder hörte ich Emma stöhnen, und ich konnte mir gut vorstellen, was der Grund dafür war.

Nun öffnete ich die Tür und betrat den Raum. Oliver sah zu mir.

»Sharon. Wie schön, dass du bei uns bist«, sagte er und trat auf mich zu. In seinen Händen hielt er eine Flogger, eine Peitsche, die aus vielen schmalen Lederriemen bestand. Emmas Hintern hatte schon rote Spuren.

Er drehte sich von mir weg und befahl Emma, sich auf die Sling zu legen, die im Raum von der Decke baumelte. Genüsslich fixierte er ihre Handgelenke an den Ketten, während ich ihre Fußgelenke mithilfe von Ledermanschetten an den Kettenösen festhakte.

»Sie liegt ja verführerisch da. Ich will sie schlagen«, erklärte ich.

»Sie gehört dir«, erwiderte Oliver und trat einen Schritt zur Seite, um mir Platz zu machen.

Dann schlug ich mit meiner Gerte zwischen ihre Beine, bearbeitete ihren Venushügel und ihre Schamlippen damit, bis sie sich rötlich färbten. Dann schlug ich auf die Innenseiten ihrer Oberschenkel, erst leicht und zart. Schließlich zog ich die Gerte durch. Emma stöhnte auf und auf ihrer weißen Haut bildeten sich sofort rote Striemen.

Erneut schlug ich zu. Emma jaulte auf, ihre Beine zuckten. Ich spielte mit ihr, schlug abwechselnd auf ihre Schenkel, zwischen ihre Beine oder auf ihre Brüste. Das Stakkato an Schlägen konnte Emma schwer wegstecken, doch mich fixte es immer mehr an, härter zuzuschlagen. Ich war Sadistin durch und durch. Eher weniger dominant, wenn man es genau nehmen wollte, sondern mehr darauf erpicht, lustdurchzogene Schmerzensschreie zu hören.

Oliver beobachtete mich, das spürte ich. Sein offener, wacher Blick ruhte auf mir und je länger er mich fixierte, umso unruhiger wurde ich innerlich. Ich mochte das gar nicht.

Oliver trat plötzlich hinter mich, schaute mir über die Schulter und beobachtete meine Schlagtechnik. Ich spürte, wie seine Hände an meine Taille griffen. Eigenartigerweise störte mich das nicht, denn seine Hände ruhten auf mir und er strahlte eine enorme Ruhe aus.

»Das sieht sehr schön aus«, flüsterte er mir ins Ohr und ich wusste nicht, was genau er damit meinte.

Er genoss das Bild noch eine ganze Weile, während der Raum durch das monotone Klatschen der Gerte erfüllt wurde. Er studierte mein Gesicht, er beobachtete Emmas Reaktionen, er blickte ungehemmt zwischen ihre Beine und ebenso in meinen Ausschnitt. Ich fragte mich, was ich tun würde, würde er hineingreifen.

Ich zog die Gerte erneut durch. Mit einem lauten Knall traf ich Emmas Oberschenkel.

»Gnade, Herrin«, hörte ich sie winseln und das war unser Zeichen, dass ich mich zurücknehmen musste. Denn auch wenn wir SM verkauften, so war es nicht Sinn der Sache, das Gegenüber kaputt zu spielen. Vor allem weil Emma nun mal auch ihr Geld auf diese Art und Weise verdienen musste.

»Ich möchte, dass du sie fistest«, flüsterte er mir ins Ohr. »Das geht bei ihr«, fügte er hinzu, als er meinen kritischen Blick sah.

Fisting gehörte zu den Praktiken, die ich gerne an Frauen ausführte. Ich mochte den Kampf gegen ihren Körper, liebte es, wenn sie dem Druck meiner Hand nachgaben und ich in sie greifen konnte. Ich genoss den Blick, den sie mir zuwarfen, ehe sie abhoben in andere Sphären. Dennoch gehörte Fisting meiner Meinung nach zu den sehr intimen Praktiken und ich zögerte einen Augenblick, denn ich wusste nicht, ob es für Emma okay wäre.

Emma keuchte kurz auf und nickte mir zu. Ich beobachtete sie genau und schließlich entspannte ich mich. Es würde okay sein für sie.

Oliver brachte mir die Box mit den Latexhandschuhen und Gleitmittel, während ich die Gerte auf den Boden warf. Er reichte mir zwei Handschuhe, die ich überzog. Er selbst zog sich ebenfalls welche an. Dann dimmte er das Licht, dadurch entstand fast schon eine romantische Atmosphäre.

Ich verteilte das Gleitmittel zwischen ihren Beinen und auf meinen Handschuhen, großzügig, sodass ihr Schambereich glänzte. Das Bild reizte mich. Ich schob zwei Finger in sie, vorsichtig und zurückhaltend, penetrierte sie leicht, bespielte sie, wechselte zwischen mehr und weniger Finger.

Emma stöhnte, hielt ihre Augen geschlossen. Ihr Muskel umschloss meine Finger und es war nicht einfach, in sie einzudringen. Ich drehte meine Hand etwas, rutschte immer wieder ein Stück in sie hinein, um meine Hand dann wieder etwas aus ihr herauszuziehen. Dann kam der Punkt, an dem sie mich mit ihrem Körper fast in sich hineinzog. Emma schrie leise auf und ehe ich mich versah, steckte meine Hand in ihr. Ich strich mit dem Daumen über ihre Schamlippen, rieb an ihrem Kitzler, während ich mit meiner Faust leichte Bewegungen ausführte, die sie sofort mit einem lustvollen Aufschrei quittierte.

Oliver musterte mich eindringlich, während ich mit Emma spielte. Ich konnte seine Blicke in meinem Gesicht fühlen. Irgendwann hielt ich es nicht mehr aus und ich sah zu ihm. Er lächelte leicht, trat erneut hinter mich und zog meine Hand aus Emma heraus. Er drängte sich, und damit auch mich, näher an ihren Schoß und schob seine Finger in sie, während er seinen Schoß an meinen Hintern presste. Ich konnte seine Erregung spüren.

Er glitt in sie, geschmeidig und schnell, man konnte sehen, dass er so etwas nicht das erste Mal machte und dass er anscheinend Emma ganz gut einschätzen konnte. Emma schrie sehr laut auf, als er seine Hand komplett in ihr verschwinden ließ.

Seinen freien Arm schlang er um mich, drückte mich an sich.

Ich stand zwischen den beiden. Emma wand sich, genoss, was er mit ihr machte. Und er genoss dieses Bild, seine Hand in ihrem Körper. Immer wieder betrachtete er ihren Schoß, wechselte seinen Blick zwischen mir und ihr, zwischen meinem Ausschnitt und ihrem Körper, zwischen meinem Gesicht und seiner Hand.

Er griff mit seiner anderen Hand an seine Hose und ich hörte, wie er sie öffnete.

»Greif hinein, Sharon«, flüsterte er leise in mein Ohr. Seine Stimme erfüllte mich mit einem befremdlichen, aber wohligen Schauer. Ich griff hinter mich, rutschte mit meiner Hand in seine Hose und fühlte seinen Schwanz in meiner Hand. Ich rieb ihn, soweit das möglich war. Er stöhnte leise, quittierte das gute Gefühl damit, dass er seine Hand in Emma bewegte, stoisch und monoton, vor und zurück.

Er zog seine Hand wieder aus Emma heraus und ich übernahm. Meine Finger glitten in sie. Oliver drängte mich näher an Emma, sodass ich an ihr Bein gedrückt wurde. Jetzt stand ich vor einer großen Problematik. In Gemeinschaftssessions kam es auch vor, dass man eingekesselt wurde. Gerade aktive Männer neigten dazu, ihr Revier zu markieren und zu versuchen, mich nach unten zu drücken. Normalerweise wehrte ich mich stilvoll. Ich schimpfte nicht mit ihnen, erklärte aber bestimmt, dass sie mich nicht anfassen sollten oder mich irgendwohin drängen durften.

Aber das war nun schwierig. Zum einen befand sich meine Hand in einer meiner Kolleginnen, zum anderen konnte ich Oliver gegenüber gerade alles andere als aktiv sein. Im Gegenteil, die Art und Weise, wie er mit mir umsprang, wie er mich mit seinen Augen fixierte, ließ mein devotes Herz hochspringen.

»Wann friert denn diese verdammte Hölle eigentlich endlich zu?«, fragte mein Teufelchen.

In mir regten sich Widerstand und Erregung. Widerstand gegen das, was er gerade machte, Erregung, weil er es tat.

»Wurdest du schon einmal gefistet, Sharon?«, flüsterte er mir leise, fast unhörbar ins Ohr. Ich drehte meinen Kopf leicht zu ihm und genoss seine Stimme und atmete abrupt ein. Dabei starrte ich wie paralysiert auf seinen Unterarm und schüttelte den Kopf.

»Nein?«, fragte er leise.

Ich schwieg eisern. Ich erinnerte mich, dass Dave es einmal mit mir gemacht hatte, obwohl es auf meiner Tabuliste stand. Irgendwie war es passiert, ganz plötzlich, ohne es geplant zu haben. Ich erinnerte mich daran, dass es mir gefallen hatte, konnte mich aber nicht mehr entsinnen, welches Gefühl ich dabei hatte. Dieser Teil war wie gelöscht.

In meinem Kopf betätigte das Teufelchen sämtliche Knöpfe, um mein Blut in Wallung zu bringen. Mein Mund wurde trocken, ich war unfähig, eine Antwort zu geben.

Er tippte meine Hand an und mit einer Fingerbewegung wies er mich an, meine Hand aus Emma zu ziehen. Emma stöhnte laut auf, als er problemlos seine Hand in sie schob. Er betrachtete mich, während er Emma penetrierte. Ich spürte, wie mich sein Blick nervös werden ließ. Also schlug ich meine Hände auf Emmas Schenkel, um meine aktive Ader wieder zu reizen. Immerhin hatte er mich als Domina dazugebucht.

»Hast du Angst davor?«, fragte Oliver leise, nachdem ich fertig war, Emma mit meinen Händen zu malträtieren.

Ich bemerkte, dass mich seine Fragen erregten. Dennoch versuchte ich, sie totzuschweigen. Keine Antwort war besser als eine Antwort. Ich starrte weiterhin auf seinen Unterarm, fasziniert davon, wie seine Muskeln arbeiteten, wie seine Adern sich durch die Haut drückten, während er in Bewegung blieb. Er blickte mich erwartungsvoll an und ich hielt es nicht mehr aus. Ich hielt es nicht aus, dass er auf eine Antwort wartete, die ich nicht geben konnte, weil ich gar nicht wusste, was ich sagen sollte, ohne mich zu verraten.

Ich nickte kurz, dann schüttelte ich den Kopf. Ich war völlig unentschlossen, das passte gerade alles nicht. Er sollte sich nicht um mich kümmern, während seine Hand in einer anderen Frau steckte, die das auch noch genoss. Er sollte sich um Emma kümmern, die da stöhnend und keuchend vor ihm lag!

»Alles gut, Sharon. Du musst das nicht beantworten. Dreh dich zu mir um«, flüsterte Oliver. Ich befeuchtete meine trockenen Lippen, zog meine Hand aus seiner Hose und drehte mich zu ihm. Er griff nach meiner rechten Hand und schob sie erneut in seine Hose. Er zwang meine Finger um seinen Schwanz, griff um meine Finger herum und drückte meine Hand fest auf seinen Schwanz. Seine Augen funkelten und ich konnte meinen Blick kaum davon lösen.

Emma wurde indes lauter, stöhnte, je mehr er seine Monotonie beibehielt. Würde ich es nicht besser wissen, würde ich sagen, dass sie tatsächlich kurz vor einem Höhepunkt stand.

Oliver konzentrierte sich nun auf mich. Er packte meine Hand um seinen Schwanz und begann nun, meine Hand auf und ab zu bewegen. Durch das Gleitmittel auf meinem Handschuh funktionierte das sehr gut.

Er drängte mich gegen Emma, drückte sich an mich, soweit das möglich war. Er kam mir immer näher, fing meinen Blick mit dem seinen ein. Er zog seine Hand aus Emmas Körper und bat mich, seinen Handschuh auszuziehen. Ich zerrte ihn ab und warf ihn auf Emmas Bauch. Er packte meine Hüfte und drängte mich nun zwischen Emmas Beine, sodass ich keine Chance mehr hatte, irgendwohin auszuweichen.

»Du bist ganz schön devot, wenn man dir die Führung abnimmt. Weiter so, Sharon. Du machst das gut«, keuchte er und ich wusste nicht genau, worauf sich seine letzten Worte bezogen. Ich sah, dass er kurz vor seinem Höhepunkt stand. Sein Schwanz pulsierte in meiner Hand. Er klammerte sich an mir fest, ehe er mit einem Seufzen kam. Ich spürte die Wärme seines Spermas auf meinem Handschuh. Im Raum roch es nach ihm. Nein, nicht nur nach ihm. Es roch nach Körperflüssigkeiten. Es roch nach Sex!

Ich zog nach einem kleinen Anstandsmoment meine Hand aus seiner Hose und entsorgte die Handschuhe. Außerdem reichte ich ihm einige Tücher, mit denen er sich säubern konnte.

Als er damit fertig war, befreiten wir Emma aus ihrer Position.

»Alles okay?«, fragte ich sie, als sie sich aufsetzte.

Sie sah Oliver an, dann mich, ehe sie die Frage mit einem glücklichen Strahlen beantwortete.

Ich beneidete sie. Ich beneidete sie, dass sie sich so derartig fallen lassen konnte. Sich auf Gäste einlassen konnte, genießen durfte, was mit ihr angestellt wurde. Ich beneidete sie darum, dass sie sich schnell verändern konnte und nicht so sehr an den alten Maßstäben festhielt. Und ich beneidete sie darum, dass sie einen Gast hatte, den ich nie haben würde.

Oliver strich ihr zärtlich über die Schulter und Emma stand langsam auf.

»Magst du noch was zu trinken?«, fragte Emma Oliver und er nickte. Ich grinste innerlich, erwartete, dass er sie sofort züchtigen würde dafür, dass sie ihn duzte.

»Ja, bring mir doch bitte ein Glas Wasser«, sagte er.

»Klar. Gerne doch«, sagte sie und verschwand.

»Moment!«, rief ich. »Warum duzt sie dich?«, fragte ich.

Oliver sah mich an.

»Stell die Frage noch mal ordentlich, dann gebe ich dir eine Antwort darauf«, erklärte Oliver.

»Warum duzt sie Sie?«, fragte ich und der Satz kam mir reichlich albern vor. Ich war verwundert darüber, dass ich parierte. Aber meine Neugierde war einfach zu groß, ich wollte den Unterschied wissen, den er offenkundig zwischen mir und Emma machte.

»Emma ist süß«, sagte er und blickte leicht wehmütig zur Tür. »Sie ist passiv. Sie hat Respekt vor Männern wie mir.«

»Aha, und ich habe keinen Respekt?«, fragte ich mit einem leicht aggressiven Unterton.

»Nein. Aber du bist alles andere als passiv«, erklärte Oliver.

»Ja das stimmt«, sagte ich dominant und nickte.

»Emma gefällt mir. Dafür muss sie gar nichts machen und wenn sie etwas macht, gefällt mir das auch. Du gefällst mir, du reizt mich. Deine Denkweise verbietet es dir, dich auf mich einzulassen. Aber du bemühst dich dennoch, mir zu gefallen. Du lässt dich korrigieren, nimmst einen vorgeschlagenen Weg an, wehrst dich aber dagegen, dich mir zu unterwerfen, obwohl du wirklich herrlich devot sein kannst. Lass es in deinem Kopf zu, der Rest kommt von ganz alleine.«

Ich starrte ihn an.

»Das. Meinst. Du. Ernst?«, fragte ich verdattert.

Er nickte.

»Außerdem trieze ich dich gerne. Du schaust dann so irritiert und abgestraft«, erklärte er grinsend.

»Frechheit«, zischte ich.

Emma kam wieder zu uns und brachte Oliver sein Wasserglas.

»Danke, Emma. Ich glaube, das Nachgespräch werde ich mit Sharon führen. Ich denke, wir haben noch das ein oder andere zu bereden, nicht wahr, *Sharon?*«

Er grinste schelmisch und Emma verabschiedete sich mit einer Umarmung von Oliver und verließ den Spielraum.

»Hat es Ihnen denn gefallen?«, fragte ich hart und machte eine Punkteliste, die ich in meinen Gedanken nach und nach abhakte. Nicht der beste Stil, das wusste ich auch, aber ich konnte gerade nicht aus meiner Haut heraus. Es regte mich furchtbar auf, dass er Emma erlaubte, ihn zu duzen. Obwohl es mir eigentlich egal sein könnte. War es aber nicht!

Oliver nickte.

»Würden Sie wiederkommen?«, fragte ich geradlinig.

Oliver nickte erneut und grinste.

»Gut, dann haben wir ja alles Wichtige besprochen«, sagte ich.

»Du bist ja zickig!«, rief er erstaunt und lachte auf.

Ich schüttelte den Kopf.

»Niemals!«, widersprach ich vehement. Ich war alles, nur keine Zicke. Auf keinen Fall wollte ich mich als solche hinstellen lassen.

»Doch. Und wie. Sharon, du überraschst mich! Ich habe eine Schwäche für kleine Zicken.«

»Ich bin nicht klein«, zeterte ich. Ich stand kurz davor, auszuflippen. Ich hasste seine Art jetzt schon. Dieses joviale, überhebliche Von-oben-Herab. Bestimmt hörte er sich furchtbar gerne selbst reden!

Oliver lachte und schob mich zu den Stühlen.

»Also nein, ich werde mich jetzt nicht hier hinsetzen und mit dir ein Gespräch führen …«

Weiter kam ich nicht, denn Oliver drückte seinen Zeigefinger auf meine Lippen.

»Sharon, ganz ruhig. Es passiert hier nichts, was du nicht willst. Du kannst dich entspannen«, sagte er sanft.

Ich öffnete den Mund, doch er war schneller.

»Überleg dir gut, was du sagst. Ich bin keine Gefahr für dich. Ich habe dir lediglich ein Angebot gemacht. Und dieses Angebot steht immer noch, jetzt noch mehr als vorher«, betonte er. »Und jetzt kannst du mich zur Tür bringen und mich in meinen Abend entlassen. Ich habe gleich noch ein Essen mit einem meiner Mandanten.«

»Du bist Anwalt?«, fragte ich.

Oliver drehte sich um, griff nach seiner Jacke, ehe er sich wieder zu mir wandte.

»Wenn du gelernt hast, mich richtig anzusprechen, werde ich diese Frage gerne beantworten. Bis dahin wünsche ich der zickigsten Domina des Hauses einen schönen Abend«, erklärte er.

»Sie!«, rief ich ihm zu. »Mein Gott, ich meinte *Sie*!«

Oliver ging an mir vorbei und durch die Tür. Dann drehte er sich nochmals zu mir um und während er rückwärts lief, rief er mir augenzwinkernd zu: »Auf die göttliche Anrede verzichte ich gerne, Siezen reicht mir völlig aus.«

»Der Spruch hat so einen Bart und ist uralt!«, rief ich wütend zurück und knallte die Tür zu. Mist! So weggestellt zu werden war nicht schön. Ich machte das zwar auch ganz gerne mal, aber es war selbstredend etwas ganz anderes, wenn ich das machte. Aber mit mir so umzuspringen war nicht okay. Was glaubte der Kerl eigentlich, wer er war?

Ich ging zurück in den Raum und fing an, die benutzten Spielsachen wegzuräumen und zu säubern. Dabei dachte ich über seine Worte nach. Er wollte anscheinend, dass ich ihn siezte, weil er sonst keine Möglichkeit gefunden hatte, mich zu erniedrigen oder sich selbst zu erhöhen.

»Es kann auch sein, dass er einfach nur will, dass du Respekt vor ihm hast«, flüsterte mein Engelchen, immer auf der Hut, ob das Teufelchen es erwischte.

»Letztlich kann mir das auch egal sein«, maulte ich laut vor mich hin.

»Was egal sein?«

Emma hatte sich zu mir gesellt, um mir beim Aufräumen zu helfen. Sie sprühte das Desinfektionsmittel großzügig auf die Sling, auf der sie vorhin gelegen hatte, und wischte sie nach einer kurzen Einwirkzeit sauber.

»Nichts«, gab ich zurück.

»Was läuft da zwischen dir und Oliver? Er bringt dich ja ganz schön in Wallung«, fragte sie und ich konnte sehen, wie sie versuchte, sich ein Grinsen zu verkneifen.

Emma kannte ich seit Jahren. Ich wusste, dass ich mit ihr offen sprechen konnte. Im Gegensatz zu einigen anderen professionellen Damen saß sie nicht wie eine Glucke auf ihren Gästen. Ihr war bewusst, dass man Gäste nicht besitzen konnte.

»Keine Ahnung. Irgendwie will er mich auf der anderen Seite sehen.«

»Was spricht dagegen?«, fragte Emma.

»Tja. Eigentlich nur die Dave-Geschichte.«

Emma hatte damals mitbekommen, wie ich abgestürzt war, aufgrund meiner Beziehung, oder was immer das auch war, zu Dave, meinem ehemaligen Stammgast. Ich hatte mich unüberlegt und naiv auf eine Sache eingelassen, die letztlich ein böses Erwachen nach sich gezogen hatte. Ich wollte nicht noch mal denselben Fehler machen.

»Was hat Dave mit Oliver zu tun?«, fragte sie pragmatisch und überlegt.

»Eigentlich nichts, nur dass er eben auch ein Gast ist«, gab ich zurück und stellte die gesäuberte Gerte wieder zurück in die große Bodenvase.

»Überleg es dir. Entscheide dich, trau dich. Er ist wirklich gut. Und steuerbar«, sagte Emma, schnappte sich die Handtücher und ging aus dem Raum. Ich öffnete noch die Fenster und folgte ihr.

Sie hatte recht. Ich würde es mir überlegen. Denn ich musste mir eingestehen: Einen gewissen Reiz hatte es ja doch. Und es war irgendwie süß, wie er um mich kämpfte.

DER ERSTE SCHRITT

Als Oliver wieder ins Studio kam, waren drei Wochen vergangen. Die Wirtschafterin hatte ihn hereingelassen und als sie erklärte, dass es ein Gast namens Oliver sei, der nach Sharon fragen würde, war mir klar, dass nur er es sein konnte.

Ich ging zu ihm und begrüßte ihn freundlich, aber sehr distanziert. Ich musste mir eingestehen, dass ich mir nicht allzu viele Gedanken um ihn gemacht hatte. Irgendwie gerieten meine Gäste in Vergessenheit, wenn sie eine Weile nichts mehr von sich hören ließen. Und da er eben nicht zu meinen, sondern zu Emmas Gästen zählte, war er noch schneller aus meinem Kopf gelöscht als andere. Mit Ausnahme der Verstimmung am Tag der letzten Session und einigen wenigen Gedanken am Tag danach hatte er keinerlei Nachwehen in mir ausgelöst.

»Sharon, wie geht es dir?«, fragte er lächelnd. Er trug einen dunkelblauen Anzug, dazu ein weißes Hemd. Er hatte sein Haar schneiden lassen, zumindest war es kürzer als das letzte Mal. Einige Haare standen vom Kopf ab, was lustig aussah und einen leicht hektischen und verwirrten Eindruck machte.

»Danke, gut. Und selbst?«

Oliver nickte, erzählte, dass es ihm sehr gut ginge und er heute etwas Zeit gefunden habe, um vorbeizuschauen.

»Mit wem spiele ich heute? Mit dir oder mit Emma?«, fragte er und sah mich eindringlich an.

Ich schwieg.

»Mein Angebot steht noch. Ich bezahle dir das Doppelte für eine Session.«

»Das sind … 500?«, fragte ich.

Er nickte und festigte seinen Blick.

»Nur eine Stunde?«

Er nickte erneut.

»Aber ohne Spuren!«, bestimmte ich fordernd. Ich hatte wenig Lust, dass er mich direkt grün und blau schlug.

»In Ordnung.«

»Ohne Ausziehen.«

»Das ist kein Problem. Ich habe nicht vor, mich auszuziehen«, erklärte er.

»Nein, ich meine mich«, sagte ich.

»Hm«, sagte er und musterte mich. »So schlimm?«

»Was?«

»Na wenn du nackt bist. Angezogen siehst du doch hübsch aus«, erklärte er.

»Okay, ich ziehe mich aus, aber nicht ganz nackt«, bestimmte ich selbstsicher.

»Was würdest du ausziehen wollen?«, fragte er.

»Die Schuhe.«

Er lachte lauthals auf.

»Du bist aber auch ein schwieriger Verhandlungspartner«, sagte er schließlich.

»Das Korsett bleibt an!«, rief ich.

»Gut, damit kann ich leben. Den Rest wirst du ausziehen.«

»Ich weiß nicht, ob Sie das wirklich sehen wollen«, erklärte ich.

»Das lass mal mein Problem sein«, sagte er.

Was tat ich da? Er pokerte um meinen Hintern und ich stand kurz davor, mich für das Doppelte meines Stundensatzes zu verschachern. Ich musterte ihn eindringlich.

»Was sind denn deine Tabus?«, fragte er mich und scannte mein Gesicht. Ich hatte den Eindruck, er versuchte, mich zu durchschauen.

»Feuer. Blutspiele. Halsschlagadern abdrücken.«

Er ging einen Schritt zurück.

»Wow, du fängst ja gleich mit den harten Geschützen an.«

»Stromspiele, Dilatoren, wüste Beschimpfungen«, ratterte ich monoton meine einstudierte Liste herunter. Und nachdem ich alle Punkte erwähnt hatte, erklärte ich: »Und beim ersten Mal: Knebel!«

Er nickte. »Okay. Wie sieht es aus mit Sex?«

»Das kommt drauf an«, sagte ich.

»Worauf?«, fragte er.

Auf deine Schwanzlänge und dein Können, dachte ich zynisch.
»Darauf, wie gut du … äh … ich meine wie gut Sie sind.«
Er lachte erneut.

»Und selbst wenn ich nicht gut wäre, könnte es dir egal sein. Also, ja oder nein?«

Ich starrte ihn an. Na toll. Jetzt wollte er von mir eine Entscheidung haben.

»Sieh es doch so: Auch für mich ist ein gewisses Risiko dabei. Du hast einen wirklich schönen Mund, aber ich habe keine Ahnung, ob du gut blasen kannst. Und dann willst du dich auch nicht ausziehen, an dir könnte irgendetwas falsch sein. Dann weiß ich auch nicht, ob du nicht vielleicht offen wie ein Scheunentor bist und ich nicht das Geringste spüre, wenn ich dich ficke«, fügte er hinzu.

Ich riss entrüstet die Augen auf und schnappte nach Luft. Wer glaubte der eigentlich, wer er war?

»Also das ist ja unerhört!«, schimpfte ich. Er grinste. »Ich habe meinen Beckenboden gut im Griff. Wenn ich wollte, könnt ich dein bestes Stück damit zu Kleinholz verarbeiten«, posaunte ich laut. Mein Engelchen versank vor Scham im Boden.

»Du hast ja die Möglichkeit, dich zu beweisen«, antwortete er ruhig.

Ich atmete tief ein, wollte verzweifelt, das Niveau des Gesprächs wieder anheben. Also nickte ich, in der Hoffnung, dass er sich dadurch zufrieden gab.

»Sehr schön. Dann haben wir ja alles geklärt«, sagte er schließlich und griff nach seinem Geldbeutel. Er zog einige Scheine heraus und drückte sie mir in die Hand.

»Ich bring dich ins Badezimmer«, sagte ich, nahm das Geld und drehte mich um. Er fasste von hinten um meine Hüften, zog mich zu sich und flüsterte mir leise ins Ohr: »*Sie,* Sharon. Ich bringe *Sie* ins Badezimmer.«

»Ja. Natürlich. Meinte ich auch so«, erklärte ich pampig und löste mich aus seinen Händen. Er folgte mir durch den Flur ins Badezimmer. Ich erklärte ihm, dass er von Andrea wieder abgeholt werden würde. Dann verschwand ich im Aufenthaltsraum.

»Oh Gott, Leute, ich muss völlig verrückt sein. Kann mir mal jemand einen soliden Balken und ein gutes Seil organisieren? Ich muss mich nur mal eben kurz aufhängen!«, rief ich.

»Warum?«, fragte Andrea.

»Ja, du machst es!«, rief Emma und klatschte erfreut in die Hände. Ich warf ihr einen hilflosen Blick zu und begann, mich umzuziehen. Da fiel mir plötzlich auf, dass ich nicht rasiert war.

»Oh Mist«, sagte ich. »Ich bin nicht rasiert. Und jetzt?«

»Lass die Unterwäsche einfach an«, sagte Andrea, und ich hielt das für eine sehr gute Idee.

BH, Korsett und Unterhose. Ich zog noch halterlose Nylons an und dazu meine Pumps. Dann blickte ich in den Spiegel.

»Okay, ich bin fertig«, sagte ich.

Aus dem Badezimmer tönte ein Klingeln und Andrea brachte meinen Gast wieder in den großen roten Raum. Ich atmete tief ein und als Andrea wieder bei uns war, ging ich zu ihm.

Andrea hatte netterweise das Licht gedimmt und eine meiner CDs in den Player gelegt. Aus den Boxen schallte nun Audiomachine, Musik, die ich gerne hörte. Erst jetzt fiel mir auf, dass die Kerzen brannten und dem Raum ein romantisches Flair verliehen.

Er schwieg.

Ich auch.

Es lag an ihm, die Session zu eröffnen. Er erhob sich und ging zu einer Vitrine. Dort nahm er den Wecker heraus, ein Utensil, welches in jedem Raum zu finden war. Er stellte ihn auf den Beistelltisch, der zwischen den zwei Stühlen, auf denen die Vorgespräche stattfanden, platziert war.

»Eine Stunde. Ab jetzt!«, sagte er. Dann sah er mich an. »Du hast mehr an, als wir verabredet hatten«, stellte er fest.

Ich nickte.

»Ja ich weiß«, erklärte ich zusätzlich, denn ich hatte das Gefühl, dass er eine Antwort hören wollte.

»Warum?«, fragte er.

»Glaub mir, es sieht besser aus.«

»Sharon, als Erstes möchte ich dir mitteilen, dass ich dir für jedes Mal, wenn du vergisst, mich zu siezen, einen Schlag mit dem Rohrstock verpassen werde. Jedes Mal. Und ich werde durchziehen«, drohte er.

»Oh, da weht aber ein eisiger Wind durch eure Geschäftsbeziehung«, kicherte mein Teufelchen gehässig.

»Ja«, antwortete ich mit belegter Stimme.

»Die Strümpfe sind in Ordnung, sie gefallen mir sehr gut. Aber den BH und das Höschen ziehst du bitte sofort aus«, befahl er laut und deutlich.

»Das geht nicht«, sagte ich leise.

Er neigte den Kopf zur Seite und blickte mich fragend an.

»Also den BH kann ich ausziehen«, gab ich nach.

»Dann los.« Er kam auf mich zu.

Ich griff nach hinten und löste die Haken, ehe ich den BH zur Seite warf. Sofort wurde mir kalt und meine Brustwarzen stellten sich auf. Das fand ich gut, denn so sah meine Brust eigentlich hübsch aus.

»Und weiter«, sagte er.

»Ich ähm … also das geht nicht«, stammelte ich. »Ich habe da ein Problem, also …«

Er hob die Hand und bedeutete mir damit, zu schweigen. Dann kam er mir ganz nahe, sah mir direkt in die Augen. Er griff an mein Höschen und fummelte es unter dem Rand des Korsetts hervor.

»Nein«, rief ich aus.

»Schweig!«

Seine Hand glitt zwischen meine Beine und strich über meinen Venushügel. Er grinste triumphierend.

»Ich habe vergessen, mich zu rasieren, und bin etwas igelig«, versuchte ich mich zu entschuldigen.

»Igel? Das ist doch ein ausgewachsener Bär«, sagte er.

»Also Bär noch nicht ganz. Reh vielleicht?«, antwortete ich blinzelnd und zuckte mit den Schultern. Ich wollte die Situation so humorvoll wie möglich gestalten. Es war mir fürchterlich peinlich.

Mit einem festen Stoß drückte er mich gegen die Tür und schob zeitgleich einen Finger in mich. Ich stöhnte unerwartet laut auf.

»Kein Scheunentor. Das ist gut. Und mit einem grazilen Reh kann ich leben«, sagte er und bewegte seinen Finger rhythmisch in mir, was mich dazu brachte, zu keuchen.

Plötzlich ließ er von mir ab und ging einen Schritt zurück. Es wirkte fast so, als würde er sich selbst wieder in den Griff bekommen wollen.

Ich atmete frustriert aus.

»Ja das ist wichtig, damit Ihre fünf Zentimeter nicht im Nirwana verpuffen«, dachte ich laut.

Ich sah, wie er die Hand hob und mit einer solchen Härte meine Wange traf, dass ich zur Seite taumelte. Sofort fing er mich auf.

»Hab Respekt, Sharon!«

»Es tut mir leid«, jammerte ich und rieb mir die Wange.

»Zieh dein Höschen aus«, sagte er.

Ich tat, was er sagte, und entledigte mich meiner Unterwäsche. Dann bat er mich, ihm zu folgen. Er war wirklich beeindruckend höflich.

»Bleib stehen«, sagte er plötzlich.

Er nahm ein langes schwarzes Baumwollseil von einem der Haken an der Wand, nahm es doppelt und bat mich, meine Hände vor dem Körper wie zum Gebet zu schließen. Dann fesselte er meine Handgelenke aneinander und führte meine Arme mithilfe des Seils hinter meinen Kopf. Meine Ellenbogen sahen aus wie eine Erweiterung meiner Ohren. In meinen Gedanken hörte ich die Stimme des Bondagekünstlers Matthias Grimme, der mir zurief: »Das sind Flügel, keine Ohren!« Sofort richtete ich mich auf und drückte meinen Rücken durch und nahm die Ellenbogen pflichtbewusst nach hinten.

Schließlich führte er das Seil nochmals über meiner Brust um den Körper herum und verknotete es auf dem Rücken, bevor er es an einem von der Decke baumelnden Haken über meinem Kopf befestigte und mich damit stabil hielt. Seine Fesselung war okay. Sie war nichts, was mich daran hindern könnte, davonzulaufen, dazu hatte er sie nicht fest genug gezogen. Baumwollseile eigneten sich wunderbar, um sich selbst zu entfesseln, da sie sich bei Belastung dehnten. Ich müsste im Notfall also nur ein bisschen daran zerren und schon wäre ich frei.

Er ging um mich herum und stellte sich ganz nah vor mich. Ich konnte seinen Atem auf meinem Gesicht spüren.

»Willst du mein Safeword ...«, weiter kam ich nicht. Er beugte sich schweigend zur Seite, griff sich einen Rohrstock aus der dekorativen Bodenvase und ehe ich mich versah, hatte er ihn mir einmal quer über den Hintern gezogen.

»Au!«, rief ich laut.

Erneut stellte er sich vor mich.

»Wollen Sie mein Safeword nicht wissen?«, fragte ich schließlich leise.

»Brauchst du denn ein Safeword? Wie wäre es mit einem Slowword?«

Ich überlegte. Ein Safeword würde die Session sofort unterbrechen, ich wäre sofort in meinem Leben zurück und er hätte, was Geld und Spaß betraf, schlichtweg Pech gehabt. Ein Slowword hingegen signalisierte keine Notsituation, sondern war dazu da, um die Session etwas zu lenken und in die, für den Passiven, bessere Richtung zu treiben.

»Fragen wir mal anders: warum unbedingt ein Safeword?«, fragte er, als er bemerkte, wie ich mich im Definitionsdschungel meines Kopfes verirrte.

»Ja natürlich. Was ist, wenn Sie mich umbringen wollen?«

Er lachte schallend. Er lachte so laut, dass ich mir sicher war, dass die Mädels das auch im Aufenthaltsraum hörten. Und dann rieb er sich die Tränen aus den Augenwinkeln.

Na toll.

»Sharon, Logik ist nicht deine Stärke, oder?«

»Wie bitte? Logik ist mein zweiter Vorname!«, rief ich empört.

Ich meine, ich hatte nicht umsonst Informatik studiert. Ich hielt mich für total logisch und sehr realistisch.

»Wenn ich dich umbringen wollen würde, dann würde dich ein Safeword nicht schützen«, erklärte er.

»Er hat recht!«, rief mein Engelchen.

Mist! Ja hatte er. Aber das konnte ich auf keinen Fall einräumen.

»Na ja, aber ich würde dann mein Einverständnis durch das Safeword entziehen.«

Er lachte weiter. Er lachte so heftig, dass er sich setzen musste.

»Satz mit X, das war wohl nix«, sagte mein Engelchen grinsend.

»Alles gut, Sharon«, lachte er und seine Augen blitzten. »Du bist niedlich«, fügte er hinzu, erhob sich wieder und ich merkte, dass er sich beruhigt hatte. Dann kam er nochmals sehr nah an mich heran. »Für den Fall, liebe Sharon, dass es je zu der Situation käme, dass ich dich umbringen wollen würde, kann ich dir versichern, dass ein von dir benutztes Safeword mich sicherlich nicht davon abhalten würde. Denn ich darf, egal ob mit oder ohne Einverständnis, hierzulande einfach niemanden umbringen. Also, du sollst dein Safeword haben. Welches wählst du?«

Ich sah ihm tief in seine blauen Augen, erschüttert und bewundernd zugleich. Seine Logik strafte mich ab, er strafte mich ab. Allein mit seinen Worten, jedes davon treffend sicher gesetzt. Ich war beeindruckt. Er hatte recht. Und was noch viel schlimmer war: Ich hatte unrecht!

Natürlich schützte ein Safeword nicht vor einer Straftat. Wer das glaubte, der lebte fernab der Realität. Dennoch fand ich es wichtig, ein Safeword zu benutzen, um ihm zu zeigen, dass es ab einem bestimmten Punkt nicht mehr weitergehen würde. Gerade nach meinen Erfahrungen, ohne Safeword zu spielen, hatte dieses Wort für mich nun eine neue, nie da gewesene Wichtigkeit.

»Dein Safeword ist Aua!«, rief mein Engelchen laut. Mein Teufelchen packte es an den Haaren und zog es hinter sich her.

»Welches Safeword soll es sein für die schöne Sharon?«, flüsterte er und zwirbelte meine Brustwarzen.

»Panic Snap«, flüsterte ich heiser.

Seine Hand wanderte zwischen meine Beine, er teilte meine Schamlippen und schob langsam und bedächtig einen Finger in mich.

»Panic Snap?«, fragte er.

Ich nickte und keuchte.

»Ja. Panic Snap«, stöhnte ich.

Er schob einen zweiten Finger dazu. Ich lehnte meinen Kopf an den seinen, keuchte ihm ins Ohr, versuchte, mich zu konzentrieren. Das fühlte sich gut an.

»Wie viele hältst du aus?«, fragte er herausfordernd.

»Finger?«, fragte ich leise. Ich wusste, dass er sich mit Schweigen nicht zufrieden geben würde.

»Ja. Ich steh wahnsinnig auf Fisting«, antwortete er.

Ich schüttelte den Kopf.

»Keine Ahnung. Ich hab das erst einmal in meinem Leben ausprobiert«, keuchte ich. »Zwei sind normalerweise gut. Bei drei wird es nass, vier tun weh.«

»Bei drei wird es nass?«, hakte er nach. Verdammt. Warum war ich auch immer so eine Sprüche klopfende Plaudertasche? Natürlich wollte er es nun genauer wissen!

Instinktiv presste ich meine Beine aneinander.

»Nicht ausprobieren«, bat ich.

Er ließ von mir ab, schaute sich im Raum um. Dann holte er aus einer Ecke eine Stange. Eine Spreizstange.

Er nahm Fußmanschetten vom Regal und legte sie um meine Fesseln. Er achtete sorgfältig darauf, dass sie mir nicht drückten.

Dann fixierte er eine Öse der Spreizstange mit dem Karabiner an die Manschette um meine rechte Fessel. Natürlich wollte er auch meine linke Fessel mit der Spreizstange verbinden, dazu war er aber auf meine Mithilfe angewiesen.

»Spreiz deine Beine, Sharon!«, sagte er laut.

Ich schüttelte den Kopf.

»Nicht ausprobieren!«, wiederholte ich erneut.

In den letzten Jahren hatte ich festgestellt, dass ich abspritzte, immer dann, wenn mehr als zwei Finger in mir waren. Mein früherer Freund Patrick hatte es oft darauf angelegt und manchmal reichte es aus, mit dem Finger kurz über den G-Punkt zu streichen, und schon lag ich in einer Pfütze. Ich mochte das Gefühl bis zu einem gewissen Grad sehr gerne, aber es war mir mehr als peinlich, dass danach das komplette Bett – oder wo auch immer ich mich gerade befand – nass war. Und ausgerechnet hier und heute das Studio zu überfluten war nun keine besonders attraktive Option für mich.

Er jedoch hatte Blut geleckt und wollte es jetzt unbedingt wissen. Sein männlicher Forscherdrang war ausgelöst und er wollte sich unbedingt einreihen, in die Liste jener Männer, die es geschafft hatten.

Seine Hand traf meinen Oberschenkel. Ich gab nach. Sollte er es doch machen. Sollte er doch selbst sehen, welche Sauerei das ergeben würde. Das war doch nicht mein Problem, oder?

»Wie nass wirst du?«, fragte er.

»Du meinst, im Vergleich zur Sahara?«, fragte ich schnippisch. Er nahm den Rohrstock und zog ihn mir über den Hintern.

Ich heulte auf.

»Sie meinen, im Vergleich zur Sahara?«, fragte ich winselnd.

»Ja zum Beispiel.«

Ich wurde knallrot.

»Ähm, sehr. Also man sollte schon was drunterlegen«, erklärte ich peinlich berührt.

»Gut. Ich mag es, wenn es nass wird.« Na super. Ich nicht!

Er nahm ein dickes Handtuch aus einem der Regale und breitete es unter mir auf dem Boden aus. Dann stellte er sich erneut vor mich, blickte mir ins Gesicht. Ich fühlte, wie er einen Finger in mich trieb. Meine Oberschenkel zuckten, ich wollte zu gerne die Beine schließen, doch die Stange verhinderte das. Ein zweiter Finger fand seinen Weg in mich. Ich keuchte, als er sie bewegte. Er drehte sie etwas, mal links, mal rechts, und mein Körper reagierte darauf.

»Bereit?«, fragte er.

Ich sah ihn verzweifelt an und schüttelte den Kopf.

»Ich werte das als ein Ja«, sagte er.

»Ich glaub, ich bin noch nicht so weit«, sagte ich leise.

Er zog seine Finger aus mir und griff nach dem Gleitmittel. Er verteilte es auf seinen Fingern und sah mir ins Gesicht. Dann schob er abrupt drei seiner Finger in mich und ich schnappte nach Luft. Er hielt still, bewegte sich nicht. Dann spürte ich, wie er die Finger in mir spreizte, was mich dazu bewog, leise aufzustöhnen. Gleichzeitig schob er seine Hand unter den Rand meines Korsetts und drückte dort mit den Fingerspitzen gegen meinen Unterbauch. Und da war es auch schon, das Gefühl, als würde ich ganz dringend pinkeln müssen. Ich riss die Augen auf und starrte ihn an. Er begann nun, seine Finger rhythmisch zu bewegen, wellenartig. Ich warf meinen Kopf gegen meine Arme und bemerkte, wie mein Muskeltonus schwächelte.

»Nein, nicht«, winselte ich und versuchte, mich von ihm wegzubewegen. Oliver sah mich herausfordernd an. Er konnte durchaus erkennen, dass er da gerade etwas tat, was mir ein ganz besonderes Gefühl verpasste.

»Doch. Ich will das sehen«, erklärte er eisern.

Ich schüttelte den Kopf, doch ich stieß auf Ignoranz. Und irgendwann kam der Punkt, an dem ich resignierte.

»Ich kann mich nicht mehr zurückhalten«, winselte ich warnend.

»Sollst du auch nicht. Lass locker. Spritz mir auf die Hand.«

Ich gab einen leisen, aber langen und monotonen Schrei von mir und spürte diese Wärme und Nässe, als alles aus mir floss.

»Brav. Sehr gut, Sharon«, hörte ich ihn leise sagen.

Es kam mir vor wie Minuten, als meine Stimme versagte und ich signalisieren wollte, dass er aufhören sollte. Doch den Gefallen tat er mir nicht. Er penetrierte weiter und starrte mir ins Gesicht, verfolgte jede meiner Regungen. Ich jammerte, wimmerte leise und zwischendurch verzog ich meinen Mund zu einem lautlosen Schrei.

Dann ließ er endlich von mir ab.

Ich keuchte, versuchte, mich wieder in den Griff zu bekommen.

»Meine Arme schlafen langsam ein«, erklärte ich, denn ich hatte keine Lust mehr, so zu stehen. Ich hatte Sorge, dass mein Kreislauf mir einen Strich durch die Rechnung machen würde, und was ich momentan so gar nicht gebrauchen konnte, war ein überforderter Gast, der nicht wusste, wie er mich effektiv aus dieser Fesselung bekam.

Oliver reagierte zügig und löste meine Fesselung. Ich rieb meine Handgelenke und schüttelte sie ausgiebig, um wieder Leben in sie zu bringen. Währenddessen löste er die Spreizstange.

»Soll ich mich hinknien oder so etwas?«, fragte ich, als ich die Stille nicht mehr ertragen konnte.

»Nein. Bleib stehen.«

Er schob den hohen gepolsterten Lederbock direkt vor mich. Ich empfand ihn als eines der Highlights des Studios, denn üblicherweise kannte man die Dinger, auf die man sich knien musste. Niemand sah darauf gut aus, fand ich. Der Lederbock, der vor mir stand, war hingegen so hoch, dass man sich bequem darüberbeugen konnte. Die Beine blieben gestreckt und gerade und die Höhe war gut genug, um sich beim Schlagen keine Rückenschmerzen einzuhandeln.

»Beug dich darüber«, sagte er und ich tat, was er mir befahl.

Ich spürte, dass er meine Beine mithilfe der Ledermanschetten und eines Seils an den Ösen des Lederbocks fixierte. Meine Arme ließ er frei, was mich verwunderte. Aber bewegen konnte ich mich dennoch nicht, denn die Knoten hielten diesmal bombenfest. Alles, was möglich war, war ein Aufrichten. Ich fühlte, wie er seine Hand wieder zwischen meine Beine führte.

»Nicht noch mal«, rief ich, doch mir war klar, dass er es jetzt erst recht machen würde.

»Doch. Ich möchte es noch einmal sehen.«

Ich schüttelte den Kopf. Doch wieder ließ er sich davon nicht beirren. Er schob drei Finger in mich, diesmal etwas zügiger, und spreizte seine Finger in mir. Er packte mich an meiner Hüfte, hielt mich fest im Griff und begann, seine Finger in mir zu bewegen.

Es dauerte nicht lang und ich resignierte, stöhnte auf und spritzte ab.

»Sehr beeindruckend. Ich kenne keine Frau, die das in der Form und so schnell kann. Damit lässt sich arbeiten«, sagte er zufrieden. Seine Hand traf meinen Hintern. Warum fühlten Männer sich ständig dazu eingeladen, einer Frau auf den Hintern zu schlagen?, dachte ich.

Ich wusste nichts auf seine Bemerkung zu sagen, wusste auch nicht, was er damit meinte, also nickte ich nur. Er griff in eine der Vasen und nahm einen Rohrstock.

»Magst du den Rohrstock?«, fragte er.

»Eigentlich schon«, antwortete ich in der Hoffnung, dass er vielleicht nachfragte, wie genau ich damit bearbeitet werden wollte. Doch er wandte sich sofort meinem Hintern zu und schlug mit leichten, monotonen Bewegungen auf ihn ein. Stetig tippte er weiter, steigerte die Intensität und schwächte sie dann wieder ab. Ich keuchte, liebte diese Monotonie, durch die ich schnell und zügig einen Endorphinkick erreichte.

Er trommelte weiter, lief um mich herum, traf meinen Hintern, meinen Rücken, meine Oberschenkel. Schließlich griff er zu einem weiteren Rohrstock und bearbeitete mich nun virtuos mit zwei Stöcken. Ich entspannte mich, atmete tief ein und aus. Dabei stöhnte ich, gab lang gezogene Laute von mir. Plötzlich zog er durch. Ich brüllte auf, doch bevor ich mich beschweren konnte, trommelte er wieder in der bekannten Monotonie auf mich ein. Ich hoffte, dass es nur ein Ausrutscher gewesen war, doch falsch gehofft. Er zog erneut durch.

»Aua!«, rief ich aus und zuckte zur Seite, soweit ich konnte.

Doch meinen Einwand ignorierte er und trommelte erneut auf meinen Hintern, meine Oberschenkel und meinen Rücken. Ich begann, mein Becken rhythmisch vor und zurück zu bewegen.

Und erneut zog er durch, so fest, dass mir die Tränen in die Augen stiegen.

Er trieb das Spiel auf die Spitze, schlug immer weiter auf mich ein, mal zärtlich und zurückhaltend, ehe er wieder einen Schlag setzte, der mir die Luft zum Atmen nahm. Ich keuchte, wusste nicht, wann der Schlag kommen würde, der mich wieder herausreißen würde, ließ mich aber dennoch gerne einlullen von der Monotonie der Schläge zwischendurch. Ich spürte, dass mein Hintern rot war, ich fühlte die Wärme in mir und den Schmerz.

Und dann passierte es. Er zog durch, zwei-, drei-, viermal. Ich brüllte, presste mich gegen den Bock und schob ihn sogar ein paar Zentimeter nach vorne.

Oliver trommelte weiter.

»Nein, nicht noch mehr«, jammerte ich. Ich fürchtete, er könnte nochmals so oft durchziehen.

»Entspann dich«, sagte er und trommelte weiter. Er sah aus wie ein Künstler, der gekonnt auf seinem Instrument spielte. Und an sich hätte ich das durchaus zu schätzen gewusst, wäre nicht ich sein auserwähltes Instrument.

Je länger er auf mich eintrommelte, umso mehr zuckte ich unberechenbar, in der Angst, dass wieder härtere Schläge folgten. Ich erwartete den Schmerz. Ich versuchte, ihn zu beobachten, festzustellen, ob ich sehen konnte, wann er durchziehen würde.

»Und was würde das ändern?«, fragte mich mein Teufelchen.

Es hatte recht. Nichts würde es ändern. Der Schmerz wäre da, ob ich nun wüsste, wann er käme, oder nicht. Immerhin war ich fixiert, konnte hier nicht weg. Also beschloss ich, mich nach vorne zu lehnen, legte meinen Kopf auf meine Arme und ließ es zu.

Er zog erneut durch. Zwei. Drei. Vier. Fünf. Sechs. Ich brüllte meinen Schmerz hinaus. Dann ließ er ab von mir. Seine Hand griff nach meinem Hintern. Sie wirkte kühlend. Ich versuchte, mich wieder in den Griff zu bekommen, spürte, wie mein Herzschlag sich beruhigte und der Schmerz verfloss.

»Das sieht sehr schön aus«, sagte er schließlich.

»Danke«, erwiderte ich mit einem leichten Trotz in der Stimme.

Er beugte sich über mich und flüsterte mir ins Ohr.

»Wie sieht es aus, krieg ich deinen Hintern?«, fragte er.

Ich fuhr hoch.

»Nein, auf keinen Fall. Das ist meiner, da steht ganz groß mein Name drauf. Den bekommen Sie nicht, den bekommt niemand.«

»Kein Problem, Sharon. Es gibt an dir noch mehr, was mich reizt.«

»Warum will mir jeder immer an den Hintern? Das versteh ich nicht. Dabei ist der gar nicht so toll«, philosophierte ich aufgeregt weiter.

»Alles gut, Sharon«, erwiderte Oliver mit Nachdruck.

»Das kann ja nicht angehen, dass ihr Kerle ständig nur Analverkehr haben wollt«, schimpfte ich schließlich. Ich hatte Angst, er würde Tricks anwenden, mich einlullen, mich dazu bringen wollen, mit Geld, diese Grenze zu überschreiten.

»Kriegt man dich eigentlich auch wieder leise?«, fragte Oliver.

Ich schüttelte den Kopf.

»Niemals! Nur mit einem Knebel.«

»Der ja für heute auch tabu ist, richtig? Aber ich glaube, ich kenne da einen anderen Trick«, sagte Oliver, fuhr zwischen meine Beine, schob abrupt zwei Finger in mich und ich war nicht mehr fähig, eine passende Antwort zu geben. Ich stöhnte leise auf, warf meinen Kopf in den Nacken, als er seine Finger in mir bewegte.

»Geht doch!«, flüsterte Oliver mir ins Ohr, nachdem er sich über mich gebeugt hatte. Ich bemerkte, dass er seine Hose öffnete.

»Genieß den Ritt mit den Fingern, wer weiß, vielleicht spürst du gleich nichts mehr.«

Ich keuchte, wusste, dass er sich lustig machte über mich.

Er zog seine Finger aus mir und stülpte sich ein Kondom über. Und dann drang er in mich ein, ohne Rücksicht, zügig und tief. Ich rutschte mit dem Bock wieder ein Stück nach vorne, doch er rutschte nach und hielt mich fest. Ich schnappte nach Luft.

»Zu tief«, winselte ich. Ich wollte ihm nun nicht sagen, dass ich seit über einem Jahr keinen Sex mehr gehabt hatte, aber das, was er da gerade machte, war unerträglich. Ich war aus der Übung.

Oliver zog sich ein Stück zurück.

»Besser?«, fragte er.

Ich nickte und keuchte, als er anfing, sich zügig und schnell in mir zu bewegen. Ich spürte ihn tief in mir, ausfüllend, erfüllend. Er wurde immer schneller, stöhnte leise und verhalten. Er beugte sich über mich, stützte sich auf mir ab und kam mit einem lauten Stöhnen.

»Oh, einer von der schnellen Sorte«, rief mein Teufelchen enttäuscht.

Er zog sich aus mir zurück und griff nach den Tüchern, die auf einem der Tischchen standen. Dann entsorgte er das Kondom und säuberte sich. Schließlich löste er meine Fesseln und mich vom Bock. Mein Blick fiel auf die Uhr, als ich mich aufrichtete. Er registrierte das.

»Eine Stunde. Und keine Sekunde länger!«, sagte er und schloss seine Hose.

»Bring mich ins Badezimmer«, forderte er mich auf.

Ich ging hinaus und prüfte, ob das Badezimmer und der Flur frei waren. Dann kam ich zurück in den Raum.

»Sie können jetzt ins Badezimmer«, erklärte ich.

Er ging wortlos an mir vorbei. Ich blieb im Raum, angelte nach meiner Unterwäsche und zog mir eiligst BH und Höschen an. Dann begann ich, die Seile auf einen Haufen zu werfen, und schob den

Bock zurück, wo er hingehörte. Ich hatte das Bedürfnis, mich zu bewegen.

Nach einiger Zeit hörte ich, dass er wieder zurückkam. Ich ging noch kurz an ihm vorbei, um uns Getränke zu holen. Für jeden ein Glas Wasser. Als ich wieder ins Zimmer kam, war er gerade dabei, seine Uhr und seinen Schmuck, die er für die Session abgelegt hatte, wieder anzulegen.

»Hier, noch ein Glas Wasser für Sie«, sagte ich, stellte das Wasser hin und setzte mich auf den kleineren, ungemütlicheren Stuhl.

Er lächelte und nahm mir gegenüber Platz.

»Und was passiert jetzt?«, fragte er, nachdem ich kein Wort mehr über meine Lippen brachte. Sein Gesicht sah aus, als würde er einen Zaubertrick erwarten. Ich lachte stoßend auf.

»Ich zaubere jetzt ein Karnickel aus dem Hut.«

»Dazu musst du erst mal einen Hut herbeizaubern.«

Ich lächelte und legte den Kopf zur Seite.

»Hat Ihnen die Zeit gefallen?«, fragte ich.

Er sah mich verdutzt an.

»Was meinst *du* denn?«, fragte er schließlich. Wie unhöflich, eine Frage mit einer Gegenfrage zu beantworten.

»Na ich denke schon, sonst wären Sie nicht mehr hier.«

»Du cleveres Ding!«, lächelte er. »Allerdings muss ich nun langsam los. Ich habe noch ein Abendessen vor mir.«

Ich tat so, als wäre ich betreten, und stand auf.

»Oh wie schade«, log ich gekonnt. Ich kannte das schon. Im Prinzip war ich nach einer Session, egal ob aktiv oder passiv, immer sehr erschöpft, sodass ich froh war, wenn meine Gäste sich endlich verabschiedeten. Vor allem, wenn ich das Gefühl hatte, dass kein vernünftiges Gespräch zustande kam.

Es beeindruckte mich jedes Mal aufs Neue, dass Menschen zwar sexuell miteinander agieren konnten, sich aber danach oft nichts mehr zu sagen hatten. In meinem Beruf kam dies sehr oft vor. Manche Gäste flüchteten danach regelrecht vor mir, fast als würden sie nach dem Höhepunkt feststellen, was sie gerade gemacht hatten.

Viele Männer kamen nicht damit zurecht, für Sex bezahlt zu haben. Manchen dämmert es, dass sie gerade ihre Frau betrogen hatten, wenn sie in einer monogamen Beziehung lebten. Die meisten Männer empfanden die bezahlbare Liebe zwar währenddessen als sehr erregend, aber im Nachhinein blieb eine innere Leere. Eben weil es keine Gemeinsamkeit gab und der Blick ins Portemonnaie dann doch schmerzte, wenn man feststellte, dass man weder ein Sättigungsgefühl im Bauch noch etwas Teures in der Hand hatte. Ich stellte mir oft vor, dass sie dasselbe Gefühl hatten wie ich, wenn ich dem Finanzamt mein Geld überweisen musste. Da blieb auch immer eine Leere.

Als er das Studio endlich verlassen hatte, ging ich zu den anderen und sank auf meinen Stuhl.

»Na, wie war's?«, fragte Andrea.

Ich nickte und grinste verschmitzt, als ich daran dachte, was er mir bezahlt hatte.

»Gut«, rief ich. »Richtig gut.«

Mich riss ein Endorphinkick mit, den nur jene nachvollziehen konnten, die mit leeren Taschen irgendwo hingegangen waren, nicht wissend, wann Geld kommen würde, und plötzlich volle Taschen hatten. Endlich, hämmerte es in meinem Kopf, endlich Geld! Endlich konnte ich die dringendste Rechnung begleichen. Meine Schulden waren eine solche Last, dass schon die Befreiung von einer einzelnen kleinen Schuld eine enorme Erleichterung bedeutete.

Den Rest des Tages verbrachte ich gut gelaunt in der Truppe der Mädchen. Ich durfte bei einer Session als Domina mitwirken, denn der Gast wollte gerne zusehen, wie seine gebuchte Passive von einer Herrin geschlagen wurde. Dass er mich anfasste, verbot ich ihm, aber er ließ sich von seinem Wunsch nicht abbringen, wodurch ich dann zwar nicht viel, aber eben doch noch etwas mehr nach Hause tragen konnte, als ich schon in der Hand hielt.

Glückselig fuhr ich abends nach Hause, schloss meine Haustür auf und als sie hinter mir ins Schloss fiel, kam eine enorme Leere und Stille über mich. Mein Haus war dunkel. Ich stellte das Licht an und ging durch mein Wohnzimmer. Ich kickte einen Ball, den mein Sohn liegen gelassen hatte, zur Seite.

Was hatte ich nur gemacht?

»Ja, was hast du nur angerichtet?«, rief mein Engelchen.

Ich ging in die Kinderzimmer, prüfte die leeren Betten und schluckte mein aufkommendes schlechtes Gewissen runter.

»Du hast Geld, du brauchst das Geld«, rief mein Teufelchen.

Ich lief wieder zurück, rastlos, durchquerte die Küche, überlegte, etwas zu essen. Ich lief zum Kühlschrank, öffnete ihn, starrte hinein und schloss ihn wieder.

Nachdem ich vor einigen Jahren mit Dave meine schlechten Erfahrungen gesammelt hatte, war ich, was das Thema Unterwerfung im Studio betraf, sehr empfindlich geworden. Dave war damals einer meiner Stammgäste gewesen, gegen den ich eine Wette verloren hatte. Ich hatte mich danach unterworfen, völlig freiwillig und ohne Druck, und wir hatten eine wirklich sehr schöne Zeit miteinander. Er war eigenwillig auf seine Art, manchmal cholerisch und aufbrausend, aber wir verstanden uns gut und unser SM erfüllte mich. Ich hatte lange nicht bemerkt, wie sehr ich mein Leben von ihm abhängig gemacht hatte. Wie mein Glück an seine Worte gekoppelt war.

Als ich es bemerkte, war es fast schon zu spät gewesen. Er hatte mich vergewaltigt, wobei ich hier immer noch nicht sicher war, ob man es wirklich so bezeichnen durfte. Immerhin hatten wir damals ausdrücklich vereinbart, ohne Safeword zu spielen. Letztlich war er dann über viele Grenzen gegangen, was mir meistens auch gefallen hatte, doch das letzte Spiel eskalierte und erreichte ein nie da gewesenes Level. Ich war danach in ein tiefes Loch gefallen, hatte an Depressionen gelitten und musste neu lernen, mit mir zurechtzukommen.

Und dennoch, jetzt, wo ich wieder im Leben stand und mit zaghaften Schritten meinen SM wiederentdeckte, wünschte ich mir manchmal einen Menschen wie Dave, mit dem ich mich ausleben konnte.

Ich wanderte durch mein Schlafzimmer.

Daves Vorlieben passten zu meinen. Keiner beherrschte das Spiel mit meiner Panik so gut wie er. Keiner, so empfand ich, war so konsequent wie er. Keiner war so weit mit mir gegangen wie er.

Ich seufzte und zog die Vorhänge zu.

Ich hatte mir nach dem Ende meiner Beziehung mit Dave geschworen, nie wieder abhängig zu sein. Ich wollte frei sein, unabhängig. Kein Mensch sollte je wieder eine derartige Macht über mich erlangen.

Ich setzte mich aufs Bett. Tränen liefen über mein Gesicht.

»Und bei all der Weigerung, dich Menschen zu unterwerfen, hast du ganz übersehen, dass man sich auch dem Geld unterwerfen kann«, flüsterte mein Engelchen tröstend.

Ich nickte. Das Geld, dieses blöde Geld.

Ich sprang auf, rannte zu meinem Schreibtisch, der im Wohnraum stand. Dann griff ich in meine Hosentasche und nahm das Geld heraus. Es fühlte sich schmutzig an. Ich wollte es nicht, aber ich musste es wollen. Ich fühlte mich wie eine billige Hure.

»Na komm. Du malst wieder schwarz«, rief mein Teufelchen. »Deine Rechnungen können nur so bezahlt werden.«

Ich hatte das Gefühl, meine Rechnungen mit Sex zu bezahlen. Nicht mit Geld.

»Dann sei froh, dass das wenigstens ein Kerl war, der einigermaßen gut ausgesehen hat. Stell dir mal vor, du müsstest mit dem Handwerker von letzter Woche …«

Weiter kam mein Teufelchen nicht, denn in mir schüttelte sich alles bei dem Gedanken. Ja, es hatte recht. Oliver war ein Mann, der zumindest attraktiv und sympathisch war. Ich hatte mich noch nicht ganz verloren und aufgegeben.

Mit einem sehr flauen Gefühl im Bauch ging ich ins Bett und beschloss, das ganze Wochenende nicht mehr aufzustehen. Das zog ich dann auch erfolgreich durch. Ich verließ mein Bett nur, um mir etwas Ungesundes zu essen zu holen oder wenn mir die Getränke ausgingen. Hin und wieder befriedigte ich mich selbst, um mir Glücksgefühle durch den Körper zu jagen und mir selbst zu zeigen, dass ich mich mochte und zufrieden war, wie ich war.

Ich las Bücher, sah die unmöglichsten Fernsehsendungen und als ich am Montagmorgen aufwachte, war mein Leben wieder in Ordnung. Die Sonne strahlte durch den Vorhang und ich freute mich auf einen weiteren Tag.

Ich hatte beschlossen, eine Werbeoffensive zu starten, und setzte mich an meinen Laptop, um eine Auswahl der schönsten Bilder von mir zusammenzustellen, die in den letzten 15 Jahren entstanden waren. Doch relativ schnell stellte ich fest, dass es schwierig war. Jene Bilder, die mich als unnahbare Domina zeigten, waren schon so alt, dass ich es aus Kundensicht als Frechheit empfinden würde, mit diesen Bildern zu werben. Auch wenn ich mich optisch nicht groß verändert hatte, abgesehen vielleicht von der Figur, die etwas weiblicher war als zu der Zeit, als ich noch keine Kinder hatte, empfand ich es als nicht richtig, diese Bilder auf meine Website zu laden. Doch danach waren nur noch Fetischbilder entstanden, in denen ich auch die passive Rolle übernommen hatte. Sie eigneten sich also genauso wenig.

Ich beschloss, einige Latexbilder zu nehmen, auch wenn Latex nicht wirklich zu meinen Vorlieben gehörte. Das Material an sich ist toll anzusehen, gerade dann, wenn es mit Silikonöl auf Hochglanz gebracht wird. Aber mich störte die Zeit, die man dafür benötigte, um es an- und auszuziehen, genauso wie es mich nervte, jedes Mal aufs Neue die Kleidung zu waschen und zu pudern. War die Qualität dann doch nicht so gut, rissen die guten Stücke relativ schnell. Vom Kostenfaktor mochte ich gar nicht erst anfangen und letztlich schwitzte ich nicht nur schnell in derartigen Ganzkörperkondomen, sondern fror dadurch auch noch viel schneller. Dennoch wurde ich hier und da für ein Latexshooting gebucht, was damit zu tun hatte, dass ich sehr beweglich war, was zum Material einfach passte. Also wählte ich diese Bilder aus, bearbeitete sie und fügte sie in meine Galerie ein.

Danach öffnete ich mein Mailprogramm und sah, dass ich einige E-Mails mit Anfragen für einen Termin bekommen hatte. Es war, wie eh und je, das Übliche. Meine Güte, ich klang so abgebrüht. Aber dennoch war es einfach so, dass sich an der überwiegenden Neigung des vergebenen, monogam lebenden und bezahlbare Damen besuchenden Mannes nichts geändert hatte. Sie wollten überwiegend gefesselt werden und ausgeliefert sein, etwas geschlagen werden, aber bitte nicht zu heftig, und natürlich sollte man sich sehr eingehend mit ihrem Genitalbereich befassen. Einem Bereich, den die meisten Ehefrauen mieden oder nur dann als spannend empfanden, wenn das, was sie da spürten, der Geldbeutel war.

Selbstverständlich sollte der Mann auch noch dazu gezwungen werden, zur Strafe eine Zofe oder Sklavin französisch verwöhnen zu müssen. Ein Punkt, der mich immer wieder zum Schmunzeln brachte, denn als Strafe verstand ich das in der Regel nicht.

Dennoch beantwortete ich die Anfragen freundlich, aber kurz und knapp, indem ich sie auf meine Anwesenheit im Studio hinwies und sie bat, doch innerhalb dieser Zeit einfach und unverbindlich vorbeizukommen, um ein Vorgespräch zu führen.

Die meisten E-Mails von Gästen zeichneten sich dadurch aus, dass sie von anonymen Adressen geschickt wurden. »Sklave0815« war ein Klassiker. Ebenfalls enthielten die E-Mail-Adressen oft direkt die sexuellen Wünsche. So hatte ich mich einmal fast bepinkelt vor Lachen, als ein »will.ficken« sich bei mir meldete und sich am Ende der Mail doch tatsächlich als Wilhelm verabschiedete. Ich versuchte, diese Tatsachen, die unter Garantie entstanden waren, als das nördlich gelegene Gehirn gerade Auszeit hatte, stilvoll zu übersehen.

Eine weitere Mail poppte auf, sie stammte von einem Rechtsanwalt O. Vogt. Mir rutschte das Herz in die Hose und ich befürchtete, dass mich jemand verklagt hatte oder jemand einfach nur gern mein Bestes hätte, nämlich mein Geld.

Meine liebe Sharon. Danke für die wunderbare Stunde am Freitag. Ich möchte dich gerne wiedersehen, wenn du nicht verschreckt bist. Wie sieht dein Terminplan für diese Woche aus? Mit freundlichen Grüßen, Oliver Vogt.

Ich stutzte.

Das war Oliver und anscheinend einer der wenigen, die sich mit vollem Namen vorstellten. Wobei natürlich auch das ein Künstlername sein konnte. Immerhin war die SM-Welt ja fantasievoll genug, um nicht nur Nicknamen, sondern auch Familiennamen zu erfinden.

»Genau. Sharon de Lyon«, flüsterte mein Engelchen.

Ich hasste es, wenn es recht hatte!

Ich warf einen Blick in meinen Terminkalender und stellte fest, dass ich einige Termine frei hatte. Es bedrückte mich, wenn ich daran dachte, dass ich früher oft über Wochen im Voraus ausgebucht war. Meine Glanzzeiten als Domina waren anscheinend völlig vorbei.

Selbst als ich damals nach einer Pause wieder zurück ins Studio gekommen war, rissen sich meine Gäste um mich. Heute sah das anders aus. Viele Gäste waren älter geworden, manche hatten eine neue Domina gefunden. Andere waren verstorben oder verzogen und wieder andere hatten ihr Leben geändert oder nicht mehr genug Geld, um zu mir zu kommen. Doch das Schlimmste für mich war, einzugestehen, dass ich vielen einfach zu alt war.

Als ich angefangen hatte, war ich Anfang 20 gewesen und hatte selbst mitleidig auf die Damen geschaut, die Mitte 30 und älter waren. Sie alle hatten weniger zu tun als ich selbst. Heute war ich eine von ihnen. Heute war ich diejenige, auf die alle 20-Jährigen herabsahen, mitleidig, ehe sie davonstolzierten zu ihrem nächsten Gast, während ich mir meine Fünf-Minuten-Terrine zubereiten würde und überlegte, wie ich die Zeit totschlug.

Ich schob die schrecklichen Bilder beiseite und dachte nach, ob ich mich weiter auf Oliver einlassen sollte. Er hatte nichts davon geschrieben, ob er wieder das Doppelte bezahlen würde. Andererseits wäre er vielleicht ein möglicher Stammgast, der regelmäßig kommen und mich dadurch in gewisser Weise absichern würde.

So beschloss ich, ihm eine weitere Chance zu geben. Er hatte sich nicht dumm angestellt während unserer ersten Session und er hielt sich anscheinend auch an das, was vereinbart war. Ich beantwortete seine Mail damit, dass er freie Wahl hätte. Natürlich verpackte ich das so charmant wie möglich in ein Kostüm, welches nicht unbedingt danach aussah, dass ich nichts zu tun hätte, sondern ich versuchte, ihm weiszumachen, dass ich Himmel und Hölle in Bewegung setzen würde, um ihm einen Termin zu ermöglichen. Klappern gehörte doch zum Handwerk, oder?

Keine Stunde später erhielt ich seine Antwort. Er wählte Donnerstag, denn dieser Tag würde ihm am besten zusagen. Außerdem bat er mich ausdrücklich darum, eine handschriftlich angefertigte Tabuliste mitzubringen.

Ich markierte die Mail als »wichtig« und schloss meinen Laptop, um mich fertig zu machen und ins Studio zu fahren.

Ich liebte das Studio. Es hatte so ein eigenes Flair. Der Moment, in dem ich durch die Tür trat, war, als würde ich eine andere Welt betreten, die nur reduziert war auf das Wesentliche: Sympathie, stimmige Chemie, Sich-selbst-Ausleben.

Alles, was im Studio passierte, blieb dort und war anonym, zumindest auf einer Seite, nämlich der der Gäste. Man erfährt als Sexworker nur ihre Vornamen, so es denn der richtige ist, und dann Dinge, die sie nicht mal ihren engsten Vertrauten erzählen würden. Ich konnte mir gut vorstellen, dass in einem One-Night-Stand ein ähnlicher Reiz lag.

Durch das Internet hatte es sich mittlerweile etabliert, dass Gäste nicht mehr ganz so zurückhaltend und diskret blieben. In einigen Foren gab es Berichte über Sessions mit Dominas, detailreiche

Beschreibungen der gebuchten Zeit kombiniert mit subjektiven Beurteilungen von Aussehen und Handwerk und natürlich auch Informationen zum finanziellen Aspekt.

Ich sah diesen Trend als zwiespältig an, einerseits half es sicherlich, eine Sexarbeiterin zu finden, die sich an Vereinbarungen hielt, andererseits waren gerade Sympathien immer rein subjektiver Natur. Ein negativer, oftmals einseitiger Bericht konnte karrieretechnisch der Untergang einer Professionellen sein. Hinzu kam der bedenkliche Trend, dass einige Moderatoren und Inhaber solcher Foren intimere und engere Beziehungen zu Professionellen aufbauten und die Damen sich dadurch erpressbar machten. Ich predigte den Dominas, die ich früher ausgebildet hatte, immer, dass sie einen gesunden Abstand zu derartigen Foren halten sollten.

Ich bereitete alles im Studio vor, die Räume, mein Werkzeug, denn es hatte sich doch noch ein Gast angekündigt, der dann auch tatsächlich kam. Wir führten ein Vorgespräch und er bat um eine Gemeinschaftserziehung mit mehreren Damen und einen längeren Aufenthalt.

Um einen Aufenthalt trotz wenig Geld länger zu gestalten, kombinierten wir die Sessionzeit mit Ruhezeiten. So wurde dann der Besuch problemlos von einer Stunde auf eine weitere gestreckt. Das empfand ich persönlich als fairen Service, denn letztlich waren wir auch in der Zeit, in der er irgendwo eingesperrt oder gefesselt war, für sein Wohlergehen verantwortlich. Übernachtungen jedoch schlug ich aus. Ich hatte keine Lust, meine Nächte damit zu verbringen, auf einen Gast aufzupassen.

Die Session war das, was wir im Studio lapidar »Geil im Ambiente« nennen. Klingt niedlich, ist aber letztlich anstrengender und nervenzehrender als eine normale SM-Session. Dabei darf der Gast gucken und anfassen, möchte auch selbst SM erleben, ohne SM zu erleben. Es ist also nur ein fröhliches »wir tun mal so als ob«. Wir schimpfen ihn mit pornöser Sprache aus und bestrafen ihn dann mit einem Orgasmus. Ja, der professionelle SM kann durchaus eigenartig sein, aber der Kunde ist auch hier König und uns fällt kein Zacken aus der Prinzessinnenkrone, diese Dienstleistung zu erbringen. Und unterm Strich zählt in solchen Fällen auch einfach das, was er bezahlt. Machen wir uns nichts vor, eine professionelle Sexworkerin möchte für ihre Dienstleistung eben Geld. Würde sie nicht bezahlt werden, würde sie es mit vielen ihrer Gäste gar nicht machen.

Ich hasste es, wenn sich die Sichtweisen der Gäste verklärten und sie versuchten, irgendwie eine romantische Erklärung für uns zu finden. Noch mehr hasste ich es, wenn ausgerechnet jene, die dafür bezahlten, uns vorwarfen, wir wären geldgierig. Realismus war selten ihre Stärke. Natürlich machten wir *es* mit Männern, die optisch nicht unseren Vorlieben entsprachen, nur für Geld. Andernfalls hätten diese Männer gar keine Chance bei uns. Aber das hieß nicht, dass wir deshalb keinen Spaß an unserem Beruf hatten. Wie jeder andere Dienstleistungsberuf auch, machte es manchmal mehr und manchmal weniger Spaß. Aber die Grundprinzipien waren auch bei uns die Freiwilligkeit und die Möglichkeit, einen Gast abzulehnen, wenn er so gar nicht passen wollte.

So lehnte ich zum Beispiel ungepflegte Gäste ab. Es ekelte mich an, jemanden zu berühren, dessen Haare fettig waren. Genauso wenig mochte ich es, wenn jemand extremen Mundgeruch hatte oder die Zähne ungepflegt aussahen. Es war einfach auch mein Anspruch an meine Gäste: Ich sorgte dafür, dass ich selbst gut roch, gepflegt, geschminkt, meine Garderobe sauber und in Ordnung war, also verlangte ich das von ihnen auch. Natürlich zwang ich sie nicht dazu, aber wer sich dagegen entschied, musste eben mit meiner Ablehnung rechnen.

Ich verbrachte die Tage im Studio und abends saß ich zu Hause an meiner Buchhaltung oder meinen Datenbanken. Diese Ruhe genoss ich, die ich alle zwei Wochen für 14 Tage hatte. Danach folgten oft zwei Wochen, in denen es drunter und drüber ging und ich kaum einen Moment für mich hatte.

Mittwochabend fiel mein Blick, wie jeden Abend, auf meinen Terminkalender für den nächsten Tag. Ich stellte fest, dass der Termin mit Oliver am nächsten Tag stattfinden würde, und mir fiel ein, dass er mich gebeten hatte, eine Tabuliste zu erstellen.

Ich nahm ein Blatt Papier aus dem Drucker und griff nach einem Kugelschreiber. Es war einfach, meine Tabus aufzulisten, ich hatte sie immer im Kopf. Selbst wenn man mich nachts um drei Uhr weckte, konnte ich sie lückenlos runterrattern, wie eine Maschine.

Ich startete mit extremen Blutspielen wie Cuttings, fuhr fort mit Nadelungen und schloss den Bogen der Grausamkeiten damit, dass ich ihm verbot, meine Halsschlagadern auch nur irgendwie durch Abdrücken zu manipulieren. Natürlich schrieb ich auch darauf, dass zwar Spuren erlaubt wären, ich aber keine bleibenden Schäden davontragen wollte und er mit Feuer jeglicher Art von mir fernbleiben sollte. Außerdem stand »Strom« in dicken Buchstaben darauf.

Ich beschloss, zusätzlich einige Punkte in eine Liste zu schreiben, der ich »Grenzwertig« als Überschrift verpasste. Das waren keine Tabus, ich mochte sie aber auch nicht zwischen Tür und Angel abgefertigt haben. Diese Punkte benötigten eine gute Vorbereitung. Ich schrieb »Fisting«, »Atemkontrolle« und »dunkle, mehr oder weniger enge Räume«.

Ich dachte kurz an Dave und seine Liste und mir fiel ein, dass ich damals einen wichtigen Punkt vergessen hatte. Ich knabberte an meinem Kugelschreiber, während ich überlegte.

Analverkehr. Eine Praktik, die mich einerseits reizte, andererseits abschreckte. Wenn ich an mein Erlebnis mit Dave dachte, bei dem er eine wirklich nette und angenehme Session mit mir gemacht hatte, mochte ich den Gedanken irgendwie. Wenn ich dann aber an meine letzte Session mit Dave dachte, zog sich alles in mir zusammen. Ich wagte es nicht, »Analverkehr« auf meine Tabuliste zu schreiben, denn ich schloss die Praktik nicht aus. Ich schloss sie aber auch nicht ein, weshalb ich sie auch nicht unter die grenzwertigen Dinge setzen wollte.

Nach einiger Zeit der Gedankenwälzerei beschloss ich, eine dritte Kategorie ins Leben zu rufen. Ich nannte sie »Sorgenkind« und hoffte, dass Oliver verstehen würde, was ich damit meinte. Dort schrieb ich »Analverkehr« darunter.

In jener Nacht schlief ich ganz besonders gut und als ich morgens erwachte, freute ich mich schon auf den Termin mit Oliver. Er war ja durchaus ein Mann, den man anschauen konnte, und ich mochte seine höfliche Art.

Als ich, wie jeden Morgen, während meines Kaffees meine Mails checkte, fand ich eine von ihm.

Liebe Sharon, bitte heute keine Bären, Rehe, Igel oder andere Tiere in die Session mitbringen. Ich freue mich schon auf dich. Oliver.

Ich grinste verschmitzt, wusste sofort, was er meinte. Ja, ich musste zugeben, dass ich in diesem Punkt mehr als nachlässig geworden war. Letztlich war es mir persönlich egal, ob da unten Haare waren oder nicht. Immerhin hatte beides, blank oder behaart, seinen Reiz und solange die Intimfrisur gepflegt war, hatte ich keine Präferenzen.

In Anbetracht dessen, dass ich über ein Jahr lang keinen Mann hatte, der auch nur irgendwie in die Nähe dieses Bereichs gekommen wäre, empfand ich es als unnötig, mich täglich blank zu rasieren. Also ließ ich gerne mal einen Igel, ein Reh, ja manchmal sogar einen Bären stehen.

Und heute würde ich dann also ein Reh mit Winterfell töten. Wie gemein!

UNMORALISCHE MORAL

Es klingelte an der Tür. Ich hatte mich diesmal wieder für ein Taillenkorsett entschieden, dazu einen langen Rock, den man vorne mit einem Reißverschluss von unten nach oben öffnen konnte, sodass er dann nur noch durch einen Stoffgürtel an der Taille gehalten wurde. Außerdem trug ich eine weiße Bluse, etwas, worum Oliver mich per SMS gebeten hatte. Ich ging beschwingt zur Tür und öffnete.

»Guten Tag. Es freut mich sehr, dass Sie hier sind«, sagte ich und war verwundert darüber, wie einfach es mir fiel, ihn zu siezen. Fast, als wäre es mir schon ins Blut übergegangen, als hätte es nie Zweifel daran gegeben.

Auch er war erstaunt, als er eintrat. Er trug einen langen Mantel aus Schurwolle, wohl der letzte Schrei bei allen Anzugträgern. Dazu selbstverständlich einen Anzug, wie sollte es auch anders sein? Manchmal fragte ich mich, ob es zur Pflicht oder Kür gehörte, einen Stock zu verschlucken, wenn man einen Anzug trug. Kleider machten ja bekanntlich Leute und ich konnte mir gut vorstellen, dass man auf ihn anders reagierte, wenn er einen Anzug trug. Mir ging es immerhin ähnlich, denn so albern ich es manchmal fand, insgeheim fand ich Anzüge schon sehr sexy, wenn derjenige, der darin steckte, eine gute Figur hatte. Da konnte man sich bei Oliver ja nicht beschweren, seine Anzüge saßen wie maßgeschneidert.

»Na das ist ja ein Mistwetter da draußen«, sagte er. In seiner Hand trug er einen Regenschirm, der nass war. Eindeutig ein Indiz dafür, dass es wieder einmal regnete.

»Ich will ja nicht vorgreifen und das mag jetzt absolut überraschend kommen, aber: Das hier ist Hamburg und nicht die Seychellen.«

Er lachte und ich führte ihn durch den Flur ins große Zimmer. Da, wo wir auch das letzte Mal schon gespielt hatten, sollte zumindest das Vorgespräch stattfinden.

Er nahm seinen Mantel ab und hängte ihn an einen der Haken, die hinter der Tür angebracht waren. Den kleinen Regenschirm legte er auf den Boden.

»Darf ich etwas zu trinken bringen?«, fragte ich ihn, wohl wissend, dass ich mit dieser Art der Fragestellung die Anrede wunderbar umgehen konnte.

Oliver trat auf mich zu, bückte sich kurz und zog den Reißverschluss meines Rockes bis nach oben. Er entblößte damit meinen Schoß, sah zufrieden, dass ich blank rasiert war. Er strich zärtlich darüber und löste damit in mir ein wohliges Gefühl aus.

»Jetzt ja. Ich nehme gern eine Cola, falls ihr die da habt«, sagte er und nahm auf seinem angestammten Sitz Platz. Ich nickte und verließ den Raum, um unsere Getränke zu holen. Der samtene Stoff meines Rockes flog dabei leicht zur Seite und bestimmt sah es nicht übel aus, wenn ich schnellen Schrittes über den Flur eilte.

»Wie geht es Ihnen?«, fragte ich, als ich wieder zurück war.

Er nahm mir die Cola aus der Hand und bedankte sich.

»Sehr gut, danke der Nachfrage. Mit so einem schnellen Wiedersehen hatte ich gar nicht gerechnet«, sagte er.

»Tja, für meine Lieblingsgäste mache ich doch alles möglich. Auch ein schnelles Wiedersehen«, kokettierte ich und zwinkerte ihm zu. Er lachte und dann fiel sein Blick auf das Blatt Papier, welches ich mitgebracht hatte. Er streckte seine Hand danach aus. Ich überreichte ihm das Blatt und er las alles gewissenhaft durch. Dann lehnte er sich zurück und sah mich an. Seine Augen blitzten fröhlich.

»Okay. Über deine Tabus brauchen wir nicht zu diskutieren.«

Ich war erstaunt. Ausgerechnet über Tabus wurde doch sonst immer so gerne diskutiert. Es verwunderte mich, dass er es so hinnahm. Aber das sprach für ihn.

Denn mal ernsthaft, auch ich hatte etwas dagegen, über Tabus zu diskutieren. Klar konnte man hier oder da und je nach Stellenwert der Beziehung fragen, warum eine bestimmte Praktik ein Tabu sei, aber im Endeffekt blieb tabu, was als Tabu deklariert wurde. Darüber zu diskutieren, empfand ich als unhöflich. Gerade Männer neigten dazu, sich jovial zu geben und glatt zu behaupten, dass dieses oder jenes eine ganz tolle Praktik sei und das Gegenüber es einfach bisher nicht richtig gemacht hätte (was natürlich nur mit ihnen und sonst niemandem möglich wäre), weshalb es gar nicht gefallen könne. Aber das könnte man ja schnell aus der Welt schaffen, kam dann gerne überheblich hinterher.

»Aber verrate mir mal, was die Kategorie ›Sorgenkinder‹ bedeutet?«, fragte er.

Ich seufzte auf.

»Müssen Sie das unbedingt heute wissen?«, fragte ich.

Er grinste.

»Ich würde sonst nicht fragen.«

»Tja. Das ist die Kategorie der Dinge, die nie passieren dürfen«, erklärte ich.

»Ich dachte, dafür wären die Tabus da?«, fragte er und überflog die Liste noch mal.

»Nein. Ja. Also ich meine, natürlich dürfen die Tabus nicht durchgeführt werden.«

Er hatte wieder diesen erwartungsvollen Gesichtsausdruck, mit dem er mich ansah. Als würde er hoffen, dass hier gleich eine Torte durch die Tür gerollt käme, aus der jemand springen würde.

Ich stammelte weiter vor mich hin und gab unzusammenhängendes Zeug von mir. Er lehnte sich zurück und ich hatte den Eindruck, er würde zuhören. Seinen Zeigefinger lehnte er dabei an seinen Mundwinkel und er wandte nicht einmal seinen Blick von mir ab. Irgendwann unterbrach er mich und zog mit erhobenem Zeigefinger einen Kreis durch die Luft.

»Sharon? Hast du eigentlich verstanden, was du mir da gerade erklärt hast?«, fragte er.

Ich nickte.

»Ja, in meinem Kopf ist das total logisch«, sagte ich beschämt grinsend, denn ich fühlte mich ertappt. Mal ernsthaft, ich hatte ja selbst kein Wort kapiert, auch wenn mir komplett klar war, was ich wollte und meinte.

Er nickte und presste seine Lippen aufeinander.

»Ich hab kein Wort kapiert hier draußen. Aber ich gehe mal davon aus, ich sollte bei der Abteilung ›Sorgenkind‹ mit Wunscherfüllung drohen?«

»Ja!«, rief mein Teufelchen begeistert.

»Nein! Ich meine Ja! Ich meine Nein!«, rief ich. Und wie immer, wenn ich aufgeregt war und nicht wusste, welche Worte ich wählen sollte, flatterte ich mit meinen Händen. Oliver erhob sich und presste seinen Zeigefinger auf meine Lippen.

»Schon gut, Sharon. Das Thema muss heute nicht erläutert werden. Setz dich.«

Ich fühlte mich bedrückt, fast als hätte ich Erwartungen nicht erfüllt. Aber hatte er Erwartungen gehabt? Ich ärgerte mich kurz darüber, dass ich nicht lügen konnte. Dass ich ihn nicht einfach abbügelte. Ihm nicht einfach erklärte: »Analverkehr ist ein Tabu.«

Aber das wäre gelogen, und das wollte ich nicht.

»Außerdem hast du immer noch die Hoffnung, jemand zu finden, der dich zwingt zu den Dingen, die du willst, nicht wahr?«, flüsterte mein Teufelchen mir leise ins Ohr.

Ich fragte ihn, was wir heute machen wollten. Oder was er mit mir machen wollte, nur um von meinen Gedanken abzulenken.

»Ich würde dich heute gerne fesseln. Mit Seilen. Außerdem möchte ich, dass du trinkst. Und zwar viel Wasser.«

In meinem Kopf ratterte es.

»Sie wollen eine Natursektsession machen?«, fragte ich.

»Ich hätte es ja schlicht Pissen genannt, aber ›Natursekt‹ klingt natürlich nicht so dreckig. Aber ja, ich möchte das gerne sehen. Ich würde dir dafür ...«, er nahm seinen Geldbeutel heraus und blickte hinein, »... 50 Euro extra geben, wenn du es schaffst, zu pissen.«

50 Euro zusätzlich zum Doppelten des Stundensatzes. Mein Teufelchen vollzog Freudensprünge.

Ich hatte aktiv schon oft Natursektsessions gemacht. Doch zuweilen verband ich meinem Gegenüber die Augen, um mich besser entspannen zu können. Mir war klar, dass er hinsehen würde.

Machten wir uns nichts vor, ich würde ihn nicht dazu bewegen können, sich die Augen zu verbinden, damit ich in Ruhe pinkeln konnte.

»Und wenn ich das nicht schaffe?«, fragte ich ihn.

»Dann bekommst du keine 50 Euro zusätzlich«, erklärte er konsequent.

Ich nickte.

»Okay. Aber hier können wir das nicht machen!«, erklärte ich. Für derartige Dinge war eher der Klinikraum geeignet. Dort konnte man den Boden danach problemlos mit einem Schlauch sauber spritzen. Außerdem waren überall Fliesen verlegt.

»Gut. Dann machen wir das«, sagte ich und nahm das Geld an. Die 50 Euro jedoch behielt er noch, denn die würde ich erst erhalten, wenn ich seine Aufgabe geschafft hätte.

»Und vielleicht möchte ich dich gerne knebeln, aber das weiß ich noch nicht.«

Ich starrte ihn kurz an.

»Ähm. Wollen Sie dazu nicht wieder Ihre Finger nehmen?«, fragte ich.

Er kam auf mich zu, griff an meine Wange und zog mich zu sich.

»Sehnst du dich nach meinen Fingern in deiner Pussy?«

Ich löste mich abrupt.

»Sie nennen sie Pussy?«, fragte ich schockiert.

Ach herrje. »Pussy«, das klang für mich immer nach den Pussycat Dolls, und dann musste ich an diesen Hit von ihnen denken. *Don't Cha*. Und dann fiel mir Kyle Gass ein, ein Musiker der Band Tenacious D, der in dem Film *Born to be Wild* einen schwulen Countrysänger spielte und dieses Lied auf der Bühne sang, während er eine unsägliche Strickjacke trug. Nein, »Pussy« ging gar nicht. Absolut gar nicht. Da waren ja »Muschi« oder »Möse« noch besser, auch wenn diese Worte ebenfalls nicht zu meinen Favoriten zählten.

»Warum nicht? Oder hast du ein besseres Wort?«, fragte er.

»Ja!«, rief mein Teufelchen hellauf begeistert, »endlich mal ein Kerl, der es draufhat!«

»Nein!«, rief mein Engelchen zeitgleich.

»Äh …«, weiter kam ich nicht. Ich war unfähig, ihm mein passendes Wort zu verraten.

Oliver blickte mir direkt ins Gesicht und ich ärgerte mich darüber, dass ich es nicht konnte. Wenn es etwas gab, was ich nur schwer aussprechen konnte, waren es derartige Bezeichnungen. Da konnte mein Gehirn noch so oft den Befehl weitergeben, dieses Wort in den Mund zu nehmen, es funktionierte nur selten und unter viel Druck mit einigen stotternden Anläufen. Spielpartner von mir liebten es, mich damit zu foltern, eben weil sie wussten, dass die Überwindung für mich enorm war. Und den roten Kopf meinerseits gab es gratis obendrauf, weil ich mich so sehr schämte, dieses Wort in den Mund genommen zu haben.

Wie gerne würde ich ihn kurz umgarnen, vielleicht seine Wange berühren, um ihm dann mit tiefer, erotischer Stimme zu sagen: »Schätzchen, nimm doch einfach »Fotze«. Sie ist auch schon ganz nass.« Aber das ging nicht. Das klappte nicht, dafür war ich zu schüchtern. Also entschied ich mich, zu schweigen.

»*Das* scheint ein interessantes Thema zu sein«, erklärte er und suchte mit seinen Augen mein Gesicht nach Indizien ab.

Ich schluckte.

»Weißt du kein passendes Wort dafür, gibt es keines oder kannst du es einfach nur nicht aussprechen?«, fragte er.

Ich versuchte, cool zu bleiben, wusste, was die Antwort nach sich ziehen würde. Bedauerlicherweise blieb mein Körper ganz und gar nicht cool, er reagierte mit feuerroten Wangen.

»Welches Wort benutzt du denn? ›Möse‹?«

Ich riss die Augen auf und schüttelte panisch den Kopf. Das ging gar nicht, »Möse« war ein absolutes No-Go. Ich nahm mir vor, dieses Wort künftig ebenfalls auf meine Tabuliste zu schreiben.

Oliver gefiel das kleine Ratespiel sichtlich.

»Aber nicht ›Muschi‹, oder?«

Ich schüttelte den Kopf und musste grinsen. Das Wort hatte immer so etwas von Katze und ich musste dann an den blöden Witz denken, wo ein Mann zu einer Frau sagt: »Darf ich deine Muschi streicheln?« und sie antwortet: »Klar, wenn du meine Katze kurz hältst.« Und jetzt musste ich noch mehr grinsen und gleichzeitig hasste ich mich für meine eigenen, unruhigen Gedanken, die immer, egal wo ich war, auf derartig abschweifende Ideen kamen.

Oliver musterte mich. Plötzlich grinste er mich diebisch an.

»Das böse F-Wort?«, fragte er. Ich reagierte sicherheitshalber gar nicht, fiel in eine Schockstarre, aus Angst, er könnte es aussprechen oder noch schlimmer: Er könnte mich zwingen, es, also das Wort, in den Mund zu nehmen.

»Ich bringe Sie ins Badezimmer«, sagte ich schließlich eilig, versuchte, seine Gedanken davon wegzulenken, und marschierte los.

Er griff nach meinem Oberarm.

»Hiergeblieben!«, sagte er und zog mich zurück. »Liege ich richtig?«

Er trat auf mich zu, ganz nah heran, ich konnte seinen Atem an meinem Ohr hören. Er schloss seinen Arm um meine Taille.

»Du kannst *Fotze* nicht aussprechen?«

Ein Blitz durchzog meinen Kopf und ich zuckte zusammen. Oliver lachte leise.

»Du musst doch deshalb nicht gleich rot werden«, kommentierte er meine körperliche Reaktion. Ich schüttelte den Kopf, weil ich nicht wusste, was ich sonst machen sollte.

»Das hätte ich ja wirklich nicht erwartet! Du kannst mich ins Badezimmer bringen, prüde Domina«, sagte er. Sein Triumph stand ihm ins Gesicht geschrieben.

Ich war erleichtert, von mir fiel eine Last und ich versuchte, meinen aufgeregten Puls wieder in den Griff zu bekommen. Vor dem Badezimmer drehte er sich um und wieder traf mich dieser erwartungsvolle, fröhliche Blick, kombiniert mit seiner Bestimmtheit.

»Nimm Seile mit und ausreichend zu trinken. Ach so: *gute* Seile, aus Hanf oder Jute!«, betonte er. »Du kannst so bleiben. Was du trägst, gefällt mir ausnehmend gut.«

Ich lächelte und senkte kurz den Blick, damit er nicht sah, wie sehr mich sein Kompliment freute.

Dann bereitete ich den Klinikraum vor. Ich schnappte mir alle brauchbaren Hanfseile und legte sie auf die Krankenliege, die mitten in dem weiß gekachelten Raum stand. Der Klinikraum war der einzige Raum, den ich nicht mochte, weil er mir, wie war es anders zu erwarten, zu klinisch war. Ich war kein Fan von Klinikspielen. Männer auf Gynstühlen fand ich seit jeher unerotisch, vor allem die Art, wie sie sich auf den Stuhl bemühten und wieder herunterkletterten, erinnerte mich einfach zu sehr an meine eigene Unbeholfenheit, wenn ich mal wieder meine Frauenärztin besuchte. Die Fliesen ließen den Raum kalt wirken. Neben der Liege stand ein kleines Tischchen mit einem silbernen Tablett, darauf stand eine silberne Nierenschale und darin lagen jede Menge Utensilien. In einer Vitrine befanden sich Nadeln und Spritzen. Außerdem noch Rasierklingen, Einlaufschläuche, Katheter, Dilatoren und Mittelchen, um Unterspritzungen vorzunehmen. Alles Dinge, mit denen ich mich nicht auskannte, und die allesamt nicht umsonst auf meiner Tabuliste standen.

An der Wand hing ein Waschbecken, auf einem Garderobenständer hingen Kittel in Weiß und Grün. Es war alles da, was man für ein waschechtes Rollenspiel in diesem Bereich benötigte. Ich empfand den Raum als zu kalt, es fröstelte mich schon beim Gedanken an ihn.

Es klingelte im Badezimmer und ich lief zurück in die Küche, um noch zwei Mineralwasserflaschen und ein Glas mitzunehmen. Immerhin sollte ich ja trinken, wenn er mich pinkeln sehen wollte. Dann holte ich ihn ab und brachte ihn in den Klinikraum. Er blickte sich erstaunt um.

»Nicht schlecht. Hier könnte man ja tatsächlich eine Menge eigenwilliger Praktiken durchführen«, sagte er, während er das Sammelsurium betrachtete.

»Wenn Sie sich dann bitte hinlegen würden«, versuchte ich, die Situation zu entspannen.

Er lachte.

»Guter Versuch, Sharon.« Er ging durch den Raum, bewunderte das ein oder andere Objekt und irgendwann blieb er mitten im Raum stehen und drehte sich zu mir um. Er sah die Flaschen, die ich neben die Nierenschale auf das kleine Tischchen gestellt hatte, und natürlich hatte er die Seile bemerkt, die auf der Liege lagen.

»Komm her zu mir.«

Ich tat, was er wollte.

Er nahm ein Seil und begann, meine Arme, die ich auf dem Rücken verschränken musste, zu verknoten. Dann legte er das Seil gezielt um meinen Oberkörper, führte es einmal unterhalb und anschließend einmal oberhalb meiner Brust entlang, ehe er es irgendwo auf dem Rücken verknotete. Er öffnete die Knöpfe meiner Bluse und zupfte so lange an dem Stoff und an mir herum, bis meine Brust frei lag. Die Fesselung gefiel mir, sie machte aus meinem ungeliebten Busen tatsächlich ein hübsch geschnürtes Paket. Er zwirbelte meine Brustwarzen und entlockte meinem Mund einen leisen kurzen Ton, ehe er wieder von mir ließ.

Er nahm sich Zeit, ich hatte den Eindruck, dass er darin aufging, es zelebrierte, meinem Körper Schritt für Schritt seine Agilität zu nehmen. Ab und zu zog er mich an sich heran und ich konnte ihn riechen. Ich mochte seinen Körpergeruch, es war mir nicht unangenehm, ihm so nahe zu sein.

Er zurrte die Seile fest und ich konnte mich nicht mehr befreien.

Ein perfektes japanisches Bondage, und bestimmt hatte die Art der Fesselung einen ganz komplizierten Namen. So etwas, was klang wie »Maki Sushi« oder so ähnlich. Bei dem Gedanken bekam ich Hunger. Aber letztlich war es egal, wie es hieß, Hauptsache es hielt. Und das tat es. Er drückte mich nun auf die Liege und hieß mich, Platz zu nehmen. Mein Blick fiel auf das gefüllte Glas und ich bemerkte, dass ich noch nicht genug getrunken hatte. Jetzt aber war es zu spät.

Er fesselte meine Beine jeweils einzeln voneinander. Mein rechtes Bein musste ich anwinkeln und er schlang das Seil um meinen Unter- und Oberschenkel und brachte mich so in die von ihm gewünschte Stellung.

Ich beobachtete sein Gesicht, seine Regungen darin. Er sah entspannt und zufrieden aus. Er war nicht hektisch, im Gegenteil. Es war, als würde er komplett in dem aufgehen, was er machte. Ich lächelte, denn ich fühlte mich wohl. Obwohl Bondage nie zu meinen absoluten Vorlieben gehörte, fühlte ich mich erstaunlich wohl. Er stützte mich, wenn er spürte, dass ich unsicher wurde, ob ich mich in der vorgegebenen Position halten konnte. Das erste Mal in meinem Leben konnte ich nachfühlen, wie man etwas Derartiges, vermeintlich Langweiliges, genießen konnte. Wie sexy es doch war, einfach nur zu verharren, zu beobachten, wie sehr er sich abmühte damit, mich zu fesseln und es dabei auch noch schön aussehen zu lassen. Es beeindruckte mich. Mit welcher Hingabe er die Seile um mich führte und wie kräftig er daran zog. Es erschien mir, als wären genau diese Seile eine Verlängerung seiner Arme. Eine andauernde, permanente Umarmung, nur für mich. Ich fühlte mich geehrt.

Als er mein rechtes Bein fertig gefesselt hatte, knotete er um meine linke Fessel ein Seil, zog es straff und fixierte es an einem Haken an der Wand. Der Blick zwischen meine Beine war nun frei.

Als er fertig war, betrachtete er sein Werk zufrieden.

Ich versuchte, mich zu bewegen. Es lag in meinem Naturell, es zu versuchen, obwohl mir klar war, dass ich nicht aus dieser Fesselung entkommen konnte. Zumindest nicht allzu schnell.

Er setzte sich rittlings hinter mich und zog meinen Oberkörper an seinen. Ich lehnte mich gegen ihn, genoss seine Wärme und seinen Atem. Er begann, mich zu streicheln, berührte meine Brust und spielte mit meiner Brustwarze. Dann griff er nach dem Glas auf dem Tischchen neben uns und setzte es mir an die Lippen.

»Trink«, sagte er mit leiser Stimme.

Ich nahm einige Schlucke.

»Trink es aus.«

Ich trank weiter, leerte das ganze Glas. Über mein Kinn liefen einige Tropfen, die dann auf meine Brust perlten. Er stellte das leere Glas zufrieden zur Seite und griff dann nach der Mineralwasserflasche, die daneben stand.

Er öffnete sie vor meinem Körper, sodass ich sehen konnte, wie das Wasser sprudelte. Ich hörte das leise Zischen und Knacken des Verschlusses. Er entfernte auch den Plastikring, der noch um den Flaschenhals lag.

Mit einer Hand packte er mein Kinn und drückte meinen Kopf nach hinten. Er sah mir ins Gesicht. Dann setzte er die Flasche an meinen Mund an und hob sie leicht.

»Trink weiter.«

Er schloss seine Finger um meinen Hals, während ich trank. Ich spürte den Druck seiner Finger, während ich schluckte. Mal stärker, mal schwächer. Irgendwann setzte er die Flasche ab und ich hatte das Gefühl, einen Wasserbauch zu haben.

»Sehr gut«, sagte er zufrieden.

Er stellte die Flasche neben mich und streichelte mich wieder. Seine Hand fand den Weg in meinen Schritt und er fühlte meine glatte Haut. Langsam schob er einen Finger in mich und ließ mich aufstöhnen. Ich keuchte, als er ihn rhythmisch bewegte. Ich drängte mein Gesicht in seine Halsmulde, als könnte ich ihn dadurch noch näher spüren. Er schob einen weiteren Finger in mich und ich stöhnte laut auf.

Ja!, hämmerte es in meinem Kopf.

Er bewegte, manipulierte an mir herum.

»Oh bitte«, keuchte ich und presste mich an ihn.

»Was bitte?«, fragte er.

»Nicht aufhören«, jammerte ich.

Doch den Gefallen tat er mir nicht. Er hörte auf, griff nach der Wasserflasche und setzte sie erneut an meinen Mund. Er kippte meinen Kopf nach hinten und ließ mich trinken. Ich schluckte, aber ein Teil des Wassers lief über meinen Körper auf die Seile, die sich dadurch zusammenzogen und mich noch mehr einschränkten. Er nahm die Flasche wieder weg. Ich spürte, dass das Wasser in mir seinen Tribut forderte. So nach und nach ging es durch meinen Körper, gluckerte ab und zu hörbar.

Er nahm die Flasche und setzte sie zwischen meinen Beinen an.

Ich riss entsetzt die Augen auf und schüttelte den Kopf. Er packte mich an meinem Kinn, drückte meinen Kopf zurück an seine Schulter und gleichzeitig schob er die Flasche in meinen Körper, während er mir ins Gesicht starrte. Ich stöhnte laut auf.

Bevor ich weitere Einwände geben konnte, begann er, sie in mir zu bewegen. Ich spürte die Kälte des Wassers und zuckte zusammen. Gleichzeitig mochte ich sein Tempo und die Tatsache, zu wissen, womit er mich penetrierte, gab der Situation einen verruchten Hauch. Ich hasste die Perversion so sehr, wie ich sie liebte.

Mein Teufelchen saß mit glänzenden Augen da und griff zielsicher nach meinem Engelchen.

Oliver sah mir weiterhin ins Gesicht, doch ich sah an ihm vorbei. Ich schaffte es nicht, in seine Augen zu sehen und seinem Blick standzuhalten. Das ging nicht. Er sollte nicht sehen, dass ich eigentlich zu prüde war für eine derartige Praktik. Dass es mir peinlich war und mich zugleich erregte.

Ich hörte und spürte, wie das Wasser aus mir sprudelte. Es lief über das Leder der Liege und plätscherte auf den Boden.

»Ja, sehr gut. Das gefällt mir«, sagte er und schließlich zog er die leere Flasche aus mir.

Nein!, wollte ich rufen. Doch ich biss mir auf die Lippen.

Seine Hand berührte durch das Korsett meinen Bauch. Er drückte leicht auf meine Blase.

»Wie sieht es denn aus?«, fragte er.

»Ich weiß nicht«, antwortete ich und meine Stimme verlor sich dabei.

»Du hast noch fünf Minuten.«

Seine Finger blieben auf meinem Kitzler liegen und rieben ihn. Ich drückte mich an ihn, versuchte, mich zu entspannen. Ich presste mein Gesicht in seine Halsmulde, wünschte, ich könnte mich in ihm verkriechen. Mit seiner anderen Hand drückte er mein rechtes Bein weg, um mehr sehen zu können.

Ich stöhnte auf. So konnte ich mich nicht entspannen, nicht, wenn er permanent seine Finger zwischen meinen Beinen liegen hatte und mich manipulierte. Ich schüttelte den Kopf.

»Ich kann nicht«, keuchte ich leise.

»Entspann dich. Alles ist gut«, sagte er. »Ich will es sehen. Du schaffst das.«

Er ließ seine Hand höher rutschen, sodass sie nun auf meinem Bauch ruhte. Und schließlich gelang es mir. Ich fühlte, wie mein Körper sich entspannte, und spürte, wie ich pinkelte. Ich hörte ein leises Rauschen. Er griff erneut zwischen meine Beine und schob zwei Finger in mich. Sofort verspannte ich mich und der Fluss stoppte.

»Gut so. Weiter«, flüsterte er mir ins Ohr und nachdem er mich einen Moment penetriert hatte, zog er sich wieder zurück. Er presste mein Gesicht an seine Wange, als würde er mir helfen wollen, mich zu verstecken vor mir selbst. Vor meiner eigenen Unsicherheit und der Tatsache, dass ich nicht dazu stehen konnte, dass mir das, was er gerade von mir verlangte, erschreckenderweise gefiel.

Ich stöhnte auf, versuchte, mich wieder zu entspannen. Es gelang mir. Erneut pinkelte ich auf seine Hand.

»Weiter, Sharon. Du machst das gut«, flüsterte er leise, aber bestimmt. Ich mochte es, wie er mich lobte und motivierte. Ich wollte ihm gefallen. Ich fühlte, wie er mich berührte, über meine Schamlippen strich, seine Finger auf meinen Kitzler legte und ihn rieb. Ich wand mich und stöhnte leise. Und dann war es so weit. Der Fluss nahm sein Ende, ich war leer.

Oliver erhob sich hinter mir und half mir, mich seitlich auf die Liege zu legen, soweit das irgendwie möglich war. Meine Arme schmerzten, das Seil zog sich fest um meinen Körper. Lange würde ich es nicht mehr aushalten.

Er betrachtete mich, wie ich gefesselt, nackt und pitschnass vor ihm lag. Zufällig trafen sich unsere Blicke und ich spürte, wie ich rot wurde. Seine Augen glänzten. Er griff nach einem Kondom, stülpte es über.

Er trat vor mein Gesicht und ich öffnete automatisch den Mund. Seine Hand hielt meinen Kopf fest und er schob seinen Schwanz in mich und bewegte sich schnell und zügig. Speichel tropfte aus meinem Mund auf die Liege und den Boden. Ich gurgelte und würgte ab und zu, was er mit einem lauteren Stöhnen quittierte. Schließlich spürte ich, wie er kam.

Als er fertig war und sein Kondom entsorgt hatte, kam er wieder zu mir, lächelte mich zufrieden an und begann, die Knoten zu lösen. Er wirkte zufrieden und ich beobachtete ihn, wie er mich befreite. Er strahlte eine enorme Ruhe aus. Ich mochte das. Diese Ruhe gab mir Sicherheit. Er gab mir gerade Sicherheit.

Er warf die Seile alle auf einen Haufen auf den Boden. Ich würde sie später in die Waschmaschine werfen. Dann half er mir, mich aufzusetzen.

»Tja. Hier ist alles nass«, sagte ich schließlich, als ich die Stille und das Schweigen nicht mehr ertragen konnte.

Er nickte.

»Sieht fast so aus. Pass auf, dass du nicht ausrutschst.«

Er beobachtete mich lächelnd und hatte wieder diesen Gesichtsausdruck, als würde er erwarten, dass ich gleich etwas ganz Tolles machen würde.

»Wollen Sie ins Badezimmer?«, fragte ich.

»Ich bitte darum!«, antwortete er und ich hüpfte von der Liege und prüfte, ob der Flur und das Badezimmer frei waren. Als er im Badezimmer war, knöpfte ich meine Bluse wieder zu und warf einige Lappen auf den Boden des Klinikraums. Ich versuchte, nicht an das gerade Erlebte zu denken, schaffte es aber nicht. Als ich nach der leeren Flasche griff, wurde mir bewusst, was ich mitgemacht hatte.

Hand aufs Herz, es gibt durchaus Perversionen, die rein gedanklich sehr geil sind. Sie gehören zu der Sparte, die man, wenn man vielleicht einen angemessenen Alkoholpegel und ein entsprechendes Gegenüber hatte, welches man danach nie wieder sehen würde, vielleicht irgendwann mal umsetzen würde. Das Dumme daran ist, dass diese Fantasien so intim sind, dass man sie nicht einfach mit einem wildfremden Menschen ausleben kann, und dieser Teufelskreis, der dadurch entsteht, sorgt eben dafür, dass derartige Dinge nie ausgelebt werden können.

Und dazu gehörte auf jeden Fall, meiner Meinung nach, die Penetration mit einer Flasche. Ein absolutes Unding an Perversion, für mich zumindest. Aber waren die eigene Perversion und die Umsetzung solcher Fantasien nicht auch vom Partner abhängig? War unsere Moral nicht verschiebbar? War es nicht so, dass unsere eigene Moral manchmal vom Okay des Gegenübers abhing?

In dem Moment, wo die moralische Zustimmung über den Teilnehmern einer solchen Session hing, war alles möglich. Dieses Okay bestätigte uns in unseren Fantasien und machten uns zu dem, was wir gerne sein wollten: ein anerkannter, normaler Mensch, trotz etwas eigenwilliger Fantasien und Vorlieben.

War es nicht genau das, was SM letztlich ausmachte? Die moralischen Werte innerhalb der Vorlieben anzupassen, um sich dann Dingen hinzugeben, ohne Alkohol und fremde Menschen dafür zu benötigen?

Ich seufzte.

Ja, es war grandios. Es war die Umsetzung einer meiner wirklich geheimsten Fantasien gewesen. Jene, die ich mir vielleicht, wenn überhaupt, in dunklen Stunden als Pornografie im Internet ansah.

»Meine Güte, ist die prüde!«, rief sogar mein Engelchen erstaunt. Es hob die Hände und schüttelte den Kopf. Es erinnerte mich gerade an meine Mutter, die auch gerne die Hände hob und den Kopf schüttelte und dazu die Worte benutzte: »Also ich weiß nicht, von wem sie das hat.«

Aber genau das war mein Zwiespalt. Woher kam die Prüderie?

Ich war Sexworker, ich verkaufte Sex. Ich verkaufte das, was viele erst Tage oder Wochen nach dem ersten Kennenlernen miteinander machten. Und ich verkaufte nicht nur Blümchensex im Dunkeln, sondern Sex in allen möglichen und unmöglichen Variationen. Und das tat ich mit Männern, die mir völlig fremd waren. Von denen ich nichts wusste, weder ihr Alter noch ihren Familiennamen. Eine gute Voraussetzung also, diverse geheime Fantasien umzusetzen, für die man sich bei den Liebsten zu Hause doch irgendwie schämt.

Und dennoch war ich gezwungen, einer Moral zu folgen. Für mich. Um meine eigene Grenze einzuhalten. Eine Moral, die so aussah, dass ich mich nur Spielen hingab, die schön waren. Eine Moral, die besagte, dass über Körperflüssigkeiten nicht gesprochen wurde. Man hatte sie, sie waren da, aber es wurde nicht darüber gesprochen. Sie wurden auch, bis auf wenige Ausnahmen, nicht gezeigt.

Eine Welt, in der Sex dreckig und schmutzig war, aber in der das Wegschaffen von Beweisen schnell und zügig gehen musste. In der man danach nicht noch nebeneinander liegt und irgendwann aufspringt, weil man spürt, dass nun das ein oder andere Sekret die Beine entlanglief. In der keine Spuren auf der Couch zurückblieben und von heftigen Erlebnissen zeugten. Nein, in meiner Welt war alles abwischbar. Es standen überall Tücher, jede Spur wurde entfernt.

So wie ich jene Spuren beseitigte, die Beweis gewesen wären, dass ich auch in meinem Alter noch Fantasien hatte, die es sich lohnte, umzusetzen. Und so schnell und überrumpelnd, wie sie durchgeführt wurden, so schnell waren die Spuren nicht mehr zu sehen. Und meine Moral wiederhergestellt.

Als Oliver wiederkam, drückte er mir die versprochenen 50 Euro in die Hand. Er bedankte sich für das schöne Erlebnis und beschwor, dass er es sehr genossen habe. Ich brachte ihn zur Tür und verabschiedete ihn herzlich.

»DU GEHÖRST MIR«

Tagtäglich prüfte ich meine E-Mails. Ich gehörte zu den zuverlässigen Dominas, jenen, die innerhalb kürzester Zeit auf eine Anfrage antworteten. Jenen, die auch vermeintlich absurdere Vorlieben ernst nahmen – und jenen, die Kolleginnen weiterempfahlen, wenn sich die Neigung nicht deckte.

Auf meiner Website führte ich einen Blog, in dem ich von meinem Leben als Domina berichtete. Privates hatte da nichts zu suchen, aber Kunden konnten sich orientieren, wie ich BDSM und Sex sah. Gewissenhaft schrieb ich Einträge, mal lustig, mal traurig, mal etwas zum Nachdenken. Ich hatte viele Anhänger, die meine Beiträge gerne lasen und von meinen Aussagen zehrten. Vor allem Neulinge freuten sich, jemanden gefunden zu haben, der sie nicht als »pervers« und »abartig« abstempelte. Außerdem vermied ich es, Aussagen zu treffen, die eine Wertung einschlossen, da ich niemandem auf die Füße treten wollte. Solange alle Beteiligten glücklich waren, war SM in jeder Form völlig akzeptabel, und meiner Meinung nach ging es niemanden etwas an, was andere so in ihrer Freizeit in ihren Schlafzimmern oder anderen geschlossenen Räumen trieben. Solange also niemand belästigt wurde, war alles daran legitim.

In letzter Zeit erhielt ich außerdem häufiger Anfragen von ehemaligen Stammgästen, die sich allesamt darüber freuten, mich wieder zurück zu wissen. Und so hatte ich gut zu tun, was wiederum meine Babysitterin sehr freute. Denn die musste an einigen Abenden einspringen und die Kinder hüten, während ich meine Gäste beglückte. Nicht jeder wollte sich meinem 14-Tages-Rhythmus anpassen.

Hallo Sharon, ich hoffe, es geht dir gut. Es freut mich, dass du wieder zurück bist. Ich würde dich gerne wieder treffen. Hast du am kommenden Freitag Zeit? Michael

Es klang nach einem Stammgast. Ich fischte nach meinem heiligen Büchlein, einem Ordner, in welchem alle meine Stammgäste und ihre Vorlieben und Tabus aufgelistet waren. Im Reiter »M« fand ich mehrere Michaels. Na toll, immer diese Allerweltsnamen.

Ich ärgerte mich kurz darüber, nicht zu wissen, mit wem ich mich da unterhielt, schließlich punktete ich gerne und hatte den Ruf, ein »enormes Erinnerungsvermögen« zu haben, da ich mich dank meiner akribischen Notizen immer sehr gut an Stammgäste, deren Vorlieben, Tabus und körperliche Einschränkungen erinnerte.

Ich beantwortete seine Mail mit der Frage, wer er sei und ob wir uns denn schon kennen würden. Ich bat ihn, mir einige Anhaltspunkte zu geben, und nach und nach stellte sich heraus, dass er einer meiner ältesten Gäste war. Und so vereinbarten wir ein Treffen und im Anhang übersandte er mir die Adresse des Hotels, in welchem er wohnte.

Sofort musste ich an Dave denken, als ich den Namen des Hotels las. Es war sein Stamm-Hotel, jenes, in dem wir uns immer getroffen hatten. Nach all den Jahren wusste ich sogar noch seine Zimmernummer, sie hatte sich, neben anderen Details, in mein Gedächtnis gebrannt.

Die Chancen, Dave dort über den Weg zu laufen, standen 50 : 50, je nachdem, ob er sich aktuell in Hamburg oder in Portugal befand. Da ich aber nicht wusste, inwieweit sich sein Leben in den letzten Jahren verändert hatte, war mir nicht klar, ob er nach wie vor zwischen den beiden Ländern pendelte. Vielleicht war er mittlerweile in einer ganz anderen Stadt oder in einem anderen Land? Allerdings musste ich zugeben, dass ich irgendwie hoffte, etwas zu entdecken, was auf ihn oder seine Anwesenheit hindeutete. Und sei es nur sein Porsche auf dem Parkplatz.

Ich warf mich Freitagabend in Schale. Ich blickte in meinen Kleiderschrankspiegel und war zufrieden. In den letzten zwei Jahren hatte ich viel Sport getrieben und mir so meinen Wohlfühlkörper geschaffen. Angezogen sah ich zumindest ganz gut aus und so entschied ich mich für einen engen Bleistiftrock, schwarze Pumps und echte Nylons. Außerdem zog ich eine Bluse und einen Blazer an. Die Haare steckte ich streng nach oben. Ich sah aus wie eine Geschäftsfrau, aufgrund meiner Notizen wusste ich, dass Michael den Businesslook mochte. Als die Babysitterin endlich klingelte, verabschiedete ich mich eiligst von meinen Kindern und fuhr mit meinem italienischen Auto namens »Karli« nach Hamburg. Wie früher, wie damals, als ich nur von meinen Stammgästen leben konnte. Die Musik dröhnte durch die Boxen und ich stieg aufs Gas.

Ich kam zu früh an, erstaunlicherweise gab es keinen Stau vor dem Elbtunnel, und so beschloss ich, meine Wartezeit an der Bar des Hotels zu verbringen. Ich schloss die Augen, atmete die Luft ein und dachte an die Zeit mit Dave.

In diesem Hotel hatte alles angefangen mit uns, hier hatte ich seine Herausforderung angenommen. Und in diesem Hotel hatte es geendet. Vor meinem inneren Auge erschien sein Bild. Es war verschwommen, nicht mehr deutlich und klar, so lange war es her. Vieles hatte ich längst vergessen oder verdrängt. Viele Gefühle waren überdeckt von Neuem und manchmal war ich traurig, dass ich Gefühle nicht konservieren konnte. Zu gerne würde ich sie in Flaschen oder Boxen packen, luftdicht verschlossen, und wieder öffnen, wann immer ich Lust hatte, um das Gefühl erneut zu erleben.

»Sharon! Schön, dass du da bist.«

Ich öffnete die Augen und Michael stand vor mir. Ich umarmte ihn, ich freute mich aufrichtig, ihn zu sehen. Er sah gut aus für einen Mann seines Alters. Großgewachsen, graue Schläfen und ein interessantes kantiges Gesicht. Um seine Augen waren Falten und er trug einen Vollbart, der ebenfalls von kleinen grauen Haaren durchzogen wurde. Ich hatte den Eindruck, dass er gelöst und glücklich wirkte, was ich ihm direkt ins Gesicht sagte.

»Ja, ich habe 70 Kilo verloren.«

Ich war baff. Hatte er so extrem zugenommen, nachdem ich ihn das letzte Mal gesehen hatte?

»Wow. Wie hast du das denn gemacht?«, hakte ich nach.

»Meine Scheidung ist endlich durch und ich hatte einen wirklich guten Anwalt.«

Ich musste unwillkürlich lachen, nicht, weil er sich hatte scheiden lassen, sondern weil ich tatsächlich gedacht hatte, er hätte zugenommen.

Er schien glücklich zu sein mit der Situation.

»Endlich kann ich mein Leben leben«, sagte er, während wir uns an unseren Tisch setzten. Er schob mir meinen Stuhl zurecht, ehe er selbst Platz nahm.

»Nun, so soll das auch sein«, gab ich lächelnd zurück und klappte die Karte auf. Sofort stach mir das Menü in die Augen, welches ich damals in diesem Hotel gegessen hatte. Ich beschloss, es wieder zu bestellen. Außerdem bestellte ich einen Rotwein, für den ich eine Schwäche hatte. Ich war an sich kein Freund von alkoholischen Getränken, aber Rotwein war etwas, was ich immer und sehr gerne mochte.

»Erzähl! Wie lief es bei dir? Du warst ja einige Jahre nicht erreichbar.«

»Ja, das grausame Funkloch erreicht jeden irgendwann«, sagte ich.

Michael schien irritiert.

»Ich habe eine Auszeit genommen, um meine Familie zu vergrößern.«

Michael gratulierte mir. Ich wusste, dass er selbst Vater dreier Kinder war, und in seinen Augen waren Kinder das Größte überhaupt. Das mochte auch so stimmen, aber seine Kinder waren mittlerweile ausgezogen und hatten eigene Wohnungen. Meine hingegen brachten mich nach wie vor und fast täglich an den Rand des Wahnsinns.

Ich ließ meinen Blick durch das Restaurant schweifen, denn ich wurde das unangenehme Gefühl nicht los, dass mich jemand beobachtete. Vielleicht hatte mich ein Angestellter wiedererkannt? Sie waren zwar sehr diskret und tolerierten den edlen Escortservice, aber wusste ich denn, ob sich da nicht etwas verändert hatte in den letzten Jahren? Mich beschlich ein eigenartiges Gefühl und es bestätigte sich, als ich freie Sicht auf die Bar hatte.

Mir fiel sofort ein Mann ins Auge. Dunkle Haare, südländischer Teint. Sportliche Figur. Die Art, wie er dort saß und was er trug, ließ meinen Puls in die Höhe schießen.

»Sharon?« Michael stupste mich an. Ich blickte ihn irritiert an und entschuldigte mich für meine Unaufmerksamkeit.

Mein freier Blick zur Bar wurde nun auch wieder von einigen Besuchern verstellt und so versuchte ich, mich wieder auf Michael und seine Erzählungen zu konzentrieren. Trotzdem blickte ich immer wieder neugierig zum Tresen, in der Hoffnung, zu erkennen, wer dort saß.

Eine hübsche junge Blondine stolzierte an unserem Tisch vorbei und stieß mich dabei leicht an.

»Oh entschuldige«, wandte sie sich an mich.

»Nichts passiert«, murmelte ich zurück.

Sie ging weiter bis zur Bar und ich sah, dass sie direkt zu ihm ging. Er drehte sich zu ihr und begrüßte sie mit einem Kuss auf die Wange.

Dave!

Mein Puls ging sofort hoch und ich zuckte unweigerlich zusammen. Mir wurde siedend heiß, mein Herz raste.

Ob er mich gesehen hatte? Was, wenn er mich sehen würde? Würde er herkommen? Mich ignorieren? Wäre es besser, zu ihm zu gehen?

»Alles okay bei dir? Du bist plötzlich so blass. Geht es dir nicht gut?«

Michael sah wirklich besorgt aus und ich starrte ihn an.

»Verdammter Mist aber auch! Warum war er ausgerechnet heute hier? Und dann auch noch mit dieser … Miss Perfect?«, wetterte mein Engelchen schrill.

Ich musterte nun Daves wirklich hübsche Begleitung. Sie war rank und schlank, garantiert hatte sie keine Kinder, und damals, als ich in der Reihe gestanden hatte, in der Cellulite und Fettpölsterchen vergeben worden waren, und kräftig »hier« gebrüllt hatte, war sie bestimmt gerade damit beschäftigt gewesen, ihre langen blonden

Haare zu kämmen. Sicher ging währenddessen auch die Vergabe des Gehirns an ihr vorüber, eben weil lange Haare viel Pflege benötigten. Das Gesicht meines Teufelchens erhellte sich während meiner Gedankengänge. Ich starrte sie an. Ihr Gesicht war glatt, ihre Lippen voll und rot, ihr Rock war schmaler als mein Gürtel und ihre Beine waren endlos lang. Bei ihrer Oberweite fragte ich mich kurz, wo sie die herhatte, als mein Teufelchen ein Schild hochhielt, auf dem stand »Schönheitschirurg«. Ich grinste gehässig in mich hinein, sie entsprach optisch genau den Vorlieben von Dave. Langbeinig, blond, große Oberweite und wahrscheinlich so wenig in der Birne, dass sie alles mitmachte.

Mein Engelchen erhob mahnend den Zeigefinger. »Vorurteile sind doof«, stand auf dem Gegenbanner, welches es vor den Augen des Teufelchens ausrollte.

Sie hatte aber auch einen unglaublich heißen Ausschnitt und natürlich, wie sollte es anders sein, perfekte Zähne. Es gab einen Gott und er war gerade ganz schön gemein zu mir! Ich hasste sie jetzt schon, wenn ich mir vorstellte, dass Dave und sie miteinander Sex hatten. Wie er sie streichelte, wie er sie küsste, sie und ihren tadellosen Körper. In mir regte sich ein Ungeheuer und mein Engelchen hatte alle Mühe, es zu bändigen.

Bestimmt war sie eine aus dem liegenden Gewerbe! Garantiert. Hatte sie nicht überlange Plastiknägel an ihren Fingern? War sie nicht tussig geschminkt gewesen? Und diese Titten, wer rennt schon zum Schönheitschirurgen, um sich solche Ballons einpflanzen zu lassen?

»Sharon, willst du ein Glas Wasser?«, fragte Michael mich und zerrte mich damit in die reale Welt zurück. Ich nickte, obwohl ich gar nicht wusste, was genau er meinte. Ich stand völlig neben mir. Warum sie? Und was viel wichtiger war: Warum nicht ich?

Michael suchte nach einem Kellner, aber natürlich war keiner in der Nähe, wenn man einen brauchte. Am liebsten wäre ich aufgesprungen und hätte mich wie ein Kleinkind tobend auf den Boden geworfen. Der Druck in mir war enorm und unerträglich, und ich war voller Hass auf Miss Perfect da vorne. Die ging gar nicht!

»Na sie wird sicher richtig gut tuten und noch besser blasen können«, erwähnte mein Teufelchen mit fiesem Gelächter.

Mein Engelchen warf eine Vase nach dem Teufelchen, aber es duckte sich weg und lachte lauthals auf. In mir glitt all mein Selbstbewusstsein zu Boden. Der eigene Kopf konnte aber auch ein gehässiger Gegenspieler sein.

Michael erhob sich, denn in Anbetracht meiner Blässe wollte er besser jetzt als später ein Glas Wasser für mich organisieren. Ich wollte gerade nach ihm greifen, um ihm klarzumachen, dass er ruhig warten könne, bis ein Kellner käme, da stieß ich mit meinem Ärmel mein Weinglas vom Tisch. Mit einem lauten Klirren ging es zu Bruch und ich hatte schlagartig die komplette Aufmerksamkeit des Restaurants.

Und weil ich wissen wollte, ob Dave den Unfall ebenfalls mitbekommen hatte, sah ich zu ihm. Unsere Blicke trafen sich und ich wurde knallrot im Gesicht, war unfähig, mich zu bewegen. Wir starrten uns einfach nur an, während um mich herum ein eiligst angerannter Kellner und Michael wuselten, um den Schaden zu begrenzen, Scherben einzusammeln und Pfützen aufzuwischen.

Dave sah gut aus. Seine Haut war braun gebrannt, wahrscheinlich kam er gerade aus seinem Heimatland. Seine braunen Augen rissen mir den Boden unter den Füßen weg. Seine Haare lagen immer noch gewollt struppig auf dem Kopf und er trug einen leichten, gut gestutzten Bart, der ihm unglaublich gut stand. Seinen Ohrring, den ich nie wirklich hübsch fand, hatte er ausgetauscht gegen einen schwarzen Stecker. Sein Gesicht hatte immer noch die vertrauten Falten und es waren bestimmt einige dazugekommen. Er sah so wunderschön aus, ich hatte das Gefühl, er würde strahlen. Ich war vollkommen weggetreten und versank in meiner Erinnerung. Er wirkte unerreichbar für mich.

Sein Körper war immer noch sportlich, aber er hatte ein paar Kilo zugenommen. Ich schnappte nach Luft, als ich daran dachte, wie ausdauernd er im Bett war, wie liebevoll er mich gestreichelt hatte.

»Und wie charmant er dich vergewaltigt hatte«, fügte mein Engelchen zynisch hinzu. Seinen Heiligenschein hatte es sicherheitshalber abgenommen und polierte ihn nun auf Hochglanz.

»Das ist lange her. Er hat sich bestimmt verändert«, erklärte mein Teufelchen und seine Augen leuchteten freudig.

Mein Engelchen schüttelte energisch den Kopf und drehte sich weg.

»Für die Dame bitte noch ein Glas Wasser«, bat Michael den Kellner, der mit Schaufel und Besen die letzten Scherben beseitigt hatte. Unsanft holte mich Michael mit diesen Worten aus meinem Delirium und ich entschuldigte mich bei dem Kellner für mein tollpatschiges Auftreten.

Dann sah ich wieder zu Dave, der mich nach wie vor musterte. Offenbar schon so lange, dass nun auch seine Begleitung aufmerksam wurde. Denn Miss Perfect musterte mich nun auch eindringlich. Dave erhob sein Glas und prostete mir lächelnd zu. Dieser Mistkerl, warum musste er auch so charmant grinsen? Er wusste doch genau, welche Wirkung das auf mich haben würde! Konnte er mich nicht einfach ignorieren? Ich reagierte nicht, selbst als er ein zweites Mal das Glas auf mich erhob. Sein süffisantes Grinsen verriet mir, dass er genau wusste, was gerade in mir ablief. Und das amüsierte ihn. Wahrscheinlich sah ich aus wie ein hirnloser Depp, wie einer, über den ich mich sonst lustig machen würde. Immerhin gab es kaum eine Situation, mit der ich nicht locker flockig umgehen konnte.

Aber hier, gerade jetzt reagierte ich gar nicht. Ich starrte Dave an, zu mehr war ich nicht fähig. Dabei saß ich hier mit einem Stammgast, der eigentlich meine volle Aufmerksamkeit für sich beanspruchte und dafür bezahlte, dass ich mich mit ihm unterhielt. Ich ärgerte mich über mich selbst und meinen kurzen Schwächeanfall. Und weil meine innere Domina dieses Drama nicht mehr weiter mit ansehen konnte, übernahm sie kurzerhand die Führung und ich hatte mich wieder voll im Griff.

»Michael? Könnten wir Plätze tauschen?«, fragte ich schließlich.

»Natürlich. Warum?«

»Da hinten sitzt jemand, von dem ich meine, ihn zu kennen. Ich möchte nicht, dass er mich sieht«, log ich.

Michael erhob sich und wir tauschten schnell die Plätze. Ich war erleichtert, nun konnte Dave mich nicht mehr aus meiner Arbeit reißen. Michael und ich speisten und ab und zu wagte ich einen Blick über die Schulter. Ich stellte fest, dass Dave sich wieder weggedreht hatte und sich mit seiner Begleitung gut amüsierte. Es schien, als hätte er mich wieder vergessen. Die beiden sahen sehr vertraut miteinander aus. Ich beneidete sie darum, aber mein Engelchen ließ auf meiner inneren Filmleinwand die letzten Erlebnisse mit Dave Revue passieren, darunter auch die Vergewaltigung, wodurch ich wieder etwas ruhiger wurde. Ja, man vergaß tatsächlich die negativen Erlebnisse immer sehr schnell und hing dann den positiven Erinnerungen hinterher. Nein, ich sollte froh sein, dass ich ihn los war. Sollte sich doch Miss Perfect von ihm vergewaltigen lassen.

Irgendwann schlug Michael vor, gemeinsam ins Hotelzimmer zu gehen und mit der Session anzufangen. Gerne ließ ich mich darauf ein und wir erhoben uns. Ich linste nochmals zu Dave an die Bar und abermals trafen sich unsere Blicke. Er nickte mir anerkennend zu und arrogant nickte ich zurück.

Während der Session im Hotelzimmer schweiften meine Gedanken immer wieder zu Dave. Sicherheitshalber verband ich Michael die Augen, ich fürchtete, er könnte meine Gedanken lesen oder meine Sehnsucht in meinem Gesicht sehen. Und immer dann, wenn ich Dave für einen kleinen Augenblick vergaß, schlich er sich wieder in meinen Kopf. Ganz leise und unbemerkt und plötzlich war er dann da. Als die Session nach zwei Stunden vorüber war, lief ich erleichtert durch den Flur und drückte auf den Knopf, um den Fahrstuhl zu rufen. Die Absätze meiner Pumps hallten auf dem glänzenden Boden des Foyers. Ich kramte in meiner Handtasche nach meinem Autoschlüssel und ging auf den Parkplatz, nicht, ohne mich nochmals umzusehen, ob ich Dave sehen würde.

Ich sah einen Zettel hinter der Windschutzscheibe meines Wagens. Verdammt noch mal, kein Strafzettel, bitte nicht, dachte ich. Ich nahm ihn ab und faltete ihn auseinander.

Du siehst umwerfend aus. Schön, zu sehen, wie gut es dir geht. Ich will dich sehen. Zimmer 415.

Ich wusste, dass der Zettel nur von einem sein konnte: Dave.

Ratlos stand ich neben meinem Auto und drehte den Zettel hin und her.

»Fahr nach Hause, Sharon. Denk daran, wie es damals endete«, versuchte mich mein Engelchen zu drängen.

»Komm schon, du bist neugierig. Ein kurzes Gespräch kann nicht schaden«, argumentierte mein Teufelchen und seine Augen loderten eigenartig rot.

Mein Teufelchen hatte recht. Es war lange her, seit wir uns getrennt hatten, und ich wollte wissen, wie es ihm seither ergangen war. Ich wollte ihn gerne noch einmal ansehen, ein letztes Mal, bevor er komplett aus meinem Leben verschwinden würde. Er würde auf keinen Fall über mich herfallen, denn ich war mir sicher, dass auch er aus unserer Sache damals gelernt hatte. Entschlossen ging ich zurück und fuhr mit dem Fahrstuhl in den vierten Stock.

Was, wenn er gerade beschäftigt war? Er hatte doch eine Begleitung dabeigehabt.

Ich stieg aus und lief den Flur entlang, bis ich vor Zimmer Nummer 415 stand. Ich lauschte, ob ich eindeutige Geräusche hörte. Ich wollte ihn nun nicht gerade stören, wenn er dabei war, seine Modelfreundin zu beglücken. Ich hörte nur den Ton des Fernsehers und musste lächeln. Das hatte sich offenbar nicht geändert. Mit zitternden Händen klopfte ich zaghaft an. Ich wünschte mir irgendwie, dass er es nicht hörte und ich wieder gehen konnte.

Aber dann öffnete sich die Tür und Dave sah mich an. Mein Herz klopfte laut und ich brachte keinen Ton hervor.

»Hallo Sharon«, begrüßte er mich und musterte mich erneut.

»Hi.« Meine Stimme krächzte heiser. Ich räusperte mich. Auf keinen Fall sollte er meine Nervosität bemerken.

»Komm rein«, sagte er nach einer kurzen Pause und trat zur Seite. Ich überlegte kurz, ob ich wirklich in das Hotelzimmer gehen sollte, kam mir dann aber reichlich blöd dabei vor, es nicht zu tun. Wer führte schon gerne Gespräche zwischen Tür und Angel? Und so trat ich ein.

»Du bist alleine?«, fragte ich erstaunt und biss mir sofort auf die Zunge. Es stand mir nicht zu, derartige Dinge festzustellen.

Dave nickte und lächelte.

»Das ist ja ein Zufall, dass du hier bist und ich auch und …«, ich verstummte. In eigenartiger Einigkeit schlugen sich Engelchen und Teufelchen mit der Hand auf die Stirn. Meine Güte, was plapperte ich da auch für einen Blödsinn?

Dave beobachtete mich eindringlich und erreichte damit, dass ich mich unwohl fühlte.

»Was ist denn?«, fragte ich schließlich, um seinem Blick nicht weiter ausgesetzt zu sein.

»Du siehst umwerfend aus«, gab er an.

Ich wurde rot.

»Danke. Du aber auch.«

Er schob mich auf die Couch und es war alles wie früher. So selbstverständlich und gewohnt. Er goss mir ein Glas Mineralwasser ein und setzte sich neben mich.

»Du hast dich nicht verändert, was?«, unkte ich und hob mein Glas hoch.

Er lachte und schüttelte den Kopf.

»In diesem Punkt nicht.«

Seine Augen hatten diesen glasigen Blick und ich versuchte krampfhaft, ein Gesprächsthema zu ergattern. Ich blickte mich um.

»Nettes Zimmer hier. Bestimmt teuer, was?«

Mein Teufelchen schlug seinen Kopf ungläubig gegen eine Wand. »Komm auf den Punkt«, sagte es schließlich. »Und hör auf, Blödsinn zu quatschen.«

Ich schwieg sicherheitshalber und lauschte dem Ticken meiner Armbanduhr. Dave auch. Nur mit dem Unterschied, dass mich diese Stille unruhig und zappelig werden ließ. Das wiederum gab ihm Ruhe und Gelassenheit.

»Würdest du mir einen Gefallen tun?«, fragte er.

»Welchen denn?«

Verdammt. Ich hatte mir eigentlich vorgenommen, nur ein kurzes Gespräch zu führen. Keine Gefallen, kein Aufeinander-Einlassen. Lediglich ein bisschen Small Talk. Nur kurz wieder das Feeling von damals hochholen, reinschnuppern in die verbotene Welt und dann wieder zurück in mein eigenes Leben.

»Zieh den Blazer aus.«

Ich hörte das Blut in meinen Ohren rauschen und seine Stimme und dieser Befehl rissen mich davon. Mein Mund wurde trocken. Mein Gott, es war wie früher. Ich starrte ihm in seine Augen.

»Nur den Blazer, Sharon.«

Ich öffnete die Knöpfe und zog ihn aus. Seine Augen glänzten.

»Du sahst ja damals schon sehr gut aus. Aber jetzt. Wie viel Gewicht hast du verloren?«, fragte er mich.

»15 Kilo«, meine Stimme krächzte und ich flüsterte beinahe. Verdammt noch mal, warum schaffte ich es nicht, ihm gegenüber einfach souverän zu sein.

Er rutschte näher und ich konnte ihn riechen.

»Sag schon, dass er dich ficken soll. Er würde es sofort machen«, sagte mein Teufelchen.

Ich starrte auf seine Hand, die mein Handgelenk umfasst hatte.

»Ich hab dich vermisst«, flüsterte er und suchte meinen Blick. Ich war unfähig, etwas zu sagen. Er rutschte weiter zu mir. Seine Hand berührte meine Wange und ich wollte Nein sagen, konnte es aber nicht. Es wollte nicht über meine Lippen. Stattdessen lehnte ich mich dagegen.

»Sharon! Geh, hau ab!« Mein Engelchen war besorgt.

Seine Hand glitt an meinem Hals entlang und rutschte über die Knopfleiste meiner Bluse. Ich atmete scharf ein. Mit der anderen Hand zog er mich zu sich. Ich konnte seinen Atem an meinem Ohr hören.

»Ich habe so oft an dich gedacht«, flüsterte er mir ins Ohr, während seine Finger meine Brust fanden und streichelten. Ich stöhnte auf. War ich so instabil? Dass ich mich von ihm so schnell wieder mitreißen ließ? Er drückte mir einen Kuss auf die Wange und wanderte zärtlich weiter zu meinen Lippen. Als er mich auf selbige küsste, war es um mich geschehen. Ich erwiderte seinen Kuss und hatte das Gefühl, in Ohnmacht zu fallen. Sein Griff wurde fester, er wurde sich seiner Sache sicherer. Immer wieder schob er seine Zunge in meinen Mund.

»Mach die Bluse auf.«

Ich löste mich von ihm und stand auf. Langsam begann ich, meine Bluse aufzuknöpfen.

»Geh, Sharon. Bitte lass dich nicht auf ihn ein. Er hat dich vergewaltigt!« Mein Engelchen stand kurz davor, zu verzweifeln.

Ich starrte Dave an und ich haderte mit mir selbst. Sollte ich bleiben oder gehen? Was würde passieren, wenn ich blieb? Was, wenn ich blieb?

»Geh!«, rief mein Engelchen erneut.

Ich schnappte meinen Blazer und ging zur Tür.

»Geh nicht«, sagte er, als er aufstand und mich von hinten umarmte. Seine Hände fanden den Weg in meine Bluse und unter meinen BH.

»Bleib hier«, flüsterte er mir ins Ohr. »Bleib. Niemand tut dir etwas.« Mit einer Hand schob er meinen Rock hoch.

Ich war hin- und hergerissen. Seine festen, mir vertrauten Berührungen taten so gut, dass ich stillhielt. Und doch rief mein Engelchen immer wieder, dass ich gehen sollte. Seine Rufe verhallten im Rausch meines Blutes.

Er strich meine Haare zur Seite und küsste meinen Nacken. Es war so vertraut. Alles war irgendwie richtig und doch stimmte nichts. Oder war es umgekehrt?

Er drückte seinen Schoß an meinen Hintern und ich spürte ihn. Ich wusste genau, wie er sich in mir anfühlen würde. Ich wusste, dass es mir gefallen würde, was er mit mir tun würde. Sollte ich es zulassen? Ich musste ihm ja nun nicht wieder meine Seele verkaufen. Es konnte doch einfach nur ein kleines Verhältnis sein. Oder eine einmalige Sache? Nur Sex, mehr nicht. Danach würde ich nach Hause fahren und ihn nie wieder sehen.

Ich spürte, wie er meine Bluse über meine Schultern zog und dabei stellte ich fest, dass meine Hand immer noch auf dem Türknauf lag.

Dave vergrub sein Gesicht in meinen Haaren und atmete tief ein. Ob er wusste, was ich dachte? Ob er meine Bedenken kannte? Ob es für ihn auch nur eine einmalige Sache war? Vielleicht sollte ich ihm das vorher klarmachen?

»Warte«, keuchte ich.

Er ließ sich davon nicht beirren. Er war ganz der alte Dave. Meinen Rock hatte er bis zur Hüfte hochgeschoben. Ich trug Strumpfhalter und Nylons, darunter einen String. Nach unserer Trennung hatte ich mir wieder angewöhnt, Unterwäsche zu tragen. Und eigentlich konnte es ihm auch egal sein, denn das würde hier nur eine einmalige Sache bleiben. Dennoch überhörte ich es nicht, als er seinen Finger in den Gummizug des Strings einhakte und dabei verächtlich mit der Zunge schnalzte. Und diese Geste reichte, dass ich mich schuldig fühlte.

»Es tut mir leid«, flüsterte ich.

»Sharon! Du wolltest ihm klarmachen, dass das nur eine einmalige Sache ist«, riss mich mein Engelchen wieder aus meiner devoten Rolle.

»Dave, warte.« Ich versuchte, eine bestimmte Tonlage zu erreichen, um ihm klarzumachen, dass er auf mich hören sollte.

»Was ist?«, raunte er in meinen Nacken.

»Das ist eine einmalige Sache. Wir können uns danach nicht mehr wiedersehen.« Ich flüsterte wieder. Eigentlich wollte ich diesen Satz nicht sagen.

Einige Monate nach der Trennung von Dave hatte mich meine Freundin gefragt, ob ich ihm wieder verfallen würde, stünde er jetzt vor mir. Ich hatte ihr felsenfest versichert, dass er keine Rolle mehr in meinem Leben spielen könnte. Sie glaubte mir und meine Schuldgefühle wuchsen, denn ich wusste, dass es eine Lüge war. Mir war klar, dass ich in seinen Händen immer wieder weich werden würde. Er würde immer die richtigen Knöpfe finden, um mich dahin zu bringen, wo er mich haben wollte. Egal wie lange wir uns nicht sahen, egal wie weit er weg war. Es schien, als gäbe es ein unsichtbares Band, das uns für immer und ewig verband. Keiner von uns konnte es kappen.

Er öffnete seinen Reißverschluss und hantierte mit einem Kondom. Dann drückte er meine Beine auseinander und schob mein Höschen zur Seite.

»Dave«, flüsterte ich. Ich wagte es kaum, ihn zu stören.

Er setzte an und schob sich in mich.

»Dave«, stöhnte ich noch mal. Er stöhnte in mein Ohr und schob sich tiefer.

Ich keuchte schnappend, stöhnte leise auf.

»Eine einmalige Sache, ja ich weiß«, flüsterte er und bewegte sich in mir. Ich hatte das Gefühl, abzuheben. Wie lange hatte ich darauf gewartet? Hatte ich darauf gewartet?

Nach einiger Zeit zog Dave sich aus mir zurück. Er drehte mich um und sah mir direkt in die Augen. Er hob mein Bein und ich legte es um seine Hüfte. Und schon drang er wieder in mich ein und bewegte sich.

»Nur einmal. Sicher?«, fragte er mich und seine Stöße wurden intensiver und härter.

»Ja«, stöhnte ich, aber meine Antwort überzeugte nicht mal mich selbst.

»Dabei fühlt sich das so gut an«, stöhnte er und stieß noch fester in mich. Ich schrie auf. »Du könntest es öfter haben.«

Der Kerl brachte mich um meinen Verstand. Er packte mein Kinn und küsste mich. Seine andere Hand ruhte auf meiner Brust und spielte mit meiner Brustwarze. Ich stöhnte laut auf, spürte, dass ich nicht mehr lange brauchen würde, wenn er so weitermachte.

»Was ist, willst du es öfter haben?«, fragte er mich und sah mir starr in die Augen. Ich schwieg, hielt seinem Blick aber stand. Meine Hände umklammerten seine Oberarme und ich krallte meine Fingernägel in seine Haut.

»Gib mir eine Antwort.«

Was wollte er hören? Die Wahrheit? Oder das, was für mich und mein Seelenheil besser war? Ich lehnte meine Stirn an die seine und keuchte.

»Ja.«

Was zum Geier tat ich da? Die Antwort müsste anders lauten.

»Sharon!«, mein Engelchen war entsetzt.

Mein Teufelchen grinste und befeuerte mich, weiterzumachen.

Und je entsetzter mein Engelchen war und je mehr mein Teufelchen mich befeuerte, umso lauter und häufiger stöhnte ich Dave mein »Ja« entgegen. Solange, bis er mich da hatte, wo er mich haben wollte. Und ich kam mit einem überwältigenden Gefühl, fast als hätte mir jemand den Boden unter den Füßen weggezogen. Ein Glück, dass Dave mich festhielt.

Keuchend ließ ich mich auf sein Bett fallen. Ein Teil meiner Kleidung war noch an meinem Körper, der andere Teil davon lag auf dem Boden. Dave legte sich neben mich und strich mir über meine Schultern, während er mich ansah.

»Ich kann es kaum glauben, dass das eben passiert ist.«

Ich lachte über diesen Satz und entschied, ihn zu kneifen, damit er wusste, dass das hier alles Wirklichkeit war.

»Nur eine einmalige Sache, Dave.«

Ich war nun wieder klar im Kopf und bestand auf meinem Entschluss. Er schüttelte den Kopf.

»Nein.«

»Doch«, gab ich zurück.

»Das hältst du nicht aus.«

»Du meinst wohl, dass du es nicht aushältst?«

Dave richtete sich auf und sah mich mit einem ernsten Gesichtsausdruck an.

»Sharon, es ist und bleibt deine Entscheidung«, begann er. »Du weißt, was ich verlange, wenn du dich auf mich einlässt.«

»Ja. Meine Seele.«

Er lachte laut auf.

»Das klingt, als wäre ich der Teufel höchstpersönlich.«

»Das bist du auch«, gab ich zurück.

Er funkelte mich kurz an, fast, als würde er überlegen, mir eine Ohrfeige zu verpassen. Er schien sich dann aber doch anders zu besinnen und atmete tief ein und begann zu erzählen.

»Ich empfand das, was wir hatten, als eine wunderschöne Beziehung. Ich konnte SM noch nie in dieser Form leben und ich hatte noch nie eine Partnerin, die sich so von mir leiten und ziehen ließ wie du. Das, was wir hatten, war und ist das, was ich mir wünsche. Für mich.«

Er sah mich an und ich wollte etwas sagen, doch er bedeutete mir, zu schweigen.

»Wenn du dich auf mich einlässt, dann will ich alles von dir. Es wird keine Grenzen geben, außer jenen, die deine Gesundheit betreffen. Wenn du dich auf mich einlässt, wirst du machen, was ich sage. Ich lege keinen Wert darauf, für wen du es machst, und ich lege auch keinen Wert darauf, ob es dein Ziel ist, mir zu gefallen, oder ob deine Ziele andere sind. Im Gegenteil, die kleinen Reibereien, dein Ungehorsam und die Tatsache, dass du sagst, was du denkst, haben mir immer gefallen. Ich werde dich brechen und du wirst keine Möglichkeit haben, auszusteigen, außer, du beendest unsere Beziehung.«

Ich starrte ihn entgeistert an. Es klang so kalt, so berechnend, so gemein. Und es ließ ein Feuer in mir auflodern, von dem bis gerade eben nur noch eine kleine Glut übrig gewesen war.

Seine Stimme war so klar, so direkt und unumgänglich. Seine Bedingungen waren allumfassend. Und doch sagte er mir damit nichts Neues. Ich kannte seinen Wunsch nach einer Beziehung mit einer Frau, die sich ihm komplett unterwarf. Freiwillig und unfreiwillig. Er wollte alles. Er wollte in diese Frau hineingreifen und nach ihrer Seele angeln. Und er wollte ihre Seele formen, sie hier und da quetschen und dort wieder aufbauen. Nach seinen Wünschen und nach seinen Vorstellungen. Er wollte bestimmen über diese Frau, sie bestrafen und belohnen. Er wollte Mann, Herr, Geliebter, Freund und Begleiter in einer Person sein.

Ich schluckte meine Nervosität, denn kurz hatte ich das Gefühl, er würde sofort eine Antwort von mir erwarten.

Ja. Nein. JEIN!, hämmerte es in meinem Kopf.

»Du wolltest vorhin etwas sagen«, gab er das Wort an mich.

Mein Mund war trocken und im Hals saß ein Kloß, der sich ausbreitete.

»Du musst nicht nachfragen. Wir gehen einfach und er wird schon irgendwann eine finden, mit der er all das machen kann. Zum Beispiel diese Miss Perfect. Die eignet sich doch super für die Rolle eines hirnlosen Sexzombies«, flüsterte mein Engelchen gemein. Mein Teufelchen packte es, zurrte es in Seile und trug es wie eine Tasche davon.

»Was erwartet mich, wenn ich mich darauf einlasse?«, fragte ich schließlich und war erstaunt darüber, dass es mich interessierte.

Er sah mich an und strich mir eine Haarsträhne aus der Stirn.

»Alles! Schmerzen, Demütigung, Erniedrigung. Sex, Geborgenheit, Zuneigung. All das, was du schon kennst, aber viel intensiver. Ich werde Dinge mit dir machen, die du nicht magst, und ich werde sie machen, weil du sie nicht magst. Und ich werde Dinge mit dir tun, die du magst, und ich werde sie machen, weil du sie magst. Und ich werde alle Dinge mit dir tun, die ich mag.«

»Aber ich hab ein Leben, eine Familie, eine Arbeit«, gab ich an.

Er lächelte.

»Ich auch. Und ich werde es weiterführen, genauso wie du das deinige weiterführen wirst. Aber es wird nicht mehr nur dir gehören. Viele Entscheidungen wirst nicht mehr du alleine treffen.«

»Und was ist mit meinen Tabus?«, stieß ich schließlich hervor.

Er stand auf und ging zu seiner Laptoptasche. Dort zog er den Zettel heraus, den ich damals, vor fünf Jahren, ausgefüllt und unterschrieben hatte. Ich konnte es kaum glauben, dass er ihn immer noch hatte.

Er war immer noch eingeschlagen in eine Klarsichthülle, aber man sah, dass er ihn häufiger gelesen hatte. Er legte ihn mir auf den Schoß und ich setzte mich auf und nahm ihn in die Hand. Kurz spürte ich die Aufregung von damals. Von unserem ersten gemeinsamen Spiel, als ich mich das erste Mal in seine Hände begeben habe.

»Das, das und das hier werden keine Tabus mehr sein.« Er deutete auf die Praktiken. Dann sah er mich an: »Und dein Arsch gehört mir.«

Ich starrte ihn an, als wäre er ein Außerirdischer.

Mensch, wie wäre es, wenn wir einfach nur Sex haben? Ohne SM und ohne Forderungen?, dachte ich.

Aber ich wusste, dass der Reiz dann verloren gehen würde. Denn genau die Tatsache, dass ich die Kontrolle über bestimmte Dinge einfach abgeben musste, machte den Reiz von Dave aus. Die Tatsache, dass er sich jederzeit holen konnte, was er begehrte, ob ich wollte oder nicht, genau das war es, was mich trieb. Und ihn trieb der Gedanke, über mich verfügen zu können, wie er wollte.

»Also nur körperliche Einschränkungen?«

Dave nickte.

Ich begann, an meinen Fingernägeln zu kauen. Eine unschöne Angewohnheit, aber manches Mal brauchte ich das, um meine Nervosität abzubauen. Dave bemerkte meinen Zwiespalt und ich wusste, dass er ihn genoss. Er setzte sich neben mich und legte eine Hand auf meinen Rücken.

»Du musst es nicht sofort entscheiden. Überlege dir gut, worauf du dich einlassen möchtest. Es gibt nur eine Möglichkeit für dich, diese Beziehung anzufangen; indem du zu mir kommst und mich darum bittest. Du hast nur eine Möglichkeit, aus dem Spiel auszusteigen; indem du zu mir kommst und mich um ein Ende unserer Beziehung bittest. Du hast nur eine Möglichkeit, diese Beziehung zu leben. Entweder machst du es, oder du lässt es. Ich bin dir nicht böse, wenn du ablehnst.«

Mir lief es eiskalt den Rücken hinunter. Diese klaren Worte, diese klaren Ansagen ängstigten mich. Es gab nur einen Weg zu ihm – wenn ich diesen Weg nahm, bedeutete es, dass ich viele meiner Entscheidungen ihm überlassen musste.

Dave küsste mich plötzlich.

»Und jetzt, meine schöne Sharon, werde ich dich in die Dunkelheit entlassen. Ich muss morgen früh einen wichtigen Termin wahrnehmen und brauche noch etwas Schlaf.«

»Erst so eine Frechheit und jetzt wirft er dich auch noch raus! Sharon, geh einfach. Wünsch ihm ein schönes Leben und gut ist es«, winselte mein Engelchen.

Als ich auf dem Weg nach Hause war, gingen mir seine Aussagen nicht aus dem Kopf. Auch als ich mich ins Bett legte, hämmerten mir seine Worte immer wieder durch die Gedanken. Irgendwann sank ich in einen traumlosen Schlaf. Am nächsten Tag hatte ich das Gefühl, ich hätte alles nur geträumt. Ich überlegte, ließ den Abend Revue passieren. Alles. Er wollte alles von mir. Er wollte eine Beziehung. Er hatte gut ausgesehen und sich gut in mir angefühlt. Ich fühlte mich um fünf Jahre in die Vergangenheit versetzt. Alles war so aufregend, diese Spannung war wieder da zwischen uns. Es war wie früher. Es hatte sich nichts an unseren Gefühlen verändert.

Aber ob das richtig war?

Andererseits war es doch in anderen SM-Beziehungen auch nicht anders. Oft hatte der aktive Part das Sagen über den passiven Part. Warum also sollte ich keine Beziehung mit ihm eingehen?

»Mach niemals einen Fehler zweimal ...«, sagte mein Engelchen und erhob mahnend seinen Zeigefinger.

»... vor allem mit derselben Person«, fügte es hinzu.

Mein Teufelchen schwieg.

Ich dachte an Dave, wie er sich anfühlte in mir, wie er aussah, wie gut er gerochen hatte.

Ich beschloss, die Entscheidung zu vertagen, und begann einen ganz normalen Tag meines Doppellebens. Ich trennte meine beiden Leben, die ich führte, strikt voneinander. Meine Kinder wussten nichts von meinem anderen Leben als professionelle Sexarbeiterin. Kaum jemand aus dem Kinderumkreis wusste davon. Natürlich hatte ich bereits vorgefühlt, wie der Bekanntenkreis generell zu diesem Thema stand. Die meisten fanden es auch total spannend und der ein oder andere kannte eine, die kannte eine, die hätte mit so was ihr Geld verdient. Solange es also das eigene bürgerliche Leben nicht bedrohte, war die Welt für sie völlig in Ordnung. Aber dennoch wusste ich: Sobald sie erführen, dass jemand im direkten Umfeld aus dem »Gewerbe« war, würde sich der Ton ändern.

Ich war immer wieder aufs Neue beeindruckt davon, was man uns Sexworkern alles unterstellte. Zum einen die ständige Angst der Frauen, sie könnten ihre Männer an uns verlieren. Als würde ich jeden Mann haben wollen. Auch ich hatte ein gewisses Beuteschema und das deckte sich nur relativ selten mit den Männern, die mir über den Weg liefen. Aber anscheinend wurde mir in diesem Punkt unterstellt, ich hätte nichts Besseres zu tun, als Ehen und intakte Beziehungen zu zerstören und damit die Scheidungsrate nach oben zu treiben.

Hinzu kam für mich natürlich die Gefahr, dass meine Kinder gemobbt werden könnten, weshalb ich brav meinen Mund hielt und mein Doppelleben gekonnt über die Bühne brachte. Denn in meinem anderen Leben hatten meine Kinder ebenfalls nichts zu suchen. Kaum jemand aus meinem Kundenkreis wusste Genaueres über mich und meine Lebensumstände. Auch mit meinen Kolleginnen sprach ich so gut wie nie über meine familiäre Situation. Sobald ich ins Studio ging, war ich keine Mutter mehr. Dann war ich nur noch Domina.

Dennoch ging mir Daves Angebot nicht mehr aus dem Kopf und während ich meine Mutterrolle erfüllte und nebenbei eine kleine Datenbank fertig programmierte, traf ich leise, still und heimlich meine Entscheidung.

Ich hatte kurz überlegt, meine beste Freundin Kathi zu fragen, was sie davon halten würde. Doch Kathi, das wusste ich, würde mich wahrscheinlich lynchen, wenn sie erfuhr, dass ich mich wieder mit Dave einlassen wollte. Es würde vorerst ein kleines Geheimnis bleiben und ich würde mich erst outen, wenn die Beziehung mit ihm solide und stabil wäre. Dann könnte sie nichts mehr dagegen sagen und würde sehen, dass auch er sich verändert hatte. Und so tippte ich an dem Freitag, an dem meine Kinder wieder den Wechsel zu Patrick antraten, Daves Telefonnummer in mein Smartphone.

»Rodrigez«, meldete er sich kurz und knapp.

»Hallo. Sharon hier.«

»Oh«, sagte er erstaunt. »Mit deinem Anruf hatte ich nicht mehr gerechnet.«

»Ja ich weiß. Ich brauchte Zeit. Ich würde dir gerne meine Entscheidung mitteilen«, sagte ich und versuchte, es spannend zu machen. Doch er stieg nicht darauf ein.

»Hast du heute Abend Zeit?«, fragte er mich und ich bejahte. »Gut, wir treffen uns im Hotelrestaurant. Um 20:30 Uhr. Sei pünktlich.« Mit diesen Worten legte er auf.

Ich fühlte mich abgebügelt, aber ich war mir sicher, dass er das nicht absichtlich gemacht hatte. Bestimmt hatte er viel Stress in seiner Arbeit. Ich packte nun also nicht nur die Sachen fürs Studio zusammen, sondern auch mein Outfit für den Abend. Ich entschied mich, schwarze Leggins zu tragen. Dazu wählte ich einen schwarzen Pullover, den man eigentlich schon als Minikleid tragen konnte, sowie schicke Pumps.

Der Tag selbst war relativ ruhig. Ich war aufgeregt, musste immer wieder an den Abend denken und an das, was mich danach erwarten würde. Ich kam mir vor, als würde ich an diesem Abend meine Jungfräulichkeit verlieren. Mein Herz pochte beim Gedanken daran.

Ich war pünktlich da, doch Dave verspätete sich um einige Minuten. Das war für mich nicht weiter schlimm, so konnte ich meine Aufregung noch etwas genießen. Dave begrüßte mich freudig, als er mich sah. Er schloss mich in seine Arme und hielt mich einen Augenblick darin. Dann nahmen wir Platz.

Wir unterhielten uns über die letzten zwei Wochen und ich brachte ihn auf den neuesten Stand, was meine nicht mehr existente Beziehung mit Patrick, unsere Kinderaufteilung und meine Arbeit im und außerhalb des Studios betraf. Er stellte ein paar Fragen zu meiner aktuellen Situation und erfuhr von mir, dass ich keinen Freund oder Lebensgefährten hatte. Das schien ihn zu erfreuen.

Er stellte außerdem ein paar Fragen zu den Kids, die ich kurz und knapp beantwortete. Ich vermied es, seine Familie anzusprechen, also fragte ich nach seinem Projekt und seiner Zeit in Hamburg. Er erzählte mir ausführlich davon und ich merkte, wie viel Spaß ihm seine Arbeit immer noch bereitete.

Wir bestellten zwischenzeitlich unser Essen und als es serviert wurde, fragte er mich nach meiner Entscheidung.

»Ich will es machen. Ich will, dass es klappt mit uns beiden«, sagte ich und sah ihm direkt in die Augen.

Dave nahm einen Schluck aus seinem Weinglas und stellte es wieder weg. Dann lehnte er sich zurück und musterte mich eindringlich und genau.

»Sharon, ich werde dir jetzt erzählen, was ich gleich mit dir machen werde«, sagte er leise und dennoch bestimmt. Dabei wandte er den Blick nicht von meinem Gesicht. »Wir werden direkt nach dem Essen ins Zimmer hochgehen. Dort werde ich dich ins Badezimmer schicken, wo du dich, bis auf deine Pumps, komplett nackt ausziehen und auf mich warten wirst. Ich werde dann zu dir kommen und dir ein Kopfharness mit Knebel und Zügeln anlegen. Um deine Hand- und Fußgelenke werde ich Manschetten legen. Ich werde dich dann ins Zimmer zurückführen. Dort werde ich dich an einen Pranger fesseln, sodass du keine Chance mehr hast, zu entkommen.«

Er sah mich herausfordernd an und ich schluckte und nickte. Seine Augen glänzten und in mir machte sich ein wohliges Gefühl breit.

»Dann werde ich die Zügel nehmen, deinen Kopf damit weit in deinen Nacken ziehen und dir meinen Schwanz in deinen Arsch schieben.«

Mein Mund wurde trocken und ich traute meinen Ohren kaum. Mein Körper reagierte augenblicklich auf seine Worte, wie er das bisher fast immer getan hatte. Gänsehaut, steife Brustwarzen und ein feuchter Schoß.

»Ich werde aber schreien und weinen«, warnte ich ihn und versuchte, Herrin meiner selbst und der Situation zu werden.

»Irgendwann wirst du dich beruhigen«, erklärte er ruhig und musterte mich.

»Aber dein bestes Stück wird nicht standhalten«, erwiderte ich mit dem Versuch, ihn alt aussehen zu lassen. Er beugte sich über den Tisch und kam meinem Gesicht ganz nahe.

»Sharon! Wenn du schreist und weinst, steht mir der Schwanz, und zwar wie eine Eins.«

Ich schluckte ängstlich und überlegte, ob ich doch wieder gehen sollte. Allein die Tatsache, dass er das machen könnte, löste in mir eine große Angst aus. Das Wissen, dass er sich direkt an meinem Hintern vergehen würde, machte mich nervös. Vor allem in Anbetracht dessen, dass es keine Möglichkeit des Abbruchs für mich geben würde. Ich hatte es, seit der letzten Session, nicht wieder gemacht.

»Er wird das nicht machen. Wie soll er es auch machen? Er sprach von einem Pranger. Pranger sind riesige Ungetüme, denk an den bei euch im Studio. Wie soll der den hier ins Hotel reinkriegen?«, flüsterte mein Teufelchen.

»Geh wieder! Das ist keine gute Idee. Was, wenn er mit dem Direktor des Hotels gesprochen hat und doch einen im Zimmer hat?«, flüsterte mein Engelchen.

»Halt doch die Klappe!«, rief mein Teufelchen und stürzte sich wütend auf meinen Heiligenscheinträger und ich sah nur noch eine Staubwolke. Während mein Teufelchen mein Engelchen verdrosch, rief es mir zu, dass Dave mich nur foppen würde.

»Okay«, sagte ich leise und mit krächzender Stimme.

Dave lehnte sich zurück und schien in meinem Gesicht nach einem Anhaltspunkt zu suchen, der ihm sagte, was ich empfand.

Ich nickte.

»Okay«, sagte ich noch mal, mehr für mich als für ihn.

»Gut, Sharon. Dann sind wir uns einig! Das freut mich«, sagte er unbeeindruckt und trank seinen Wein aus und genoss sein Essen.

Als wir schließlich nach oben ins Zimmer gingen, wurde ich nervös. Er schloss die Tür mit seiner Karte auf und im Raum sah ich keinen Pranger, nichts davon. Ich atmete erleichtert aus. Er hatte mich tatsächlich nur geprüft, mich nur gefoppt. Er wollte mir Angst machen und fast wäre es ihm gelungen. Mir fiel ein Stein vom Herzen.

»Sharon, geh bitte hier durch die Tür ins Badezimmer und zieh dich, bis auf deine Pumps, nackt aus.«

Beschwingt ging ich durch die Tür. Er würde es jetzt erst mal durchziehen, aber spätestens beim Pranger umschwenken. Ich war mir sicher, dass er mir nichts tun würde. Ich zog mich aus, legte meine Kleidung fein säuberlich auf die Ablage neben dem Waschtisch. Dann schlüpfte ich wieder in meine Pumps und blickte in den Spiegel. Und plötzlich sah mich eine fünf Jahre jüngere Sharon an. Ich erinnerte mich an die vielen Zwiegespräche mit mir selbst, die ich vor den Spiegeln der Hotelzimmer geführt hatte, um mich selbst zu finden. Und nun stand ich wieder hier, aufgeregt, und wusste noch nicht, ob es denn wieder etwas einzusortieren galt.

Dave kam durch die Tür und betrachtete mich von oben bis unten. Ich fühlte mich unwohl, fürchtete, er könnte gemein werden. Meine zweite Schwangerschaft hatte ebenfalls Spuren an meinem Körper hinterlassen und ich fürchtete, ihm würde nicht gefallen, was er sah. Er schaute mir wieder ins Gesicht, sagte nichts, aber irgendwie war in seinem Blick etwas Eigenartiges.

Er hielt ein Harness in der Hand, welches er mir anlegte. Ein Ponyknebel, Lederriemen für den Kopf. Dann legte er mir Hand- und Fußfesseln um. Als er fertig war, nahm er die Zügel und führte mich zurück ins Zimmer. Ich war entsetzt.

Auf dem Boden stand ein Metallgestell. Eines jener Dinger, die man klein verpacken konnte, sodass sie in eine Tragetasche passten. Und nun stand es da, ausgepackt und aufgestellt. Ich blieb stehen, schüttelte den Kopf. Jetzt dämmerte mir, dass er das durchziehen würde, was er mir angedroht hatte.

»Hm!«, schrie ich in meinen Knebel. Ich bekam Angst, Angst, dass er es abrupt machen könnte, Angst, dass er mir wieder wehtun könnte. Angst davor, dass er keine Rücksicht nehmen würde.

»Schscht«, flüsterte er und streichelte mir das Gesicht.

»Geh auf alle viere, Sharon«, sagte er, als wir schließlich den Pranger erreicht hatten. Ich sah ihn verzweifelt an, doch sein Blick war unerbittlich. Ich ergab mich in mein Schicksal, hoffte, dass ich mich entspannen könnte.

Er hakte die Karabiner in die Ösen des Gestänges ein. Ich biss auf die Knebelstange und versuchte, meine Gedanken zu konzentrieren. Auf das Entspannen. Das war wichtig. Ich ratterte meine Selbstberuhigungsfloskeln im Kopf herunter und hoffte, dass sie funktionierten. Ich hatte so ein dämliches Motivationshörbuch gekauft, welches ich im Auto hörte, und ausgerechnet jetzt erklang die Stimme des Sprechers in meinem Ohr:

»Sie müssen an sich glauben!«

Meine Güte, worauf hatte ich mich eingelassen?

»Sie sind sich in Ihrer Entscheidung absolut sicher.«

Nein! War ich nicht. Überhaupt nicht.

Ich warf meinen Kopf in den Nacken und heulte in meinen Knebel. Dave ging vor mir in die Hocke und setzte eine Stange mit einem Metallreifen vor mir auf das Gestänge. Dann nahm er mich an den Zügeln, als wäre ich ein kleines Pony. Er zog meinen Kopf etwas nach vorne und schob meinen Hals in die Mulde, die beim Öffnen des Reifs entstand.

Er sprach kein Wort mit mir, sah mir in die Augen und ich wusste genau, dass er es nur tat, weil er wissen wollte, wie sicher ich mir in meiner Entscheidung war. Oder ob ich davonlaufen wollte. Ha. Erst können vor Lachen, wie sollte ich jetzt davonkommen? Könnte ich wegrennen, würde ich es glatt tun.

Er strich zärtlich über meine Wange und diese Berührung öffnete meine Tränenschleusen. Das verbesserte meine Situation nicht wirklich. Wenn er immer noch der alte Dave war, dann liebte er Tränen über alles. Seine Augen glänzten und er schloss den Reif. Jetzt hatte ich keine Möglichkeit mehr, wegzukommen.

Er nahm meine Zügel und legte sie über meinen Rücken. Dann streichelte er zärtlich über meinen Hintern. Ich zuckte zusammen. Plötzlich kamen all die Bilder in meinem Kopf zusammen. Die Bilder vom letzten Mal mit ihm. Ich schrie laut und unkontrolliert in meinen Knebel, während er sich hinter mich kniete. Und noch bevor er in mich eindrang, hatten Engelchen und Teufelchen gemeinsam mit mir meinen Körper verlassen. Wir waren raus, abgesprungen, bevor uns etwas Schlimmeres passieren konnte.

Ich sah, wie ich fixiert über dem Bodenpranger kniete. Mein Gesicht sah entspannt aus, etwas, was mich wunderte. Ich schwieg.

Dave hatte nach dem Gleitmittel gegriffen. Ich wunderte mich darüber, dass ich nicht spürte, wie er es verteilte. Seine Finger fanden den Weg in mich und er bewegte sie, doch ich spürte sie nicht mehr. Ich war weg, vollkommen weg.

Dann griff er nach meinen Zügeln, zog sie fest an, sodass ich meinen Kopf heben musste, soweit das möglich war. Langsam drang er in mich ein.

»Ganz ruhig, Sharon«, sagte er.

Seine Worte rissen mich zurück in meinen Körper. Ich spürte, wie er eindrang.

»Ganz ruhig, entspann dich, mein tapferes Mädchen. Du machst das gut«, sagte er ruhig und ich stöhnte und schrie in meinen Knebel. Er gab mir keine Zeit, mich an ihn zu gewöhnen. Im Gegenteil, er bewegte sich stetig und schnell.

»Gut so, Sharon«, wiederholte er. »Mein braves Mädchen, du wirst machen, was ich dir sage. Wie früher. Nicht wahr?«

Ich nickte, keuchte, stöhnte, schrie.

Okay!, hämmerte es in meinem Kopf. Es fühlte sich okay an. Nicht schön, nicht schmerzhaft, einfach nur okay.

»Gutes Mädchen«, flüsterte er und drückte mit seinen Händen gegen meine Pobacken.

Ich quietschte laut auf, schüttelte den Kopf.

»Ja, so ist es gut. So machst du das gut«, keuchte er.

Er zog das Tempo an und ich hatte das Gefühl, gepfählt zu werden. Mit schnellen, zügigen und harten Bewegungen brachte er sich zum Orgasmus. Ich brüllte indes in meinen Knebel.

Er zog sich keuchend aus mir zurück. Tränen liefen über meine Wangen. Okay, zugegeben, das Ende war alles andere als okay gewesen. Das Ende hatte mir wehgetan.

Ich fühlte seine Hand auf meinem Rücken. Er strich darüber, zärtlich, kraulend.

»Ich bin sehr stolz auf dich«, begann er. Speichel tropfte aus meinem Mund auf den Boden.

»Ich hätte wetten können, dass du abhaust. Ich war mir sicher, dass du gehen würdest, deine Zusage zurückziehen würdest in dem Moment, wo ich dir sagen würde, dass ich dich in den Arsch ficken würde«, sagte er deutlich und atmete tief ein. »Dass du geblieben bist, hat mich erstaunt. Und ehrt mich.«

Ich schniefte leise, tat alles, damit er meine Tränen nicht bemerkte. Ich presste meine Augen fest zusammen, in der Hoffnung, dass die Tränen schnell zu Boden fallen würden.

»Du hast das sehr gut gemacht, Sharon. Ich glaube dir, dass du eine Beziehung mit mir möchtest.«

Wie bitte? Was erzählte er da? Hatte er mir vorher nicht geglaubt? Hatte es je irgendwann zu irgendeinem Zeitpunkt Zweifel an meinen Aussagen gegeben? Hatte ich ihm irgendwann mal einen Grund gegeben, an meinen Zusagen berechtigt zu zweifeln? Warum musste er mich prüfen? Vor allem so?

Er befreite mich und nahm mir den Knebel und das Harness ab. Schnell wischte ich über meinen Mund und dabei kaschierte ich die Spuren meiner Tränen.

Wie sollte es nicht so werden wie früher, wenn er direkt da einstieg, wo es geendet hatte?

»Ich will das nicht«, sagte ich.

»Was?«, fragte er und hockte sich neben mich.

»Na ja, Analverkehr. Es tut so weh«, gestand ich. Er nahm mich in seine Arme und ich nahm die zärtliche Geste gerne an.

»Sharon, das haben wir doch vorhin schon geklärt. Und hey, ich muss es nicht jedes Mal haben. Ich bin mir sicher, dass du es irgendwann genießen kannst.« Er strich mit seinen Fingern über meinen nackten Rücken und ich beschloss, das Thema zur Seite zu schieben. Ich wollte keinen Streit, keine Diskussion. Nicht heute. Nicht an dem Tag, an dem ich mich entschlossen hatte, meinen Traum von SM zu leben. Und in diesem Traum kam eben auch Analverkehr vor. Warum also nicht auch in der Realität? Bestimmt, ganz bestimmt würde er mir beibringen, wie ich es genießen konnte. Ich wollte ihm gefallen und dazu zählte eben auch, Dinge über mich ergehen zu lassen, die mir nicht gefielen.

»Du gehörst mir«, flüsterte er mir ins Ohr. »Mir ganz allein.«

Ein wohliger Schauer durchdrang meinen Körper, als er diese Worte von sich gab. Ja, ich gehörte gerne ihm.

Die kommenden Tage erlebte ich wie auf Wolke sieben. Ich war das, was der Normalbürger wohl als »verliebt« bezeichnete. Jede freie Minute nutzte ich dazu, an Dave zu denken. Immer wieder sah ich sein Bild vor meinem inneren Auge. Ich war wie ein Teenager, hörte die schönsten Musikstücke über Liebe, Hingabe und Zuneigung, die je komponiert wurden. Ich tanzte ausgelassen und glücklich durchs Haus und ich hatte das Gefühl, dass mich nichts besiegen könnte. Ich hatte das Gefühl, unschlagbar zu sein.

Dave und ich schrieben unter tagsüber ein paar Kurznachrichten. Wir foppten uns gegenseitig, forderten uns zu kleinen Verbalspielereien auf.

»Ich möchte etwas Besonderes von dir haben. Ein Geschenk für mich. Lass dir etwas einfallen. Ich bin jetzt im Meeting und habe das Handy ausgeschaltet. Du hast bis heute Abend, 20 Uhr Zeit.«

Ich dachte nach. Eine Aufgabe. Er hatte mir eine Aufgabe gestellt. Er wollte etwas von mir haben, etwas Persönliches, nur für ihn und sonst niemanden. Ich überlegte. Ein Foto vielleicht? Schnell verwarf ich den Gedanken. Bilder gab es von mir genug, es war nichts Besonderes, ein Bild von mir zu besitzen. Meine Website war voll mit Bildern von mir und Dave wusste nun ja auch, wie ich aussah.

Auf getragene Wäsche stand er nicht, sagte mir mein Gefühl. Nein, das wäre albern, ihm mein Höschen zu schicken. Ich rätselte, lief durch mein Haus, dachte darüber nach, was ich ihm schenken konnte. Ich musste schnell entscheiden, in einer Stunde würden meine Kinder eintrudeln und um 20 Uhr schliefen beide noch nicht.

Mein Blick fiel auf mein Smartphone. Und plötzlich kam mir die Idee. Ich schnappte mein Handy und ging ins Schlafzimmer. Daves Nummer hatte ich in einer Kurzwahl gespeichert. Ich wählte sie.

Sofort ging seine Mailbox ran und ich hörte den üblichen kurzen Spruch und legte wieder auf. Sehr gut, die Mailbox, die wollte ich auch haben.

Ich griff in meine Nachttischschublade und holte meinen roten Aufliegevibrator hervor. Dann entledigte ich mich meiner Kleidung und warf mein Hirnkino an. Auch wenn ich normalerweise SM als meinen Sex bezeichnete, war das Kopfkino, welches ich für die Selbstbefriedigung benötigte, alles, nur eben kein SM. Im Gegenteil, man konnte es fast schon als romantisch bezeichnen.

Ich keuchte, während ich den Vibrator auf meinen Venushügel presste und die leichten Vibrationen spürte. Ich führte ihn mit leichten, kreisenden Bewegungen.

Als ich merkte, dass ich an dem Punkt war, wo ich steuern konnte, ob ich kam oder es noch zurückhielt, drückte ich auf meinem Handy die Kurzwahltaste. Der Spruch seiner Mailbox ging in meinem Delirium unter. Und als der Aufnahmepiep ertönte, ließ ich meiner Lust freien Lauf. Ich bettelte darum, kommen zu dürfen, und nachdem es mir niemand verbot, stöhnte ich auf seine Mailbox. Als ich fertig war, keuchte ich: »Ich hoffe, das ist etwas Besonderes für dich«, und legte auf.

Ich fragte mich, was ich gemacht hatte. Ob das die richtige Idee gewesen war? Freuten Männer sich wirklich darüber, den Orgasmus ihrer Freundin auf der Mailbox zu haben? Egal, nun war es zu spät.

Punkt 20 Uhr ertönte mein Telefon und Dave war dran. Seine Stimme klang heiser, leicht fiebrig.

»Sharon. Herzlichen Dank«, flüsterte er. »Das ist in der Tat etwas sehr Besonderes.«

»Ja? Gefällt es dir?«, fragte ich.

»Wenn du hier wärst, wäre ich längst über dich hergefallen«, sagte er leise.

Ich nutzte die Gelegenheit, ihn zu fragen, wann wir uns wiedersehen würden.

»Bald, mein Mädchen«, sagte er.

»Ich vermisse dich«, flüsterte ich.

»Ich dich auch.«

Ich schwieg. Er ebenso.

»Wann gehst du heute Abend ins Bett?«, fragte er.

»So um elf.«

»Gut. Ich rufe dich um elf Uhr an. Du liegst dann bitte schon im Bett. Nackt. Verstanden?«

Ich nickte, was er natürlich nicht sehen konnte. Ich schluckte, ehe ich »Ja!« sagte.

Den Abend verbrachte ich aufgeregt zu Hause. Ich las meinen Kindern noch je eine Geschichte vor, ehe ich mich vor den Fernseher setzte, um einen Film zu sehen. Als der Film zu Ende war, ging ich ins Bad und bereitete mich vor. Zehn Minuten vor elf Uhr ging ich ins Bett, schnappte mir ein Buch und begann, darin zu lesen.

Pünktlich klingelte das Telefon.

»Hey«, flüsterte ich.

»Hi.«

Wir waren wie zwei Verliebte.

»Was machst du?«, fragte er.

»Ich lese. Und du?«

»Ich telefoniere mit dir.«

Ich musste lachen.

»Was liest du denn?«, fragte er.

»Einen SM-Krimi«, antwortete ich.

»Welchen?«

»Oh, das kann ich dir …«, weiter kam ich nicht, denn er unterbrach mich.

»Welches Buch?«

»*Das letzte Element*. Von Gerwalt.«

»Klingt spannend. Ist es gut?«

»Ja. Sehr sogar.«

»Leg das Buch weg, Sharon. Du kannst es später weiterlesen.«

Ich tat, was er sagte.

»Was hast du an?«, fragte er.

»Nichts. So wie du es verlangt hast. Ich bin nackt.«

»Gut. Ich möchte, dass du jetzt folgende Dinge holst: ein Halsband, Klammern für deine Brustwarzen, einen Vibrator. Du hast eine Minute Zeit.«

Ich legte das Telefon zur Seite und wühlte in meiner Kommode nach einem Halsband und Klammern. Ich entschied mich, die silbernen Metallklammern zu nehmen. Meinen Vibrator nahm ich aus meiner Nachttischschublade.

»Okay. Ich hab alles«, flüsterte ich ins Telefon und setzte mich wieder aufs Bett.

»Brav.« Er schwieg einen Moment. »Woran hast du gedacht, als du es dir selbst gemacht hast?«, fragte er.

»An dich«, schwindelte ich. Ich konnte ihm ja schwer erklären, dass ich während meiner Selbstbefriedigung an diesen heißen spanischen Fußballer namens David Villa dachte, der mich dann auch noch in stilvoller Blümchensexmanier verführte.

»Ich möchte, dass du dir das Halsband um den Hals legst. Und zwar so, wie ich es dir umlegen würde.«

Ich wusste, was er damit meinte. Das Halsband sollte an meinem Hals liegen, ohne dass man dazwischengreifen konnte. Er wollte, dass ich das Material spürte. Ich tat, was er verlangte.

»Okay«, flüsterte ich heiser. In mir machte sich ein wohliges Gefühl breit.

»Nimm die Klammern und setz sie auf deine Brustwarzen.«

Ich atmete schnappend ein.

»Und wehe, du diskutierst. Dann lege ich sofort auf«, fügte er hinzu. Ich verkniff mir meinen Kommentar und griff nach den Klammern. Eigentlich mochte Dave Klammern nicht. Er empfand sie als zu langweilig. Dave fügte Schmerz gern selbst zu. Er wollte selbst die Intensität des Schmerzes kontrollieren.

Ich stöhnte auf. Ich hasste Klammern. Ich spürte den drückenden Schmerz, der anfänglich intensiv war, sich schließlich in ein betäubendes Gefühl verwandelte, bis man die Klammern wieder abnahm. Es war ein tückischer, hinterhältiger Schmerz.

»Okay«, winselte ich.

»Welche Farbe hat dein Vibrator?«, fragte er.

»Schwarz«, antwortete ich.

»Wie lang ist er?«

»Ich weiß nicht. Ich glaub, so 15 Zentimeter.«

Dave lachte leise.

»Du bist viel zu gut zu dir selbst, Sharon. Hast du nichts Größeres im Haus?«, fragte er.

»Du meinst einen größeren Vibrator?«, fragte ich.

»Ja.«

»Sag Nein!«, rief mein Engelchen mir zu.

Ich wagte es nicht, zu lügen.

»Doch. Einen grünen. Der hat 20 Zentimeter, vibriert aber nicht mehr.«

»Nimm den.«

Ich beugte mich zu meiner Schublade und griff nach dem grünen. Es war ewig her, dass ich ihn benutzt hatte. Eigentlich hatte ich ihn nur mal gekauft, weil ich nicht die Einzige in einer Gruppe von Freundinnen sein wollte, die einen Standardvibrator kaufte. So griff ich mir damals den grünen, der noch am erträglichsten aussah. Er sah einem Penis relativ ähnlich, selbst die Adern waren nachempfunden.

»Ich möchte, dass du das Telefon jetzt auf Lautsprecher stellst. Dann wirst du dich hinlegen, so, wie es für dich gemütlich ist. Mach das, Sharon.«

Ich legte das Telefon weg und drückte noch auf den Knopf für den Lautsprecher. Dann legte ich mich hin.

»Braves Mädchen«, sagte er, als ich bereit war.

Ich hörte sein Keuchen.

»Schieb ihn dir hinein. Und zwar so, wie ich ihn dir hineinschieben würde.«

Ich seufzte auf. Ich wusste, wie er es machen würde. Rücksichtslos, in einem Zug, bis zum Ansatz. Egal ob es mir wehtun würde oder nicht.

»Ja«, wimmerte ich. Ich spuckte auf die Spitze meines Industriepenis und setzte ihn zwischen meinen Beinen an. Widerwillig schob ich ihn tief in mich hinein. Ich stöhnte laut auf.

Ich hörte, wie er stöhnte.

»Halt ihn in dir. So tief es geht. Was spürst du?«

»Es tut weh«, keuchte ich.

Er stöhnte, denn er befriedigte sich ebenfalls.

»Beweg ihn.«

Ich begann, ihn zu bewegen, so wie es mir Spaß brachte. Derartige Spielzeuge waren eine feine Sache, allerdings gab es ein Problem: Mein Handgelenk tat mir nach einiger Zeit weh, sodass ich das Tempo, das ich brauchte, nicht halten konnte. Ich wechselte die Hände ab, stöhnte, keuchte. Dave raunte ins Telefon, erzählte mir, dass es ihm Spaß mache, mir dabei zuzuhören. Dass er sich kaum halten könne. Dass er am liebsten zu mir kommen würde, um mich zu ficken. Ich merkte, dass mein Höhepunkt mich gleich mit sich reißen würde.

»Oh bitte, Dave, bitte darf ich kommen?«, winselte ich.

Ich hörte, wie er keuchte und stöhnte.

»Nimm deine Klammern ab. Jetzt!«, rief er.

Ich tat, was er befahl, und dieser hinterhältige Schmerz erwischte mich. Ich heulte auf, konnte es kaum aushalten, wollte meine Hände an meine Brustwarzen pressen.

»Weiter, fick dich weiter, komm schon«, befeuerte Dave mich. Selbst durch das Telefon ließ er keinen Ungehorsam zu.

»Bitte«, winselte ich erneut, als ich wieder auf der Zielgeraden zu meinem Höhepunkt war.

»Komm.«

Ich schrie leise auf, mein Körper bog sich durch und ich presste die Beine zusammen. Alles pulsierte in mir und langsam ließ ich den Vibrator aus mir rutschen. Als ich mich wieder im Griff hatte, bemerkte ich, dass es leise war am anderen Ende der Leitung.

»Bist du noch da?«, fragte ich schließlich.

Nicht dass der Kerl jetzt aufgrund eines Herzinfarktes tot umgefallen war und ich das der Polizei erklären musste. Ich meine, jünger wurden wir ja alle nicht und er arbeitete wirklich viel und gerade diese Menschen waren ja prädestiniert dafür, einem Herzinfarkt zu erliegen.

»Natürlich«, antwortete er nach einem kleinen Moment. Na Gott sei Dank. Kein unglücklicher Todesfall.

»Geht es dir gut?«, fragte ich schelmisch grinsend.

»Ja. Sehr. Das wird eine angenehme Nacht werden. Sharon, bleib im Bett liegen und mach deine Augen zu und schlaf gut.«

»Gute Nacht, Dave«, flüsterte ich.

Das monotone Tuten in der Leitung sagte mir, dass er aufgelegt hatte. Ich drehte mich um, spürte das Halsband an mir. Mein Blick fiel auf die Klammern und den Vibrator und ich fühlte mich leer. Mal abgesehen davon, dass ich noch nie zuvor Telefonsex gemacht hatte, fühlte ich mich gerade alles andere als gut. In mir war ein Loch. Ich konnte nicht beschreiben, warum das so war. Vielleicht hatte ich mir mehr erhofft. Vielleicht hatte ich mir erhofft, dass ich nach dem Gespräch nicht auf Spielzeug sehen musste, sondern eine Erinnerung an schöne Worte haben würde. Und mit dem Gedanken daran, dass irgendetwas nicht richtig lief, schlief ich ein.

Die folgenden Wochen erlebte ich die typische Dave-Beziehung. So wie er immer schon war, wie er sich auch früher benommen hatte. Er hatte sich nicht verändert. Er bestellte mich zu sich, wie man auch Essen bestellte, kurz, knapp und bündig. Er gab mir am Telefon durch, wie ich mich zu kleiden hatte. Er befahl mir, wie ich mich zu schminken hatte und wie ich meine Frisur gestalten sollte.

Jedes Mal, wenn er anrief, freute ich mich unbändig darüber. Ich verbrachte Stunden damit, mich aufzuhübschen und zu pflegen. Ich wollte perfekt für ihn aussehen, allein weil er genau das wollte. Er liebte es, wenn ich perfekt geschminkt und frisiert bei ihm antanzte. Entsprach mein Aussehen nicht seinen Wünschen, bestrafte er mich oder schickte mich wieder nach Hause.

Ich achtete besser auf meine Ernährung und bemerkte die Veränderungen an mir. Ich war bewusster, aufmerksamer, ich wollte keine Fehler machen, eben aus Angst, er könnte mich wegschicken. Ich lud mir Bilder aus dem Internet herunter, wenn ich erfuhr, dass er eine bestimmte Frisur oder Kleidung toll fand. Dann tat ich alles, um ein entsprechendes Outfit zu organisieren oder zumindest ein vergleichbares zu finden. Ich bemerkte es nicht, aber ich tat viel für Dave. Mehr als ich für einen anderen Mann je getan hätte.

Er zog mich in seinen Bann. Die Art, wie er mich lobte, erfreute mich. Schimpfte er mich, fühlte ich mich schuldig. War er unschlüssig, ob er mich aufgrund meines Ungehorsams wieder nach Hause schicken sollte oder nicht, warf ich mich auf den Boden, klein und unterwürfig, und bettelte um Vergebung.

Für Dave verschob ich sogar meine Termine, egal ob berufliche oder private. Nein, es war nicht so, dass er es direkt verlangte. Aber ich hatte einmal gewagt, ihm zu sagen, dass ich zu einem von ihm gewünschten Zeitpunkt nicht zu ihm könnte, da ich einen Gast haben würde. Er reagierte trocken, warf mir ein lapidares »Okay. Du wirst schon wissen, was dir wichtiger ist« entgegen und legte auf.

Ich hatte danach ein fürchterlich schlechtes Gewissen ihm gegenüber. Da er sich dann auch einige Tage nicht meldete, einfach untertauchte, war mir klar, dass er damit nicht umgehen konnte. Also beschloss ich, künftig dafür zu sorgen, dass derartige Termine einfach gar nicht mehr zur Sprache kamen. Dave spielte mit Liebesentzug und ich konnte es kaum aushalten, wenn er mich ignorierte. Seine Nähe und Sicherheit waren mir wichtig. Wichtiger als alles um mich herum. Ich bemerkte aber auch, dass es einen gravierenden Unterschied zu früher gab: mein Gefühl.

So sehr ich Dave auch mochte, fragte ich mich, ob ich ihn tatsächlich liebte. Ich fragte mich häufiger, ob das alles richtig war.

Teilweise erwischte ich mich dabei, dass ich genervt war. Genervt von seiner Pedanterie, genervt davon, dass er mich behandelte wie ein Spielzeug. In ganz ganz seltenen Momenten dachte ich mir, dass es vielleicht doch besser wäre, getrennte Wege zu gehen. Dass ich mich vielleicht doch mit der Veränderung abfinden sollte. Dass ich akzeptieren musste, dass man Gefühle nicht konservieren konnte.

Aber dann schob ich die Gedanken schnell weg, denn ein Blick auf meine Uhr zeigte mir, dass es wieder Dave-Zeit war. Und er wollte mich glatt gebügelt, geschminkt, feinsäuberlichst rasiert. Mit anderen Worten: perfekt.

Doch konnte ich diese Perfektion wirklich geben? Ich? Die alles andere als perfekt war?

»Ja, du kannst!«, rief mein Teufelchen laut und deutlich.

HAUSBESUCH

Sharon, du machst doch auch Hausbesuche, oder?«, fragte Oliver mich einige Wochen später am Telefon.

»Ja. Für Stammgäste.«

»Unter welche Kategorie würdest du mich denn einordnen?«, fragte er keck.

Ich grinste.

»Okay. Wann soll ich bei Ihnen, äh ich meine dir, sein, wo soll ich hinkommen und stört es dich, wenn ich jemanden mitbringe?« Oliver hatte mir vor einigen Tagen per Mail die Erlaubnis erteilt, ihn künftig zu duzen, da ich während unserer letzten Treffen keinen einzigen Fehler begangen hatte. Ich freute mich sehr darüber, auch wenn es für mich noch etwas ungewohnt war, ihn wieder zu duzen. Dennoch war mein Gefühl dabei ein anderes, der Respekt vor ihm war dadurch nicht weg. Im Gegenteil, er schien gewachsen zu sein. Zumindest hatte ich den Eindruck, ihm ein eleganteres »Du« entgegenzubringen als vorher.

Oliver lachte.

»Ist der, den du mitbringst, ein dicklicher, glatzköpfiger, tätowierter Mann mit Lederjacke und einem Pitbull, der auf den Namen Carl-Brutus hört, habe ich in der Tat etwas dagegen«, erklärte er.

»Nein. Ich spreche von einer Bekannten von mir. Iris. Sie covert mich bei derartigen Unterfangen.«

»Sehr gut, Sharon. Du gibst auf dich acht. Das gefällt mir. Nein, in diesem Fall stört es mich natürlich nicht. Was macht Iris?«

»Nun, sie checkt, ob du dich nicht vielleicht in einen dicken, glatzköpfigen, tätowierten Mann mit Lederjacke und einem Pitbull namens Carl-Brutus verwandelt hast«, erklärte ich frech.

»Heute Morgen beim Blick in den Spiegel war ich das noch nicht. Aber ich weiß nicht, was sich bis Freitagabend, 20 Uhr noch so verändert«, antwortete er keck und gab mir so auch gleich noch den Termin durch. Er versprach, seine Adresse sofort per E-Mail an mich zu schicken, und verabschiedete sich von mir. Und ich rief Iris an.

Iris war meine Stütze, meine Aufpasserin. Iris war meine Bekannte, durch die ich mich sicherer fühlte. Denn auch wenn man innerhalb der SM-Szene oftmals belächelt wird, wenn man Coverschutz dabeihat, so fühlte ich mich einfach sicherer, wenn mein Gegenüber direkt sah, dass ich eben nicht alleine war. Sie durchsuchte die Räume und wenn ihr nur irgendetwas eigenartig vorkam, würde sie es mir sagen.

Und im Fall der Fälle wäre sie die Erste, die in die Fänge von einem Bighead, Hannibal Lecter oder anderen wüsten Gestalten geraten würde, was wiederum meine persönliche Chance, zu entkommen, erhöhte. Und sollte ich tatsächlich nicht mehr wegkommen, ließ es sich zu zweit sicherlich besser in Folterkellern, Wandschränken, Erdlöchern ausharren oder an Fleischerhaken baumeln als alleine.

Und so schickte ich Iris in jeden Raum und jeden Keller, und selbst wenn ich dabei eine Gänsehaut bekam und am liebsten davongerannt wäre oder meine Angst weggesungen hätte, lief sie tapfer durch und ließ sich nichts anmerken. Irgendwann bekam ich dann ihre Ansage: »Alles klar, Sharon, die Luft ist rein.«

Natürlich würde sie nicht sagen: »Hey Sharon, irgendetwas stimmt hier ganz und gar nicht, hinter der Tür steht ein Mann mit einer schwarzen Maske und einem Messer in der Hand und behauptet, ich würde aussehen wie seine Mutter«, wenn etwas nicht stimmte. Auch da hatten wir uns auf einen Code geeinigt. Wenn wir also schleunigst das Hotel, Haus oder sonst was verlassen mussten, würde Iris sagen: »Alles okay, Sharon, aber ich glaube, du hast deine andere Tasche im Auto liegen lassen, kann das sein?«

Dann wusste ich, dass uns nur noch unsere schauspielerischen Leistungen retten konnten. Und da ich bis heute weder auf einen Oscar, geschweige denn überhaupt auf eine Schauspielkarriere zurückblicken konnte, hoffte ich einfach, dass wir nie in eine solche Situation geraten würden.

Oliver würde also, wenn er klug wäre und wirklich Übles mit mir vorhätte, was den einvernehmlichen SM eindeutig übersteigen würde und mit meinem Ableben enden könnte, seine Fleischerhaken, Kreissägen und das Kochbuch *Humanoide in leckerer (Auflauf-) Form* anderswo unterbringen müssen. Außerdem müsste er seinen Operationsraum oder sein Schlachthaus, so er eins von beiden oder gar beides besaß, besser verschließen. Verschlossene Türen machten Iris aber immer sehr nervös, weshalb sie mir dann besser dazu riet, meine Tasche aus dem Auto zu holen.

Pünktlich klingelten wir also an der Eingangstür zu Olivers, ja was war das eigentlich? Der Typ wohnte in der Hafencity und das als alleinige Tatsache war eigentlich schon eine Frechheit und mein Neid war ihm sicher. Und dann lebte er auch noch in einem riesigen Loft. Iris hatte das große Orakel namens Google befragt (ich natürlich auch, aber das behielt ich brav für mich) und herausgefunden, dass er tatsächlich als Anwalt tätig war. Und zwar als ziemlich bissiger Scheidungsanwalt, der in einigen Foren als Topanlaufstelle empfohlen wurde und den man besser auf der eigenen, denn auf der Gegenseite, hatte.

»Ich fürchte, ich hab den falschen Beruf gewählt«, unkte ich. »Ich hätte nicht Scheidungsgrund, sondern Scheidungsanwalt werden sollen«, stellte ich fest und Iris lachte.

»Süße, du bist der beste Scheidungsgrund, den ich mir für einen Scheidungsanwalt vorstellen kann.« Ich grinste und wir stiegen in den Fahrstuhl ein und fuhren hoch.

»Was schätzt du, wäre die größte Gefahr, die von ihm ausgehen *könnte?*«, fragte Iris mich, um sich auf Oliver einzustimmen und ihn besser einschätzen zu können. Mein Bauchgefühl gab ihr oft Anhaltspunkte, die sie in ihr Urteil mit einfließen ließ.

»Er hält Vorträge!«

»Das ist nicht gefährlich.«

»Da kennst du seine nicht!«, widersprach ich.

»Ach, da kenne ich noch eine, die auch gerne Vorträge hält. Ich will da aber niemanden konkret anschauen«, sagte Iris und starrte mich an.

»Ich bin das schweigsamste Wesen auf diesem Planeten«, beschwor ich.

»Freut mich. Und ich bin die Kaiserin von China«, erklärte sie.

»Wahnsinn. Die wollt ich schon immer mal kennenlernen«, erklärte ich trocken.

»Aber jetzt mal im Ernst: Der redet mehr als du?«

Ich nickte.

»Wie ist das nur möglich?«, sagte Iris ehrfürchtig und mindestens genauso trocken wie ich.

Pah! Ich redete gerne, ja. Und manchmal neigte ich dazu, etwas mehr zu reden, aber Iris übertrieb massivst.

»Na na! Sollst du dich selbst belügen?«, fragte mein Engelchen.

Ich grummelte in mich hinein.

Der Fahrstuhl öffnete seine Türen und ich sah Oliver, der schon an der Eingangstür zu seiner Wohnung lehnte.

»Guten Tag die .... Damen?« Oliver runzelte die Stirn. Ich kannte das schon. Die meisten erwarteten eine Frau an meiner Seite und Iris war ja auch eine Frau, aber sie sah einfach nicht weiblich genug dafür aus. Sie musterte ihn abfällig, das tat sie immer, um noch gefährlicher und unberechenbarer zu wirken, als sie bereits war. Immerhin beherrschte sie den Spock-Griff: Ein zielsicherer Griff in den Schulter-Nacken-Bereich und der Gegner sank bewusstlos zusammen.

»Pass bloß auf, die macht, dass du zu Boden sinkst«, flüsterte ich Oliver zu, während Iris in die Wohnung ging.

»Heiliges Blech! Manchen Leuten wird echt zu viel Geld in den Arsch geschoben!«, rief sie herzergreifend offen heraus.

»Kein Ding, Iris. Erzähl nur weiter, ich muss ja hier auch kein Geld verdienen«, antwortete ich zynisch und grinste spöttisch. Meine Güte, manchmal konnte man sich für sie schämen. Manieren hatte sie so gut wie keine, aber hey: Sagte ich bereits, dass sie den Spock-Griff beherrschte? Pfeif also auf Manieren, wenn die Frau mein armseliges kleines, aber wichtiges Leben rettete.

Iris lief alles ab. Sie ging durch den riesigen Wohn-Ess-Küchen-Raum, öffnete die Doppeltür zu seinem Schlafzimmer und dann seine Schranktüren. Dann ging sie ins Badezimmer, um zu sehen, ob dort irgendwelche Kunstwerke mit Blut an den Spiegel gemalt waren, die so etwas wie »Du kommst hier nicht mehr lebend raus!« oder »Lauf, so schnell du kannst!« zum Inhalt hatten. Schließlich kam sie in einem Stück und ohne dunklen schwarzen Schatten hinter sich zurück und gab mir ihr Okay. Oliver schloss die Tür hinter ihr.

»Die hat es aber auch nicht leicht, oder?«, fragte er.

Ich lachte, ich kannte Iris und ich mochte sie, wie sie war. Alle meine Freunde waren auf ihre Art und Weise eigenwilliger Natur. Aber sie waren meine Freunde und ausgerechnet ihre Macken mochte ich ganz besonders. Und mal ehrlich: So ganz normal war ich ja nun auch nicht.

»Das ist meine lebende Waffe, also schön aufpassen, was du sagst. Sie ist geladen.«

»Oh ja«, lachte Oliver, »so sieht sie auch aus.« Er schüttelte den Kopf, fast so, als müsste er diese, für ihn skurrile, Situation erst mal verarbeiten.

»Schön, dass du hier bist«, wandte er sich schließlich an mich.

»Ja ich freue mich auch, dass es geklappt hat«, sagte ich und lächelte ihn an. Oliver nahm mir meinen Mantel ab und bat mich in den Wohnbereich seines Lofts. Ja, Iris hatte schon recht mit ihrer Aussage, aber ein Teil des Geldes, das ihm in den Hintern geschoben wurde, ging dann an mich weiter. Oh, die Vorstellung gruselte mich ein bisschen und ich bat meine Bewohner, die bösen Bilder aus meinem Kopf zu entfernen. Sie legten den Film mit den niedlichen kleinen Welpen am Strand ein.

Seine Wohnung wirkte steril, eine typische Katalogwohnung. Eigenwillige Bilder, die sicher irgendwelche teure Kunst waren, hingen an den Wänden. Alles war in dezentem Grau und Weiß gehalten. Man traute sich kaum, sich zu setzen, aus Angst, es könnte etwas schmutzig werden.

Er ging hinüber zur Küche und fragte, ob ich etwas zu trinken haben wollte.

Ich nickte.

»Eine Cola bitte.«

Sofort überkam mich das notorische schlechte Gewissen, denn das passte nicht in meinen Ernährungsplan. Aber ich brauchte etwas Zuckerhaltiges für meine Nerven. Oliver brachte mir eine Cola. Sich selbst hatte er ein Glas Wein eingeschenkt. Er lächelte mich an.

»Sharon, ich würde dich gerne fotografieren. Du hast so ein hübsches Gesicht«, erklärte er.

Ich war irritiert.

»Kannst du das denn?«

Es gab genug Bilder von mir, auf denen ich mehr als unvorteilhaft aussah. Die mehr Wand, Wald, Strand, Mauer oder Himmel als mich zeigten. Schnappschüsse, die nebenbei entstanden waren, getätigt durch Menschen, die keine Ahnung hatten, wie man mit einer Kamera richtig umging, und noch weniger Ahnung davon hatten, den richtigen Bildausschnitt zu wählen. Was mich besonders schockierte, war die Tatsache, dass es fotografische Talente gab, die mich trotz meiner doch schlanken Figur wie ein Walross aussehen ließen. Daher wusste ich, dass es oft keine figürliche Problematik, sondern eine perspektivische war. Dankbar für diese Erkenntnis gönnte ich mir weiterhin ab und zu eine Tafel Schokolade.

Er nickte.

»Ja, es ist ein großes Hobby von mir. Möchtest du ein paar Sachen sehen?«, fragte er.

Jetzt nickte ich.

»Was konnte der schon Künstlerisches machen? Mit seinem verschluckten Stock«, flüsterte mein Engelchen erstaunlich gehässig und mein Teufelchen brach in schallendes Gelächter aus.

Er stand auf und ging zu seinem Schreibtisch, um den mehrere Regale an der Wand verankert waren, auf denen Bücher, Ordner und alles Mögliche standen. Dort zog er eine furchtbar biedere, in grauem Filz eingebundene Mappe heraus und reichte sie mir. Sie war unterteilt in verschiedene Kategorien wie Landschaft, Tiere, Porträts. Ich blätterte sie durch.

»Oh. Wow. Die sind nicht schlecht«, sagte ich und wusste, dass ich massivst untertrieb. Dieser Mann konnte, so seine Karriere als Scheidungsanwalt irgendwann den Bach runterging, weil es keine Ehen mehr gab, sich selbst als Fotograf empfehlen. Denn auch wenn mein Wissen rund um die Fotografie nur begrenzt war, wusste ich durchaus zu unterscheiden, welche Bilder gut und welche Bilder weniger gut waren. Ich war diesbezüglich sehr pragmatisch: Was mir gefiel, war gut! Und seine gehörten eindeutig zu dieser Kategorie.

»Danke«, sagte er und nahm mir die Mappe aus den Händen.

»Also. Ich würde dir natürlich etwas dafür bezahlen«, lockte er mich. Manchmal hatte ich das Gefühl, er wäre nicht Oliver, der Anwalt und Gast, sondern die Schlange Kaa aus dem *Dschungelbuch*. Ich wartete eigentlich nur noch darauf, dass seine Augen zu kreisen begannen und er ein hübsches Liedchen anstimmte.

»Was für Fotos willst du machen?«, fragte ich ihn.

»Nur Porträts. Ich mag dein Gesicht«, antwortete er.

»Keine Nacktbilder!«, sagte ich.

Er schüttelte den Kopf.

»Nicht, wenn du das nicht möchtest«, sagte er.

»Okay.«

Er legte einen 50-Euro-Schein auf seinen Schreibtisch und ging dann zu einem Schrank, aus dem er seine Kamera holte. Es war eins dieser teuren Teile, für die jeder Fotograf, egal ob Amateur oder Profi, töten würde. Mensch, da hatte er ja Glück, dass ich selbst eine gute Kamera besaß und nicht vorhatte, ihn dafür zu killen. Außerdem hatte mein privates Schlachthaus heute geschlossen. Ruhetag!

»Komm zu mir«, sagte er.

Ich erhob mich und ging zu ihm. Er stand an seinem Schreibtischstuhl, der mit weißem Leder bezogen war.

»Nimm Platz«, sagte er. Ich setzte mich und beobachtete, wie er durch seine Wohnung wuselte. Er holte einige Lichtboxen und baute sie um mich herum auf. Er verkabelte, prüfte und testete alles und schließlich kam er zu mir, ganz in meine Nähe, und verschanzte sich hinter seiner Kamera. Hin und wieder gab er mir Anweisungen oder drehte mich mit dem Stuhl nach links oder nach rechts. Sobald ich etwas sagen wollte, hieß er mich schweigen.

»Okay. Zieh dich bitte bis auf die Unterwäsche aus«, sagte er.

»Aber keine Fotos davon!«

»Keine Sorge.«

Ich zog mich aus, bis ich nur noch ein Unterhemd, einen BH und einen Slip anhatte.

»Das Unterhemd auch«, sagte er.

Ich schüttelte den Kopf. Er stutzte und blickte mich fragend an. Ich schwieg. Er akzeptierte mein Schweigen und drückte erneut ein paar Mal auf den Auslöser.

»Zieh dein Höschen aus«, sagte er schließlich. »Und deine Pumps wieder an.«

Mein Herz raste.

»Du machst keine Fotos davon!«, rief ich.

Er packte mich mit einer Hand an der Schulter und sah mich an.

»Sharon! Ich habe dir gesagt, dass ich keine Nacktbilder von dir mache. Daran halte ich mich.«

Ich nickte, zog meinen Slip aus und die Pumps wieder an. Der Ledersessel war kalt.

»Leg deine Hände auf die Armlehnen«, befahl er.

Er hielt die Kamera direkt auf mein Gesicht.

»Und jetzt spreiz deine Beine.«

Ich riss entsetzt die Augen auf und fühlte, wie ich mich schämte. Dennoch tat ich, was er von mir verlangte, und spreizte meine Beine.

»Weiter«, sagte er.

Ich rutschte etwas nach vorne und nahm meine Beine weiter auseinander. Er könnte alles sehen, doch er interessierte sich nicht für den Einblick, den ich bot. Er interessierte sich nur für mein Gesicht.

»Das ist ein komplett anderes Gesicht als das, was du sonst immer zeigst. Ich mag deine Scham darin«, sagte er. Er drückte noch einige Male ab und dann legte er die Kamera zur Seite und wies mich an, so sitzen zu bleiben.

»Sharon, ich möchte dich küssen!«

Ich schüttelte den Kopf.

»Ich würde auch dafür bezahlen.«

Ich schüttelte erneut den Kopf.

Nein. Mein Berufsethos verbot es mir, meine Gäste zu küssen. Ich wollte diese Grenze nicht überschreiten. Überschritt ich sie bei einem, würde ich sie auch bei anderen überschreiten.

»So wie bei Dave?«, erinnerte mich mein Engelchen.

»Dave war eine Ausnahme!«, rief der Gehörnte.

»Ja ja, und Ausnahmen bestätigen die Regel. Bla bla …«, rief mein Nachthemdträger genervt.

»Nein, Oliver. Das kann ich nicht machen.«

Oliver griff nach einem Umschlag, den er aus einem seiner Ablagekästen auf dem Schreibtisch nahm.

»Okay, Sharon. Ich lege das Geld hier hinein und pinne den Umschlag an den Kühlschrank. Falls du es dir anders überlegst. Das Geld gehört dann dir«, erklärte er.

Ich nickte, sah ihm zu, wie er einige Scheine verstaute, konnte aber nicht sehen, wie viele. Er pinnte den Umschlag mit einem Magneten an den Kühlschrank.

»Warum willst du einen Kuss?«, fragte ich ihn.

»Sharon, ein Kuss von dir ist etwas Besonderes. Ein Kuss von dir würde bedeuten, dass wir nicht nur Sex haben. Dass es mehr ist als das. Du bist sehr wählerisch. Es ist eine Ehre für jeden Mann, dich küssen zu dürfen«, erklärte er.

Ich schüttelte den Kopf.

»Du bist ja ein Romantiker!«

»Schuldig im Sinne der Anklage«, grinste er.

»Ich dachte, Scheidungsanwälte wären dagegen gefeit.«

»Wären wir dagegen gefeit und würden wir nicht mehr daran glauben, hätten wir den Beruf verfehlt.« Er zwinkerte mir zu und kam zu mir.

»Du siehst sehr verführerisch aus, wie du da sitzt. Steh auf, geh in die Mitte des Raumes und zieh dich aus.«

»Darf ich das Hemdchen anlassen? Ich würde meinen BH hervorfummeln.«

»Wozu? Ich will dich nackt sehen.«

Ich schüttelte den Kopf.

»Nein, das geht nicht!«, rief ich.

»Warum nicht?«, fragte er.

»Ich habe einen massiv ausgeprägten Hemdchenfetisch«, erklärte ich todernst und starrte ihn an.

Nein, mich nackt zu sehen war keine gute Idee. Allein die Spuren, die meine Schwangerschaften an meinem Bauch hinterlassen hatten, waren kaum zu ertragen. Er würde sofort sagen, ich solle mich anziehen und verschwinden. Also hoffte ich inständig, dass er mir Glauben schenkte.

»Steh auf«, sagte er bestimmend. Sein Ton war dominant und ernst. Ich wagte es nicht, zu widersprechen, und erhob mich. »Geh in die Mitte des Raums.« Ich stellte mich in die Mitte, unsicher, meine Knie zitterten. Oliver kam zu mir. »Okay, zieh jetzt deinen BH aus«, erlaubte er mir. Ich fummelte meinen BH umständlich unter meinem Hemdchen hervor und warf ihn zur Seite. Oliver stellte sich hinter mich, drückte mir einen Kuss auf meine Schulter. »Sharon, mal ernsthaft, wovor hast du Angst?«, fragte er mich.

»Na davor, dass dir nicht gefällt, was du siehst. Davor, dass du davonlaufen könntest.«

Ich und meine Figur standen seit jeher auf Kriegsfuß. Zwar war ich im Großen und Ganzen zufrieden mit mir, aber sobald ich nackt war, gab es einfach viel zu viele Stellen, die ich ausmerzen wollte. Vielleicht hätte ich mir keinen Scheidungsanwalt, sondern einen Schönheitschirurgen suchen sollen. Der würde das Problem direkt lösen; noch bevor die Session anfing, hätte ich schicke, neue, pralle Brüste. Meine Haut am Bauch hätte er glatt gezogen. Und das Erbstück auf meiner Wade, die öde Krampfader, wäre auch schon längst nicht mehr da. Aber eigentlich war ich zufrieden mit mir! Wirklich!

»Davonlaufen? Das hier ist meine Wohnung«, sagte er grinsend. »Aber okay, dann schauen wir doch einfach mal den Bestand an. Eine hübsche Frau, Ende 20.« Ich grinste und freute mich, dass er mich jünger schätzte. »Schönes langes Haar, ein wirklich außerordentlich hübsches Gesicht mit einer interessanten Narbe auf der Stirn und dem schönsten Lächeln, das ich je gesehen habe. Dazu noch seidenweiche Haut. An den Oberschenkeln hier und da leichter Hagelschaden, dafür aber wirklich schicke Beine mit schlanken Fesseln. Die Arme ohne Hagelschaden und auch wohlgeformt. Eine Mutter, sie hat also mindestens eine Schwangerschaft hinter sich gebracht.«

»Woher weißt du *das* denn? Kannst du das an mir sehen?«, unterbrach ich ihn schockiert und erstaunt zugleich.

»Es gibt Bilder von dir, die dich hochschwanger zeigen. Sie befinden sich auf deiner Website. Da trägst du nichts außer Stiefel und einen Mantel. Also auch kein Hemdchen, Fräulein Fetischistin.«

Ich grummelte kurz. Mist. Ich hasste es, wenn ich ertappt wurde.

»Ich gehe mal davon aus, dass dein Bauch das ein oder andere Manko zu verzeichnen hat, es aber nicht so schlimm ist, wie du hier gerade tust, da du dazu neigst, gehörig zu übertreiben.«

»*Leicht* zu übertreiben!«, korrigierte ich ihn.

»Wir bleiben realistisch, Sharon. Also, ich möchte sehen, dass ich recht habe und du unrecht.« Er grinste. »Nimm deine Hände in den Nacken und halte sie da.«

Ich nahm die Hände nach hinten und harrte der Dinge, die da auf mich zukamen. Er hob mein Hemd hoch und klemmte es mir zwischen die Zähne, um mich damit zu knebeln. Dann knetete er meine Brust. Seine Hand fuhr meinen Bauch entlang. Er trat einen Schritt zurück und musterte mich. Ich fühlte mich unbehaglich, bemerkte, wie die Scham mich ergriff und der Kloß in meinem Hals immer dicker wurde.

»Dreh dich bitte.«

Ich tat, was er sagte, und drehte mich.

»Sharon, ich muss dir leider mitteilen, dass ich recht hatte und du unrecht. Deine Makel stören mich nicht«, erklärte er.

Ich musste lachen. Und gleichzeitig spürte ich, dass mir die Tränen in die Augen stiegen. Sofort setzte ich alles daran, dass er es nicht bemerkte. Er sollte nicht wissen, dass mich das Lob eines Gastes, der bezahlte, so aus der Fassung brachte und mich ehrte.

»Hagelschaden«, kicherte mein Teufelchen gehässig.

»Was für ein geniales Wort!«, rief mein Engelchen begeistert, zog einen Notizblock hervor, schnappte sich den Stift, der hinter seinem Ohr klemmte, und schrieb es als neu gelerntes Wort auf.

Oliver ging nun in die Küche und ließ mich stehen. Er mixte sich ein neues Getränk, irgendeinen Cocktail, der wahrscheinlich leckerer aussah, als er schmeckte, ließ mich dabei aber keinen Moment aus den Augen.

»Dreh dich noch mal!«, sagte er.

Ich drehte mich und als er meine Rückseite betrachtete, befahl er mir, ich solle stehen bleiben und dürfe mich keinen Zentimeter vom Fleck bewegen. Er kam wieder auf mich zu und presste sein kaltes Glas zwischen meine Schulterblätter. Ich stöhnte erschrocken auf. Er fischte einen Eiswürfel aus dem Glas und fuhr damit an meiner Wirbelsäule entlang. Ich zuckte zusammen.

»Ich mag Frauen, keine Mädchen«, erklärte er. »Ich mag es, wenn ich sehe, dass es eine Frau ist. Eine Brust«, sagte er und ging um mich herum, »muss genauso aussehen wie deine. Sie muss leicht auf den Rippen aufliegen, sie muss in eine Hand passen.« Er fuhr mit dem Eiswürfel an meinen Brustwarzen entlang, bis sie sich aufrichteten. Ich biss auf mein Hemdchen zwischen meinen Zähnen und atmete scharf ein. »An einer Frau muss etwas dran sein«, sinnierte er und fuhr mit dem Eiswürfel zwischen seinen Fingern an meinem Bauch entlang. Ich spürte, wie das Wasser über meine Haut rann und schließlich zu Boden tropfte. »Du bist für mich eine Frau, die diese Maßstäbe erfüllt«, sagte er nachdenklich und glitt mit seinem Eiswürfel an meinem Venushügel entlang. Zärtlich strich er damit über meine Schamlippen, presste ihn auf meinen Kitzler. Und plötzlich, ohne Vorwarnung, war er damit in meinem Schoß verschwunden. Ich schrie auf, griff an seine Schultern, um mich auf den Beinen zu halten. Es war furchtbar kalt. Von wegen, wir Frauen hätten da unten kaum Nerven! Ich keuchte, denn er bewegte sich rhythmisch in mir. Dann hörte er plötzlich auf, der Eiswürfel fiel auf den Boden.

Er ging erneut um mich herum. Wie ein Hai, der seine Beute umkreiste, umrundete er mich. Es würde keine Chance auf ein Entkommen für mich geben. »Dein Arsch, Sharon, reizt mich«, erzählte er. Ich atmete flach, wartete, was nun kommen würde. Er ging zum Schrank und nahm eine lange schwarze Bullwhip heraus. Eine, die etwa 2,50 Meter lang war, wenn nicht sogar länger. Sein Loft bot sich aber auch dafür an. Eingerollt trug er sie locker in der Hand.

Diese Peitschensorte war kein Spielzeug. Im Gegenteil. Durch ihre zerstörerische Wucht war sie berühmt-berüchtigt und es gab nur wenige Menschen, die tatsächlich mit den langen Peitschen schlagen konnten. Ich gehörte selbst dazu, kannte also die verheerende Wirkung. Und da ich nicht aus meiner Haut konnte, befreite ich mich von meinem Hemdchenknebel und fragte ihn: »Kannst du damit wirklich umgehen?«

Sicher war sicher und immerhin ging es hier um *meinen* Körper. Der war schon fehlerhaft genug, einen Makel durch einen verfehlten Schlag musste er nicht auch noch hinnehmen.

Er gab mir keine Antwort. Stattdessen holte er aus, am richtigen Punkt ließ er die Peitsche entwickeln und zog sie über meinen

Körper. Ich schrie auf. Er hatte sie einmal um meine Taille gewickelt. Er zog sie zurück. Ich keuchte, spürte, wie sich eine Spur auf meine Haut brannte. Ich drehte meinen Kopf und sah zu ihm. Wie er da stand, barfuß in seiner Anzughose, seinem Hemd mit den hochgekrempelten Ärmeln und dem offenen Kragen. In seiner Hand die Bullenpeitsche, die sich locker auf dem Boden rollte. Seine Augen blitzten.

Er holte aus und schlug erneut zu. Ich heulte auf, atmete schnappend ein und aus. Er ging um mich herum, umkreiste mich. Er funkelte mich gefährlich an, sprach kein Wort mit mir. Ein weiteres Mal schlug er zu. Diesmal wickelte sich die Peitsche um meinen Bauch. Ich winselte, fragte mich, wie oft er wohl zuschlagen würde. Er umrundete mich weiter, schlug mich immer wieder. Zielsicher traf er meine Brust, meinen Rücken, meine Hüften, meinen Hintern. Mit der Zeit hatte sich ein lustiges Streifenmuster gebildet, und wäre ich nicht so wehleidig, hätte ich das durchaus mit Humor nehmen können.

Aber genau das war mein Problem: Ich war ein bekennendes Weichei. Schmerzen konnte ich schon seit einiger Zeit nicht mehr in der Form ertragen wie früher. War es einst für mich völlig in Ordnung gewesen, auch härtere Schläge einzustecken, knickte ich heute oftmals nach kurzer Zeit wimmernd ein und wollte am liebsten das Spiel beenden. Es schien mir manchmal, als wären Schmerzen nicht mehr meine Welt. Als wäre mein masochistischer Teil irgendwann während meiner Zeit mit Dave verschwunden. Ich fing an zu weinen.

»Es tut so weh«, heulte ich.

»Ich weiß«, sagte er fast schon verständnisvoll. Gott sei Dank, er sprach mit mir. Er sprach mit mir, er war da, er war bei mir. Miteinander reden war mir wichtig. Ich musste wissen, dass mein Gegenüber bei mir war und ich seine Aufmerksamkeit hatte. Mich stützte, wenn ich ihn brauchte. Und ich brauchte ihn gerade!

»Noch fünf, Sharon! Schaffst du das?«

Ich kniff meine Augen zusammen, öffnete sie und blickte an die Decke. Oh Gott, noch fünf! Ich wollte es schaffen. Nicht für mich, aber für ihn. Ich nickte, schniefte kurz und bereitete mich auf das kommende Feuerwerk vor. Er trat vor mich.

»Schau mir in die Augen.«

Ich sah ihn an, konnte in seinem Gesicht alles lesen. Die Gier, die Lust darauf, mir Schmerzen zuzufügen, die Begierde, die in ihm steckte. Er konnte in meinem Gesicht vor allem meine Angst lesen. Die Angst vor dem nächsten Schlag. Und das steigerte seine Lust sichtbar. Jetzt, und nur jetzt, wusste ich, wie sich ein Reh fühlen musste, das mitten auf der Fahrbahn stand, während die Lichter eines Autos immer näher kamen.

Er hob die Hand und mit einer eleganten Vorwärtsbewegung seines Arms und seines Körpers schlug er zu. Die Peitsche wickelte sich um meinen Körper und klatschte auf der anderen Seite auf meine Hüfte. Ich atmete abrupt ein und schrie auf. Es tat so weh!

»Noch vier«, sagte er, als er sich wieder gesammelt hatte.

Er machte alles richtig. Genauso wie ich es in meinen Peitschenworkshops immer predigte: sich sammeln. Innerlich bereit sein, nicht hektisch werden. Das Gegenüber mit dem Blick fixieren, gerade dann, wenn es nirgendwo fixiert ist. Berechnen, wohin es ausweichen oder gar fallen könnte. Und dann ausholen und schlagen.

Er holte sich wieder meinen Blick, indem er mir in die Augen sah. Er fesselte mich allein damit an sich. Dieser Moment war unserer. Er gehörte nur uns beiden. Nichts konnte diese Verbindung gerade kappen. Erneut holte er aus und schlug zu.

»Oh Gott!«, rief ich laut auf. Das tat ich immer. Ich bat ständig um Gottes Beistand, keine Ahnung, warum das so war. Es war das einzige Wort, welches mir in Momenten höchster Lust und tiefsten Schmerzes, größter Angst und verheißungsvollsten Glücks einfiel: Gott. Vielleicht weil diese Betitelung einfach alles aussagte, was nicht greifbar, erklärbar oder auch nur annähernd erreichbar war?

Ich winselte.

Er schlug zu.

Die Peitsche wickelte sich um meinen Brustkorb und traf mit dem Ende direkt auf meine Brustwarze. Ich weinte nun richtig laut.

»Ich kann nicht mehr«, wimmerte ich. Mein Gesicht war nass von meinen Tränen. Auch an meinem Körper perlten die Tropfen entlang.

»Du kannst! Noch drei.«

Seine Stimme führte mich. Sie gab mir mein Ziel. Seine Augen fesselten mich. Meine Güte, ich könnte einfach die Arme runternehmen und mich weigern. Warum tat ich das nicht? Warum stand ich hier und hielt es aus für ihn? Warum brachte er, der mich bezahlte, mich in die Nähe eines unbeschreiblichen Gefühls, was zum Teil nicht mal engste Vertraute schafften? Warum nur wusste er so viel über mich und warum zum Teufel gab er alles von sich preis, ohne auch nur ein schlechtes Gewissen zu haben? Warum stand er mit einer solchen Offenheit zu dem, was sein Gesicht offenbarte?

Warum wankte ich? Warum stand er fest?

Der nächste Schlag traf mich. Ich drehte mich zur Seite, weinte, stampfte auf, wurde wütend. All diese Emotionen brachen heraus.

»Noch zwei«, sagte er, als ich wieder ruhig auf meinem Platz stand, und sah mich an. Und dann kam es. Dann zeigte er mir etwas, was ich noch nicht konnte. Was ich noch nicht gelernt hatte.

Er nahm die Peitsche, setzte sie hoch an, schlug in der Luft eine Acht, touchierte kurz und prägnant meinen Körper, nahm den Schwung der Peitsche erneut und warf sie einmal über seinen Kopf hinter sich. In dem Moment, wo ich den Schmerz des Treffers fühlte, zielte er erneut und traf mit dem bissigen Ende direkt auf meinen Schoß, ehe er die Peitsche hinter sich auf den Boden warf.

Ich jaulte auf, taumelte nach vorne und da war er. Er öffnete seine Arme und fing mich auf.

»Ich hab dich, Sharon«, flüsterte er mir ins Ohr und ich klammerte mich an ihn. Wie ein Fels in der Brandung stand er und sicherte mir meinen Halt. Nach einiger Zeit ließ er mich sanft auf den Boden sinken. Dort saß ich, in mich gekehrt, zeitlos, gedankenlos und ziellos.

Er ging in die Küche, holte sich ein neues Getränk mit neuen Eiswürfeln darin. Da klingelte plötzlich mein Telefon.

»Oh verdammt!«, rief ich, mich selbst aus dem Zustand der Gedankenlosigkeit reißend. »Das ist Iris! Die wartet im Auto vor der Tür.«

Er sah mich entgeistert an. »Bleib sitzen. Steht es drauf, wer anruft?«

»Ja, es steht ›Achtung: Mutti‹ auf dem Display.«

Er holte mein Handy aus meiner Tasche hervor und ging ran. »Hier bei Sharon, guten Tag«, sagte er freundlich.

Ich hörte, wie Iris laut wurde am anderen Ende.

»Nein, der geht es gut. Vitalfunktionen in Ordnung, lebt und atmet noch. Physisch vollständig«, sagte er mit ernster Stimme und zwinkerte mir fröhlich zu. Dann reichte er mir das Telefon. »Sie glaubt mir kein Wort.«

Natürlich hatten wir auch für solche Fälle Codesätze. Selbstverständlich konnte ich ihr schwer sagen: »Iris, der hält mir gerade eine Knarre an den Kopf, ich glaube, der will mich erschießen. Oh mein Gott, ruf die Bullen an!«, wenn es denn wirklich gerade sehr kritisch wäre. Also hatten wir einen aussagekräftigen Code. Ich würde Iris Folgendes sagen: »Mutti, du störst gerade. Ich hab gerade keine Zeit.« Hintergrund der Idee war natürlich, dass ich meinem Gegenüber erzählen konnte, dass ich unbedingt ans Telefon musste, denn das sei ja meine Mutter und die würde mich sonst umbringen, mich wiederbeleben und erneut umbringen und ihn sowieso. Iris wusste dann Bescheid, dass etwas im Argen lag, und informierte sofort die Polizei.

Glücklicherweise musste ich diesen Satz heute nicht verwenden. Glücklicherweise musste ich ihn noch nie verwenden! Aber heute eben erst recht nicht. Ich sagte ihr, dass es mir gut ginge und dass sie, wenn sie wolle, ihren Wachposten verlassen könne. Ich versprach ihr, dass ich mich später nochmals melden würde, wenn ich auf dem Weg nach Hause wäre.

»Und wenn er dich doch umbringt? Mit seinen Vorträgen?«

»Das Risiko geh ich jetzt einfach mal ein«, erklärte ich, legte auf und reichte Oliver das Handy.

»Es tut mir leid wegen der Störung«, sagte ich.

»Ich finde das wirklich gut, wie du auf dich aufpasst. Das muss dir nicht leidtun.«

Wir schwiegen. Mein Körper schmerzte, mein Schoß pulsierte von seinem letzten Treffer. Ich sah, dass die Haut dort aufgeplatzt war. Ich blickte an mir hinab, betrachtete die Stellen, die ich sehen konnte. Die Spuren einer Peitsche. Seiner Peitsche. Das hatte ich ihm gar nicht zugetraut.

»Sharon. Ich möchte dich gerne fotografieren, wie du da sitzt. Darf ich?«, fragte er.

»Warum?«

»Weil du wunderschön aussiehst. Und sehr zerbrechlich.«

»Ein einziges Bild. Und ich sehe gut darauf aus!«, sagte ich.

Er zwinkerte mir zu und griff nach der Kamera. Und auch wenn die Lichtverhältnisse nicht die besten waren, ich vielleicht etwas unvorteilhaft saß und die Spuren einer Session sowie verwischtes Make-up zu sehen waren, ich glaube, es hat noch nie ein Mensch ein Foto von mir mit einer solchen Begierde und Leidenschaft gemacht wie er an diesem Abend. Die Art und Weise, wie er mich ansah, bevor er die Kamera vor sein Gesicht nahm, um den Auslöser zu drücken, berührte mich. Sein offenes, herzliches Gesicht, welches voller Vorfreude steckte. Seine Augen, die mir sagten, dass er mich haben wollte und dass er sich holen würde, was er begehrte, und seine Gedanken, die wahrscheinlich alles andere als jugendfrei waren, gaben mir den Rest. Diese Kombination brachte mein Blut in Wallung, dieser Tunnelblick mit seiner schier unkontrollierbaren Begierde riss mich davon.

Direkt nachdem er das Bild geschossen hatte, legte er die Kamera zur Seite und rief mich zu sich. Er öffnete seine Hose, stülpte ein Kondom über und drückte mein Gesicht in seinen Schoß. Ich würgte, versuchte, mich zu bemühen, ihn so tief wie möglich in mich aufzunehmen. Automatisch stiegen Tränen in meine Augen, während er mich fest auf sich hielt. Dann zog er mich auf seinen Schoß. Er drang in mich ein, packte mich an der Hüfte und gab mir einen Klaps auf den Hintern. Ich jaulte auf.

»Beweg dich«, sagte er.

Ich bewegte mich in einem Tempo, welches mir guttat. Er griff nach meinen Brüsten, leckte an meinen Brustwarzen. Ich wusste, dass ich so nicht kommen konnte. Das war nicht meine Position. Aber ich sah, dass es ihm gefiel, er stöhnte und keuchte. Er drückte sein Gesicht zwischen meine Brüste, presste mich fest an sich und zuckte, als er kam.

Er schob mich relativ schnell von sich und verschwand für einen kurzen Moment in seinem Schlafzimmer. Dann kam er wieder. Er hatte Seile dabei. Und ein Gerät, das sich Magic Wand nannte. Eigentlich sah es aus wie ein Mikrofon, war aber ein Sexspielzeug und vibrierte stark.

»Leg dich auf den Couchtisch«, sagte er, nahm sein Getränk weg und deutete mit dem Kopf darauf. Ich legte mich hin. Meine Beine stellte er parallel zu den Tischbeinen und fixierte sie daran. Fest und unnachgiebig und natürlich, wie sollte es anders sein, sehr kunstvoll. Er führte das Seil um meinen Oberkörper und schließlich fixierte er auch noch meine Arme. Ich konnte mich nicht bewegen. Dann steckte er das Kabel für den Magic Wand in eine Steckdose und stellte ihn an. Das Geräusch war furchtbar laut.

Er kniete sich zwischen meine Beine und drückte ihn an meinen Schoß. Ich fühlte die Vibration und nach kurzer Zeit hatte ich ein Taubheitsgefühl.

»Das funktioniert nicht«, erklärte ich irgendwann wimmernd.

»Doch doch, sei geduldig. Ich muss nur warten. Du wirst kommen, das verspreche ich dir. Und sei dir sicher: Wenn du kommst, nehme ich mir deinen Arsch.«

Ich winselte. Na super, derartiger Druck half mir gar nicht. Ich würde nun die ganze Zeit damit beschäftigt sein, daran zu denken, nicht kommen zu dürfen, da er mir mit Analverkehr drohte, meinem Sorgenkind. Der Praktik, die in meinem Kopf alles lahmlegte, wenn ich nur daran dachte, und panische Reaktionen hervorrief, wenn es dann doch passierte. Analverkehr, meine Hassliebe. Und jetzt drohte er damit. Verdammt noch mal, musste er mich eigentlich so kicken?

Ich keuchte, versuchte, mich zu konzentrieren. Denn das Dumme war: Er hatte recht. Er musste nur lang genug warten, dann würde dieses Teufelsteil seine Wirkung entfachen. Und das konnte er relativ gemütlich abwarten. Ich stemmte mich dagegen.

»Komm, lass dich fallen. Du kannst doch kommen, du darfst kommen«, sagte er. Ja doch, Kaa wäre der richtige Name für ihn.

Ich keuchte.

»Du wirst kommen!«, prophezeite er mir mit tiefer Stimme.

»Nein«, stöhnte ich und wand mich in der Fesselung. Er drückte auf mein Becken, sodass ich dem Ding nicht entfliehen konnte. Ich hob meinen Kopf und sah, dass er mich beobachtete.

»Na komm, ich will deinen Arsch haben. Tu mir den Gefallen.«

Ich heulte, jammerte, stöhnte, keuchte. Meine Schenkel zuckten unkontrolliert. Und dann gab er mir den Rest. Er schob zwei Finger in mich und der Höhepunkt erwischte mich eiskalt.

»Nein, nein, nein«, rief ich noch.

»Doch«, sagte er. Und ich kam heftig, zuckte, verkrampfte und entspannte mich.

Er nahm das Gerät weg und schaltete es aus. Dann klopfte er auf meinen Oberschenkel, als würde er ein Pferd oder einen Hund loben. »Sehr gut«, sagte er leise. Er erhob sich und beugte sich über mich: »Dein Arsch gehört mir. Ich werde ihn mir irgendwann nehmen.« In meinen Augen musste kurz ein leichtes Entsetzen aufgeblitzt sein. »Keine Sorge. Das muss nicht heute sein.«

Eigentlich konnte ich der Sache verhältnismäßig entspannt entgegenschauen, ich wusste ja, dass ich ihn mit dem Benutzen unseres

Safewords jederzeit davon abbringen konnte. Insofern brauchte ich mir wenig Sorgen zu machen und konnte mich, zumindest gedanklich, gerne davon in andere Sphären bringen lassen.

Oliver befreite mich und ich floh ins Badezimmer, um mich wieder anzuziehen. Als ich wieder zurückkam, sah er mich erfreut an. In seinen Händen hielt er meinen Verdienst. Er schloss mich in seine Arme.

»Es war wieder sehr schön«, sagte er leise und drückte mir einen leichten Kuss auf die Wange.

»Ja, fand ich auch«, erwiderte ich, nahm das Geld und verließ seine Wohnung. Als ich draußen war, angelte ich nach meinem Handy, um Iris kurz über mein Wohlbefinden zu informieren.

Ja, ich mochte diese Ruhe nach dem Hausbesuch. Das Wissen, dass diese Zeit nur mir gehörte. Manchmal nutzte ich die Möglichkeit, lief noch eine kleine Runde durch die Gegend, meist in dunkler Nacht, genoss die Luft, die Sterne, die Einsamkeit. Dann ging ich zu meinem Auto, um wieder zurückzukehren. In meine eigene, völlig normale Welt voller Alltäglichkeiten. Nichts Besonderes für so manchen, aber für mich mein Leben.

IN GUTEN HÄNDEN

Dave hatte eines dieser Apartments gemietet, in denen wir schon früher gewesen waren. Eine Mischung aus Dominastudio und normaler kleiner Wohnung, in Lurup, einem abgelegenen Stadtteil Hamburgs. Ein kleiner Ausflug in eine bizarre Welt, zumindest für jene Menschen, die Derartiges nicht täglich sahen. Für mich war das nichts Besonderes, auch wenn ich die Apartments mochte. Ich liebte es, wenn sie nicht nach dem üblichen Klischee eingerichtet waren. Wenn sie sich von den Farben Schwarz und Rot distanzierten und freundlich und hell gestaltet waren. Ich mochte die kleinen versteckten Möglichkeiten, die man auf den ersten Blick nicht sah, sondern erst im Laufe der Zeit feststellte, was man mit derartigen Möbeln, außer sie alltäglich zu nutzen, noch anstellen konnte.

Das Zimmer war groß, hell und mit einem edlen Holzfußboden ausgelegt. Mir waren Holzfußböden lieber als Teppichböden; gerade was die Optik betraf, schnitten Parkett oder Laminat einfach besser ab. Dennoch war natürlich ein Teppichboden wesentlich wärmer. Doch die neuen Besitzer der Apartments hatten sich nicht lumpen lassen. Bereits aus der Zeitung hatte ich erfahren, dass eine Fußbodenheizung eingebaut worden war. Das fand ich, mit meinen dauerhaft kalten Füßen, sehr sinnvoll.

An den Wänden hingen Tapeten mit schönen, edlen Mustern. Außerdem waren Spiegel angebracht, eingelassen in Echtholzrahmen. Von der Decke hing eine stabile Kette, an der man sicherlich einen Elefanten aufhängen könnte. In einer Ecke befand sich ein riesiger Stuhl mit vielen Gurten, auf dem man einen Menschen festzurren konnte. Auch der Beistelltisch hatte eine wunderbare Funktion: So konnte man darunter einen Partner auf allen vieren einspannen und fixieren, sodass dieser quasi als Tisch fungierte.

In der Küche befand sich ein kleiner Tresen mit Barhockern, auf die man mithilfe von Gewinden einige metallene Aufsätze schrauben konnte, sodass Sitzen gleich ein ganz spezielles Vergnügen bereitete. Eines der besonderen Highlights war die bizarre Minibar. Sauber eingeschweißte Spielsachen wie Knebel, Dildos oder Liebeskugeln befanden sich in der Schublade. Eine Preisliste lag daneben und man konnte so, hatte man selbst etwas vergessen, dort zugreifen. Auch Kondome und Latexhandschuhe sowie Gleitgel standen bereit.

Ich ging quer durch den Raum ins Badezimmer und war beeindruckt. Alles war umgebaut. Das Herzstück des Raumes war eine riesige große Badewanne in der Mitte. Von allen Seiten zugänglich. Über der Badewanne befand sich ein Seilzug, um jemanden fixieren zu können. Etwas weiter daneben stand eine Liege, die man zu einem gynäkologischen Stuhl umbauen konnte. Schwenkbar in alle Richtungen. Außerdem gab es noch die ein oder andere Fixiermöglichkeit an den Wänden und natürlich auch in der ebenerdigen Dusche. Auf einem kleinen Metalltisch stand eine Nierenschale. Darin lagen Kondome.

Ich ging ins Schlafzimmer, welches mittlerweile ein eigener Raum war. Der neue Besitzer hatte eine Wand eingelassen, sodass zwei Räume entstanden waren. Erleichtert stellte ich fest, dass das alte Bett ausgetauscht worden war gegen ein neues. Das neue Bett war aus Stahl und stabil genug, um darauf die ein oder andere Orgie mit mehreren Menschen zu feiern. Unter dem Bett war alles leer.

Ich atmete erleichtert aus. Unter dem früheren Bett befand sich ein umgebauter Bettkasten mit einem eingearbeiteten sargähnlichen Konstrukt. In selbiges hatte Dave mich für eine Nacht eingesperrt und ich war fast wahnsinnig geworden, hatte Angstzustände und Panikattacken bekommen. Seither stand ich engen, dunklen Räumen, in denen ich mich für eine Weile aufhalten sollte, sehr kritisch gegenüber.

Dave sah sich um. »Ich war lange nicht mehr hier. Es hat sich eine Menge verändert«, sagte er und ich nickte zustimmend. Er kam auf mich zu und schloss mich in seine Arme. Ich ließ es zu, genoss seine Zuwendung. Es war dieses Gefühl von Gemeinsamkeit. Eine gemeinsame Vergangenheit, eine gemeinsame Zukunft. Aber vor allem eine gemeinsame Gegenwart.

»Ich hätte nie gedacht, dass ich mit dir noch einmal hierherkomme«, sagte er. Ich nickte an seiner Schulter und hatte das Gefühl, ihn nicht so stark umarmen zu können, wie mir gerade danach war. Ich wollte ihm so gerne zeigen, wie intensiv ich empfand, und wusste, dass es kein Wort der Welt beschreiben konnte.

Wir schwiegen uns an, genossen die Stille, die uns einhüllte wie eine seidene Bettdecke.

»Ich liebe dich.«

Ich horchte auf. Was? Mein Engelchen hob den Kopf, ehe es panisch wie ein aufgeschrecktes Huhn umherlief. Ich schwieg, hoffte kurz, dass es nur eine meiner imaginären Stimmen gewesen war, die das von sich gegeben hatte. Ich sah zu ihm und blickte in ein erwartungsvolles Gesicht.

»Oh mein Gott, er hat es gesagt!«, schrie mein Engelchen entsetzt. Mein Teufelchen saß mit baumelnden Beinen und einem verklärten Gesichtsausdruck dümmlich neben ihm.

Erwartete er, dass ich jetzt etwas sagte? Dass ich es erwiderte? Ich schwieg, wünschte mir eine Rückwärts-Taste, mit der ich die Situation zurückspulen konnte, um sie dann zu umgehen, vielleicht, indem ich im richtigen Moment einfach so tat, als würde ich stolpern oder mir den Finger klemmen. Vielleicht könnte ich eine Ohnmacht vortäuschen? Meine Güte, irgendetwas musste doch jetzt passieren! Wo blieb denn der immer wieder versprochene Weltuntergang? Jetzt wäre eine fabelhafte Gelegenheit dafür!

»Dave? Meinst du das ernst?«, fragte ich nach einer Weile unsicher nach.

»Ich würde es nicht sagen, wäre es nicht so.«

Ich runzelte die Stirn. Konnte es wirklich Liebe sein? Man sollte nun natürlich keine Empfindungen infrage stellen und wer weiß, wie chaotisch es in ihm aussah, wenn ich da von mir ausging, aber warum sagte er das?

Er gab mir einen langen Kuss.

»Ich glaube, ich dich auch«, gab ich zurück.

»Du glaubst?«, fragte er lächelnd.

»Ja ich denke schon.«

»Du denkst, dass du glaubst, dass du mich auch liebst?«, fuhr er stichelnd fort.

»Oh Mann, Dave. Nimm es doch einfach so hin.«

Ich war nicht der Gefühlsmensch. Ich sprach ungern über meine Empfindungen, vor allem in solch gewichtigen und geladenen Situationen wie dieser hier war mir das immer ganz besonders unangenehm. Denn jede Äußerung zu viel konnte abschrecken, als »klammern« ausgelegt werden. Aber jede Äußerung zu wenig konnte ebenfalls abschrecken. Es war schwierig für mich, die Mitte zu finden, zwischen Kitsch und *cold as ice*. Also hoffte ich tief im Inneren, dass mein Gegenüber vielleicht Gedanken lesen konnte.

Dave lachte und nahm mir meine Handtasche ab und legte sie aufs Bett. »Komm, du wolltest doch noch baden«, sagte er und nahm mich an der Hand und wir gingen ins Badezimmer. Ich war sehr erleichtert, dass er über diese Sache nicht weiter diskutieren wollte.

»Zieh dich aus«, sagte er leise. Ich zog mich nackt aus, wunderte mich, dass er kein Badewasser einließ. Als ich mich daranmachte, Wasser einzulassen, hielt er mich davon ab. »Nein, noch nicht. Warte hier«, sagte er und verließ kurz den Raum.

Dann kam er zurück mit einigen Riemen, die er mir um den Körper legte. Es waren Lederriemen, die man ähnlich wie einen Body anzog. Sie gingen um den Bauch, die Schultern und führten zwischen den Beinen und am Rücken entlang. Jeder Riemen konnte individuell auf Körperfülle und Größe eingestellt werden. Er verschloss die Schnallen auf dem Rücken. Einige D-Ösen waren eingearbeitet, mit denen man weitere Fesselungen vornehmen konnte, zum Beispiel jemanden damit in einem Stahlrahmen zu fixieren oder ihn von einem Haken an der Decke schweben zu lassen.

»Steig in die Wanne, leg dich auf den Bauch«, befahl er. »Hände auf den Rücken.« Ich gehorchte und quiekte leise auf, als ich mich in die kalte Wanne legte. Meine Hände nahm ich auf den Rücken.

Er fesselte sie mit speziellen Handmanschetten, aus denen ich mich nicht befreien konnte. Dann nahm er meine Beine, die er ebenfalls mit einem Riemen aneinander fixierte.

»Streck deinen Hintern hoch«, sagte er schließlich und ich zog meine Knie unter meinen Körper und gehorchte. Ich sah, wie er eine Art U-Haken aus schwarzem Kunststoff nahm. Er klemmte ihn an meinen Venushügel, ein Ende schob er in meinen Körper, das andere lag auf meiner Klitoris. Ich stellte fest, dass es ein Vibrator war, denn mithilfe einer Fernbedienung testete er seine Funktion. Ich stöhnte auf.

»Gut. Leg dich wieder hin«, befahl er und schaltete den Vibrator wieder ab. Ich tat, was er sagte, und er nahm meine Beine und fixierte sie mit einem Seil so, dass ich in einem Hogtie lag und völlig wehrlos war. Als Nächstes bemerkte ich, dass er einige Ösen mit dem Seilzug über mir verband und sie auf Spannung brachte.

Mein Nacken wurde langsam müde und ich hatte Probleme, meinen Kopf nach oben zu halten. Hin und wieder legte ich ihn ab, spürte das kalte Material der Badewanne.

»Mund auf«, sagte Dave und schob mir ein Mundstück zwischen die Zähne. Daran war ein Schlauch befestigt, der über den Badewannenrand hing.

»Isch kann aber noch sprechen«, nuschelte ich.

»Das ist nicht so schlimm«, erwiderte er. Er erhob sich und betrachtete sein Werk, prüfte noch mal die Sitzfestigkeit der Gurte. Dann öffnete er den Wasserhahn und verschloss gleichzeitig die Öffnung für den Abfluss in der Badewanne.

Das Wasser stieg langsam an. Es wärmte mich, etwas, was mir gefiel. Ich stöhnte leise auf, als ich spürte, wie es über meinen Schritt in meinen Körper floss. Leicht zappelte ich in meinen Fesseln, prüfte selbst die Festigkeit.

Dave hatte sich einen Hocker herangezogen und saß darauf. Er blickte mir erwartungsvoll direkt ins Gesicht. Das Wasser stieg immer höher.

»Dave, isch glaube dasch reischt.«

Er schüttelte den Kopf.

»Sharon, es ist wichtig, dass du jetzt atmest. Immer schön weiteratmen«, erklärte er und setzte mir eine Nasenklammer, die normalerweise nur Schwimmer benutzten, auf die Nase. Ich zuckte zusammen und realisierte, was er vorhatte.

Ich schüttelte den Kopf.

»Isch werde ertrinken«, rief ich in mein Mundstück. Der Schlauch transportierte meine Stimme weiter und verlieh ihr einen eigenartigen Klang.

»Ganz ruhig. Nicht reden, atmen.«

Das Wasser stieg höher. Ich hielt meinen Kopf nach oben, warf ihn in den Nacken. Die Nasenklammer irritierte mich, ich hatte das Gefühl, zu wenig Luft zu bekommen. Ich zappelte, konnte mich aber nicht umdrehen oder wehren. Ich sah, wie die Wasseroberfläche immer näher kam, keuchte. Ich würde ertrinken.

»Dave!«, schrie ich.

»Sei still! Konzentrier dich.«

Er war die Ruhe selbst, während ich kurz davor stand, verrückt zu werden. Hatte er nicht gerade gesagt, dass er mich liebte? Hatte er mir nicht gerade Sicherheit gegeben? Warum riskierte er, dass ich ertrinken könnte? Ich schnaufte durch den Schlauch, versuchte, Luft anzuziehen, Luft in mir zu bunkern.

»Sharon. Entspann dich, atme ganz normal«, sagte er und strich mir leicht über den Kopf.

Das Wasser stieg immer höher und ich zappelte schon ganz enorm. Mein Genick schmerzte, ich wollte meinen Kopf entlasten. Hinter mir lagen meine Haare auf dem Wasser, wie Algen zogen sie sich über die Wasseroberfläche.

»Ganz ruhig, Sharon. Schau mich an«, sagte er und kam ganz nah an mein Gesicht. Ich nutzte seine Augen als Fixpunkt, mit dem ich mich beruhigen konnte.

»Und jetzt einatmen. Ganz ruhig.«

Ich schnaufte durch den Schlauch, zog langsam und gezielt die Luft ein. Dann pustete ich sie wieder aus. Mein Genick krampfte, ich musste den Kopf ablegen. Aber der Wasserstand war zu hoch. Wenn ich ihn ablegte, würde ich unter Wasser sein.

»Das ist wie beim Tauchen mit einem Schnorchel«, rief mein Teufelchen beruhigend. Ich glaubte ihm, wusste, dass ich nicht länger halten konnte. Also entschloss ich mich, es zu versuchen. Langsam ließ ich meinen Kopf auf die Wasseroberfläche sinken. Ich spürte, wie die letzten trockenen Haare nass wurden. Ich war dankbar dafür, dass ich es selbst in der Hand hatte. Eigenständig steuern konnte, wann ich mich unter Wasser begeben wollte.

Ich überwand meine Angst und legte den Kopf auf dem Wannenboden ab. Ich hielt meine Augen offen, um mich herum war alles durchzogen und leicht milchig. Ich fühlte mich wie in Watte gepackt, hörte das Wasser gluckern, nahm meine Bewegungen wahr. Ich hörte, wie Dave mit mir sprach.

»Sehr gut, Sharon«, kam gedämpft und leise an meine Ohren. »Entspann dich, leg dich hin, genieße dein Bad. Mach deine Augen zu, gib dich deinen Gefühlen hin.«

Ich schnaufte durch den Schlauch, gewöhnte mich an die befremdliche Art, Luft zu bekommen. Ich schloss die Augen, hörte auf die Geräusche des Wassers. Das Nichts schien mich zu umhüllen und mit sich zu ziehen.

»Nicht erschrecken, Sharon«, hörte ich gedämpft.

Ich riss die Augen auf und zuckte zusammen, als er den Vibrator zwischen meinen Beinen anstellte, doch dann entspannte ich mich wieder, schloss meine Augen und genoss die vermeintliche Schwerelosigkeit und das Vibrieren zwischen meinen Beinen. Ich sog schnappend die Luft durch den Schlauch und stöhnte auf. Mein Becken bewegte sich rhythmisch auf und ab.

Plötzlich spürte ich, dass sich etwas verändert hatte. Dave hatte den Wasserhahn ausgestellt. Ich öffnete die Augen und um mich herum war alles dunkel. Er hatte das Licht ausgemacht. Wo war er? War er hier? Lass mich nicht allein!, dachte ich verzweifelt. Ich schrie in meinen Schlauch und fuhr mit meinem Kopf hoch, doch es half nichts. Das Wasser stand zu hoch, es bedeckte mich wie ein Grab.

Ich konzentrierte mich auf meine Atmung, schnaufte, hielt die Luft in mir. Ich dachte daran, wie schlimm es sein musste, würde ich ertrinken. Wie schmerzhaft wäre es wohl, wenn meine Lungen sich mit Wasser vollsogen? Ertrinken war angeblich einer der schlimmsten Tode. Ich hob erneut meinen Kopf und ein kehliger Laut kam aus meinem Hals durch den Schlauch hinaus in die Welt. In die Welt voller Leben!

Ich spürte, wie die Vibration zwischen meinen Beinen intensiver wurde. Dave war hier! Er war hier, er hatte mich nicht allein gelassen. Ich war erleichtert, entspannte mich für einen kurzen Moment, ehe ich erneut registrierte, in welcher Situation ich mich gerade befand.

Ich brüllte durch den Schlauch, so gut ich konnte, wollte meine Not an den Mann bringen, doch nichts. Keine Reaktion von ihm. Ich spürte nur die Vibration, die mich irritierte, mich driften ließ. Mich ablenkte davon, komplett zu verzweifeln. Wie in einer Achterbahn übermannte mich die Erleichterung abwechselnd mit einer enormen Angst. Mal hoch, mal runter. Ich schloss meine Augen, hoffte auf Besserung, auf eine Veränderung.

»Atme, Sharon. Atme«, hörte ich mein Teufelchen sagen.

»Wenn du aufhörst zu atmen, sind wir auch weg. Wir brauchen dich! Du brauchst uns. Also halte durch!«, jammerte mein Engelchen.

Oh Gott!, dachte ich. Wie lange ich das wohl aushalten musste? Das Wasser lastete schwer auf mir, ich hatte das Gefühl, erdrückt zu werden. Ich konnte das nicht aushalten, nicht so. Aus meiner Schwerelosigkeit war ein bleiernes Dasein geworden. Ein Stillstand in mir, als würde sich die Welt einfach nicht mehr weiterdrehen.

Das monotone Surren riss mich weiter. Es war das einzige Geräusch, das ich hören konnte, inmitten der Dunkelheit. Ich hatte das

Gefühl, in einen bodenlosen Abgrund zu fallen. Ich lehnte meine Stirn an das harte Material der Badewanne und schnaufte konzentriert durch den Schlauch.

»Einatmen! Ausatmen!«, sprach mein Teufelchen mit mir und ich war froh, dass es da war. Dass es mir half, mich zu finden und bei mir zu bleiben. Ausflippen war jetzt die schlechteste Option.

Ich spürte eine Hand auf meinem Rücken und zuckte vor Schreck zusammen. War das Dave? Ich versuchte, abzuschätzen, ob Dave allein war. Bei ihm konnte man nie wissen.

Meine Güte, ich konnte nicht mal weinen. Dieser Druck in mir war enorm und es gab für mich nur zwei Möglichkeiten, ihn abzubauen. Indem ich schrie oder weinte. Und schreien reichte nicht mehr, ich musste weinen. Aber das Wasser um mich ließ es nicht zu, es hinderte mich daran, meinen Emotionen freien Lauf zu lassen, die mich erlösen könnten. Im Gegenteil, das Wasser sorgte dafür, dass der Druck in mir bestehen blieb, dass meine Angst konsequent weitergeführt wurde, dass mein Kopf zu meinem schlimmsten Feind und gleichzeitig einzigen Vertrauten wurde.

Die Hand drückte zwischen meine Schulterblätter.

»Atme tief ein, Sharon. Ganz tief«, hörte ich eine Stimme sagen. Mir war nicht klar, ob es die von Dave war oder eine andere.

Oh mein Gott, oh mein Gott!, hämmerte es in meinem Kopf und ich sog die Luft, so gut ich konnte, in meinen ums Überleben kämpfenden Körper. Plötzlich riss jemand den Schlauch aus meinem Mund und ich war mir selbst überlassen.

Ich war unfähig zu denken, unfähig, mich zu bewegen. Ich versuchte, Ruhe zu bewahren. Wenn ich jetzt sterben würde, was wäre daran so schlimm? Und plötzlich glitten Bilder über meine innere Filmleinwand. Ich sah meine Kinder, ich sah Patrick. Ich sah Kathi, ich sah Iris. Und ich sah Oliver. Ich erreichte den Punkt, an dem ich nicht mehr ruhig bleiben konnte. Ich wollte nicht sterben, nicht jetzt. Nicht, ohne mich von meinen Lieben verabschiedet zu haben. Ich wollte nicht die dumme Kuh sein, deren Ableben bei Sexspielen als Schlagzeile in der *Bild*-Zeitung präsentiert wurde. Ich wollte nicht, dass meine Kinder dadurch erfuhren, wie ihre Mutter diese Welt verlassen hatte. Nicht so, nicht jetzt. Und auf keinen Fall heute!

Ich sah, wie das Licht anging. Ich sah um mich herum Blasen aufsteigen, die ich selbst aus meinem Mund ließ, weil sie meinen Körper verlassen mussten. Es war wie in Zeitlupe, alles geschah so langsam und gemächlich. Nur dass meine Luft knapp wurde, egal wie schnell oder langsam die Zeit verstrich. Ich begann, mich zu bewegen, und spürte, wie mein Körper kämpfte ohne Rücksicht auf Verluste. Er kämpfte gegen den fehlenden Sauerstoff, gegen die permanente Penetration und gegen den Tod. Ich hörte mich in einer entsetzlichen Tonlage, die ich noch nie gehört hatte, schreien und wusste nicht, ob es in meinem Kopf war oder ob ich tatsächlich so schrie. Aber es war, als würde ich all mein Leid, all meine Einsamkeit, all meine Angst aus mir brüllen. Raus in die Welt voller Leben auf meinem Weg ins Verderben. Und genau in dem Moment, in dem ich dachte, dass Dave es nun doch durchzieht, dass er sich daran ergötzen würde, wie ich sterbe, spannten sich die Gurte um mich und ich spürte, wie ich mit einem Ruck hochgerissen wurde. Mit einem lauten Schrei begrüßte ich das Leben. Meine Lungen sogen sich mit Luft voll und ich hatte das Gefühl, über mich hinauszuwachsen. Glücksgefühle rauschten durch meinen Körper. Und nahezu zeitgleich übermannte mich ein Orgasmus, der mir das Gefühl gab, dass es niemals mehr einen intensiveren Moment geben würde als diesen. Dieser Moment, die Kombination aus Lust und Angst, ja die Kombination aus Lust und Todesangst, hatte mir den Rest gegeben.

Als mein Körper wieder mir gehörte und er wieder gehorchte und das Leben in sich unter Kontrolle hatte, fing ich verzweifelt an zu weinen. Ich heulte hemmungslos, während er mich mit dem Flaschenzug vorsichtig auf dem Läufer neben der Wanne ablegte. Ich schluchzte, während er mich aus den Gurten befreite. Dann griff er nach einem der riesigen Handtücher, die er vorher auf die

Heizung gehängt hatte, und deckte mich zu. Er setzte sich auf den Boden, zog mich auf seinen Schoß und hielt mich fest.

»Mach das nie wieder bitte. Ich will so etwas nie wieder erleben! Auch wenn alles seinen Reiz hat, aber lass nicht zu, dass der Tod mich reizt!«, weinte ich und presste mein Gesicht an seine Brust. Er strich über meine nassen Haare. Das Wasser tropfte auf den Boden.

»Deine Todesangst reizt mich, Sharon. Ich hätte dich zu gerne gefickt währenddessen«, sagte er kalkuliert.

Ich atmete tief ein. Sein Satz reizte mich. Und er machte mich zugleich wütend.

»Wo ist dann die Grenze, Dave?«, fragte ich.

Dave sah mich an, fast, als wäre er erstaunt, eine derartige Frage von mir zu hören. Er schüttelte den Kopf.

»Ich bin deine Grenze! Bis zu mir und keinen Schritt weiter«, sagte er. Ich starrte ihn an. Und plötzlich wurde mir bewusst, worauf ich mich eingelassen hatte. Er hatte recht, er entschied jeden Schritt. Meine Verfügbarkeit bedeutete eben auch, dass er meine Grenzen festlegte. Er war meine Grenze. Denn letztlich hatte er gerade das erreicht, was ich mir in meinen tiefsten Träumen und Begierden immer gewünscht hatte. Ja, ich wollte ihm gehören. Ihm alleine.

»Ich vertraue dir, dass du die Grenzen festlegst, wo sie gut für mich sind«, brachte ich tapfer hervor und gleichzeitig musterte ich ihn kritisch. Vertraute ich ihm wirklich?

»Dumme Nuss!«, fauchte mein Engelchen, schnappte sich eine Peitsche und begann, auf das Teufelchen einzuschlagen. »Siehst du? Das hast du jetzt davon!«, brüllte es dabei wütend.

Dave hob mich hoch und trug mich ins Schlafzimmer. Dort legte er mich aufs Bett.

»Es war unglaublich geil«, sagte er mit einem glasigen Blick. Er zog mich zu sich, sodass mein Kopf über die Bettkante hinaushing. Ich öffnete den Mund, mir war klar, was er wollte. Er schob seinen Schwanz tief in meinen Hals. Ich schluckte, spürte, wie mein Körper sich verkrampfte, und würgte. Er stieß immer wieder in mich. Dabei beugte er sich über mich, presste seine Hände auf meine Brüste, griff mir zwischen meine Beine. Irgendwann spürte ich seine Hand auf meinem Hals. Tränen liefen unablässig aus meinen Augen, ich würgte, Speichel lief mir über das Gesicht. Ich wollte ihn wegdrücken, doch ich schaffte es nicht. Er stand vor mir, felsenfest. Und dann kam er mit einem lauten Aufschrei, der tatsächlich davon zeugte, dass ihn die Situation sehr erregt hatte.

Als er fertig war und wir beide wieder einigermaßen hergestellt waren, legte er sich zu mir ins Bett. Er nahm mich in seine Arme und noch bevor ich etwas sagen konnte, noch bevor meine Gedanken zu Worten formiert waren, war er eingeschlafen.

Ich war enttäuscht. Überfordert mit mir selbst. Mir fehlte die Sicherheit zu wissen, dass er tatsächlich auf mich aufpassen würde. Dass seine Grenzen auch für mich gut waren. Ich löste mich aus seinem Klammergriff und rutschte auf meine Bettseite. Mit einem Gefühl der Unsicherheit schlief ich schließlich ein.

Zwei Tage später teilte Dave mir mit, dass er über die Weihnachtszeit nach Portugal zu seiner Familie fahren würde.

»Aber, dann sehen wir uns ja dieses Jahr überhaupt nicht mehr!«, rief ich entsetzt in den Hörer.

»Nein, Sharon. Leider nicht. Aber es geht nicht anders. Meine Familie hat Vorrang.«

Natürlich wusste ich, dass der Hauptpartner und die Familie Vorrang hatten. Das war selbstverständlich und nichts, was mich groß belastete. Was mich traf, war die Tatsache, dass ich über die Weihnachtszeit allein, also ohne Partner, sein würde. Nein, nicht falsch verstehen, normalerweise störte mich die Einsamkeit überhaupt nicht. Im Gegenteil. Ich war gerne allein, genoss es, Zeit mit mir selbst zu verbringen. Aber in der Weihnachtszeit war das anders. Wenn ich draußen unterwegs war und durch die Fenster die Lichter sah, die Gefühle und die Einigkeit mitbekam, wurde ich traurig. Dann kehrte ich zurück in mein Haus und versuchte, mit kitschigen Kerzen und noch kitschigeren Weihnachtsliedern gegen die traurige Stimmung anzugehen.

Ein Glück hatte ich Kinder, die dafür sorgten, dass ich mich nicht so ganz alleine fühlte. Dennoch wusste ich, dass man gerade als frisch verliebtes Paar Weihnachten ganz anders anging und feierte. Und es betrübte mich, denn einmal mehr stellte ich fest, dass ich nur die Nummer zwei war. Dass ich niemals mit ihm Weihnachten verbringen würde. Oder seinen Geburtstag. Die Frau an seiner Seite war seine Frau. Ich war nur die Gespielin. Die, die man vorstellte, wenn man wusste, dass das Gegenüber tolerant war. Die, die man vorführte innerhalb der Szene. Ich war die, die mit großen Augen bestaunt wurde, die, die er begehrte, sexuell. Aber war ich tatsächlich auch die, die er liebte? War er derjenige, den ich liebte?

Ich beschloss, diese Fragen nicht zu beantworten, denn ich fürchtete, dass mich die Antworten in einen tiefen Sumpf ziehen würden. Und das konnte ich gerade gar nicht brauchen.

NÄHE UND
BEGIERDE

Draußen war der Winter über uns hereingebrochen und mit ihm auch noch der Konsumwahn. Ganz Hamburg war auf den Beinen mit nur einem Ziel vor den Augen: ein Geschenk. Wie konsumwütige Zombies liefen sie durch die Einkaufspassagen und Straßen. Ich wollte mich nicht daran beteiligen, weshalb ich Weihnachtsgeschenke in der Regel schon im August bestellte. Da ich zwei sehr neugierige Kinder hatte, versteckte ich die Geschenke oftmals so gut, dass ich zu Weihnachten selbst nur einen Bruchteil davon wiederfand. Aber beide waren daran gewöhnt, dass sie spätestens im Frühling, wenn ich den Frühjahrsputz einläutete, nochmals mit spannenden Fundstücken überschüttet wurden.

Das war bei uns schon fast Tradition, denn meine Mutter war diesbezüglich genauso. Wie oft hatte ich mich im Frühjahr an einem Buch oder Spiel erfreut, weil sie es vor Weihnachten zu gut vor uns Kindern versteckt hatte. Und weil ich mindestens genauso gut darin war, Sachen zu verstecken, zeichnete ich jedes Jahr zu Ostern fein säuberlich einen Plan, um auch wirklich alle Osternester zu finden.

Ich versuchte, mich abzulenken, mich am Winter zu erfreuen, an meinen Kindern, an meiner Arbeit. Natürlich vermisste ich Dave, aber ich stellte fest, dass ich ihn weniger vermisste, als ich vermutet hatte.

Mein Telefon klingelte und am anderen Ende war Kathi.

»Was hältst du von der abgefahrenen Idee, heute auf den Weihnachtsmarkt zu gehen? In Hamburg.«

Ich runzelte die Stirn. Der Weihnachtsmarkt in Hamburg zeichnete sich dadurch aus, dass er ein Weihnachtsmarkt in einer Großstadt war. Also riesig, unübersichtlich und man konnte schnell verloren gehen. Außerdem gab es dort nichts, was es nicht auch auf kleinen Weihnachtsmärkten gab.

»Komm schon! Nein warte! Du kommst mit, so einfach ist das! Das wird dir guttun. Außerdem könnten wir für dich endlich mal einen Mann finden. Der erste, der uns auf dem Weihnachtsmarkt anspricht und gut aussieht, ist deiner.«

Ja, den Trick kannte ich schon. Warum immer alle um mich herum scheinbar wussten, was mir guttun würde? Und Kathi versuchte schon seit geraumer Zeit, mich irgendwie unter die Haube zu bringen oder mir wenigstens einen Kerl zu schenken, der gut im Bett war. Dafür müsste der ja nicht mal nett sein, meinte sie, denn ich würde ja sowieso auf eine sehr eigenwillige Art der Bettakrobatik stehen. Und so sorgte sie in regelmäßigen Abständen dafür, dass ich nicht nur Zettel voller Telefonnummern bekam, sondern auch noch wie ein Restposten im Supermarkt angepriesen wurde. In dicken, fetten Leuchtbuchstaben schien über mir zu stehen: »Altware! Noch zu haben!«

Ich seufzte kritisch. Ich hatte Kathi immer noch nicht erzählt, dass ich mit Dave zusammen war. Sie wusste noch nicht mal, dass ich überhaupt wieder Kontakt zu ihm hatte. Natürlich hatte ich versucht, herauszufinden, wie sie dazu stehen würde, würde Dave, rein fiktiv natürlich, wieder in irgendeiner erdenklichen Art und Weise Teil meines Lebens werden. Aber ihre Antwort hatte mir direkt ihre Grenzen gezeigt, und eine davon war, Dave in meiner Umgebung zu akzeptieren. Ihre Wortwahl war grob gewesen und hatte mich getroffen, auch wenn ich wusste, dass es ihr lediglich um mein Wohlergehen ging. Dennoch machte es mich sehr traurig, dass ich Kathi die Nachricht nicht überbringen konnte, weshalb ich für sie nach wie vor der Single war, den es zu verkuppeln galt.

»Ich bin ganz glücklich, so wie es im Moment ist, Kathi«, erklärte ich ihr.

»Ja aber noch glücklicher wärst du, wenn du mal wieder einen ordentlich dicken …«

»Kathi!«, grätschte ich dazwischen.

Und obwohl sie so direkt war und mir jeden Kerl, der auch nur annähernd nett aussah und geradeaus laufen konnte, aufschwatzen wollte, empfand ich die Zeit mit ihr als sehr lustig und erholsam.

Mit anderen Worten: Ich genoss ihre Freundschaft. Und so verabredeten wir uns für den Abend.

Ich zog mich dick an, denn ich fror einfach ungern. Und natürlich zog ich meinen weißen Mantel an. Über den Kopf stülpte ich meine heiß geliebte, mit weißem Kunstfell überzogene Polarmütze. Als Kathi an der Tür klingelte, griff ich mir noch einen Schal und meine Handschuhe.

Wir liefen durch den Trubel der verschiedenen Stände. Das Erste, was wir uns holten, war natürlich ein warmes Getränk. Ich wählte Glühwein, Kathi einen Lumumba. Plötzlich klingelte mein Geschäftshandy in meiner Manteltasche.

»Ja hallo?«, sagte ich charmant, aber dominant durch den Hörer.

»Sharon, Oliver hier. Ich hab dich gerade auf dem Weihnachtsmarkt entdeckt, will dich aber auch nicht einfach so begrüßen. Ich sitze in dem kleinen Häuschen hinter dir, falls du Hallo sagen willst. Andernfalls wünsche ich dir viel Spaß und einen schönen Abend«, erklärte er kurz.

Ich überlegte einen Moment, drehte mich um und sah durch das Fenster. Und sofort entdeckte ich ihn, mit seinem Handy am Ohr.

»Okay, wir kommen rein«, sagte ich schließlich und erzählte Kathi von Oliver.

»Ah, ein Gast von dir? Weiß er, dass ich es weiß?«

Ich zuckte mit den Schultern. »Keine Ahnung.«

Wir liefen durch die Tür in das warme Häuschen, in dem Essen und Trinken serviert wurden. Normalerweise würden wir hier im Leben nicht reingehen. Oliver winkte kurz, er saß an einem Tisch. Eine Zeitung lag vor ihm, er hatte sie offenbar gelesen.

»Hab ich also doch richtig gesehen, dass du es warst, die vor dem Fenster stand«, sagte er und deutete auf das Fenster.

Ich nickte, freute mich sehr, ihn zu sehen.

»Das ist Kathi, meine Freundin«, erklärte ich, nachdem wir uns kurz umarmt hatten. Ich mochte es, dass er nicht zu dieser Bussi-links-Bussi-rechts-Fraktion gehörte. Das konnte ich nämlich gar nicht leiden. Oliver reichte Kathi die Hand und stellte sich ebenfalls kurz vor.

»Darf ich euch einladen?«, fragte er schließlich. Kathi und ich sahen uns an.

»Na klar. Ich nehme noch einen Lumumba, und du?«

»Ich nehme eine heiße Schokolade.«

Oliver ging zum Tresen und holte unsere Getränke, während wir unsere Mäntel ablegten und es uns gemütlich machten.

»Nimm die Mütze ab«, rief Kathi.

»Warum denn? Ich liebe dieses Ding.«

»Ja genau. *Ding*! Nimm es ab, es sieht albern aus«, erklärte sie.

Ich schüttelte den Kopf.

»So wirst du nie einen Mann finden.«

»Doch. Einen, der auf Polarmützen steht!«, prophezeite ich.

Oliver kam wieder und stellte unsere Getränke auf den Tisch.

»Coole Mütze übrigens.«

»Siehst du!«, sagte ich triumphierend zu Kathi.

»Ist klar, dass er die gut finden muss. Immerhin hat er Angst, dass du ihn zu Kleinholz verarbeitest, wenn er das nächste Mal bei dir antanzt.«

Oliver stutzte.

»Ähm, Kathi weiß Bescheid«, sagte ich.

Er nickte und setzte sich wieder auf seinen Platz.

»Schön, dich hier zu sehen. Was treibt dich hier auf den Weihnachtsmarkt?«, fragte ich.

»Ich liebe ihn. Wenn es meine Zeit zulässt, komme ich täglich her«, sagte er und sah sich um. Ich runzelte skeptisch die Stirn. Welcher normale Mann mochte denn Weihnachtsmärkte?

»Der Kerl ist eigenartig! Was stimmt mit dem nicht?«, rief mein Teufelchen.

»Vielleicht zu früh auf den Topf gesetzt worden? Oder lange Bettnässer gewesen?«, rätselte mein Engelchen und zuckte mit den Schultern.

»Und warum seid ihr hier?«

»Och ...«, begann ich, als meine Freundin mir wie selbstverständlich ins Wort fiel.

»Es wurde Zeit, dass sie mal rauskommt«, erklärte Kathi.

»*Sie* sitzt direkt neben dir und hat einen Namen und ist kein Haustier«, erwiderte ich leicht pampig. Das klang ja, als würde sie ihren Hund Gassi führen.

»Single und hockt nur zu Hause herum«, fuhr Kathi ignorant fort, während sie mich mit einem mitleidigen Blick bedachte. Ich hatte den Eindruck, über mir blinkte gerade die Altwaren-Leuchtreklame auf.

»Meine Güte, manche würden so eine Freundin wie dich töten«, erklärte ich zischend.

»Nein, Süße, manche würden *für* so eine Freundin wie mich töten«, erklärte sie gut gelaunt.

»Also wir sind hier, weil ich Sachen zum Backen suche. Mein Fetisch ist es, Weihnachtskekse zu backen«, erwähnte ich trocken, mit einem unüberhörbaren zynischen Unterton. Ich konnte alles, nur nicht backen, und Kochen war auch nicht so mein Ding, aber anscheinend hatte ich damit ein Thema angeschnitten, das von meinem vermeintlichen Dasein als Single ablenkte.

Kathi und er begannen, sich über Rezepte zu unterhalten. Offenkundig war es ein gemeinsames Hobby. Irgendwie fanden sie dann den Schlenker von Tieren auf den Tellern zu Tieren generell und Kathi erzählte ihm mit einer blühenden Begeisterung, dass wir beide gerne ritten. Und ehe sie, wie sie das immer tat, erwähnen konnte, dass sie die bessere Reiterin von uns beiden war, erklärte ich, dass ich dabei nur die Deko sei und es mir nur darum gehe, hübsch auszusehen und mit dem Pferd eine gute Figur zu machen.

Oliver grinste.

»Habt ihr Haustiere?«, fragte er.

Ich war erstaunt. So eine Frage stand doch üblicherweise in diesen Steckbriefbüchern drin, die man in der Grundschule untereinander austauschte, nur um sich dann später scheckig zu lachen ob der peinlichen Einträge, die hinterlassen wurden.

»Ja. Eine Katze«, erklärte meine Freundin ernst. Ich lächelte Oliver an. Ich wusste ja, was jetzt kam. Hoffentlich ist der Junge auf alle Eventualitäten vorbereitet!, dachte ich noch, als Kathi auch schon loslegte: »Denn drei sind nur was für verkappte, superprüde, völlig bindungsunfähige Dauersingles.«

Oliver hob kurz die Augenbrauen, behielt aber seinen Gesichtsausdruck bei. Er war wirklich gutmütig. Ich seufzte.

»Süß«, erklärte er, ehe er sich an mich wandte.

»Und du?«, fragte er und sah mich erwartungsvoll an.

Ich lächelte ihn charmant und zuckersüß an, ehe ich antwortete: »Ich hab drei Katzen. Drei Kater.«

Oliver wirkte kurz perplex.

»Also bist du der verkappte, superprüde, bindungsunfähige Dauersingle?«, fragte er lächelnd.

»Scheinbar«, seufzte ich.

Kathi nickte.

Oliver nickte ebenso und war sichtlich beeindruckt. Wir kannten den Effekt. Kathi und ich, wir waren wie Tag und Nacht in mancherlei Hinsicht. Dort, wo Kathi total engstirnig war, war ich supertolerant. Aber umgekehrt gab es auch Situationen, die mich auf die Palme brachten, während sie total entspannt blieb. So hatten wir uns ständig übers Zuspätkommen in den Haaren, denn Kathi legte das akademische Viertel extrem großzügig aus, und so kam es nicht selten vor, dass daraus gleich vier oder fünf wurden. Ich jedoch bevorzugte pünktliche Menschen. Letztlich aber war Kathi eine treue Begleiterin für mich geworden und hätte sie nicht schon längst Pferde, könnte man diese prima mit ihr stehlen. Allein aus diesem Grund verzieh ich ihr derartige Urteile und Auftritte. Ich wusste ja, wie sie gemeint waren.

Ich ließ meinen Blick durch den Raum gleiten, während Oliver und Kathi sich angeregt über Pferde unterhielten. Oliver erzählte den typischen Klassiker eines jeden Mannes, der früher mal geritten ist und dann vom Pferd gebissen wurde und seither ein unergründlich tiefes Trauma hatte. Ich grinste in mich hinein.

Ich fühlte mich wohl. Ich hatte einige Zeit nicht an Dave gedacht und festgestellt, dass ich ihn in dieser Zeit nicht vermisst hatte. Es tat mir gut, draußen zu sein, wenngleich ich schon etwas traurig darüber war, dass der einzige männliche Gesprächspartner einer meiner Gäste war. Auf der anderen Seite musste ich zugeben, dass Olivers Gesellschaft sehr angenehm war.

»Oliver, wenn du nicht passiv wärst, wärst du glatt der Richtige«, hörte ich Kathi sagen. Ich war so gedankenversunken gewesen, dass ich gar nicht mitbekommen hatte, dass sie das Thema gewechselt hatten. Ich sah Oliver ins Gesicht.

»Wie? Du bist passiv?«, fragte ich. Und plötzlich dämmerte mir, was ich da gerade von mir gegeben hatte. Mein Gesicht verfärbte sich feuerrot. Ich betete kurz zu Gott, dass ich das nicht laut gesagt hatte. Kathi sah irritiert zwischen mir und Oliver hin und her. Mist. Doch laut gesagt. Verdammt!

»Äh«, stotterte ich. »Ach so, natürlich bist du passiv«, versuchte ich zu retten, was zu retten war. Doch zu spät. Kathi hatte längst die Lunte gerochen.

»Süße, hast du mir vielleicht irgendwas zu erzählen?«, fragte sie.

Oliver lehnte sich zurück und ich konnte sehen, dass ihm das Spektakel gefiel. Meine Güte, warum war ich so eine schlechte Lügnerin?

»Also Oliver switcht, aber das hatte ich irgendwie vergessen«, plapperte ich und mein Engelchen schüttelte ungläubig den Kopf, während es mit offenem Mund dasaß und nicht fassen konnte, was für ein Geheimnis ich gleich ausplaudern würde.

»Warte mal. Oliver ist ein Gast von dir. Wie kannst du vergessen, dass er passiv ist?«, fragte Kathi spitzfindig. Hilfe suchend blickte ich zu Oliver. Der grinste nur und deutete mit seinem Kopf beeindruckt auf Kathi.

»Nein, also das meinte ich nicht«, sagte ich. Ich seufzte. »Okay. Oliver ist mir gegenüber aktiv«, erklärte ich schließlich. Es hatte keinen Zweck mehr, weiterhin ein Geheimnis daraus zu machen. Kathis Augen wurden immer größer.

»Du arbeitest als aktive/passive Dame im Studio?«, fragte sie schließlich erstaunt.

Ich schüttelte den Kopf. »Nein. Ich bin nur bei ihm passiv«, versuchte ich, die Situation zu retten.

»Warum?«, fragte Kathi.

Na super. Wie gerne würde ich ihr jetzt sagen, dass es wegen des Geldes ist, das ich bekäme. Würde ich das aber sagen, würde es Oliver womöglich verletzen. Und ich wollte ihn auch nicht darauf reduzieren. Nicht so, nicht in dieser Form. Denn wäre es wirklich nur das Geld, würde ich jeden anderen auch als aktiven Gast annehmen. Ich mochte Oliver gerne, aber das war etwas, was Kathi wahrscheinlich nicht verstehen würde. Sie vertrat ja sowieso die Meinung »Never fuck the company«, doch das war in unserem Gewerbe nur bedingt möglich.

Oliver beugte sich nun über den Tisch zu mir.

»Das erkläre ich dir später«, sagte ich.

»Ich bezahle ihr das Doppelte für eine Session und Sharon scheint entweder diesen Kick zu genießen oder das Geld zu brauchen. Ich weiß das leider nicht so genau, habe sie auch nie danach gefragt«, mischte er sich nun ein.

Kathi war nun richtig geplättet. Und ich erst recht. Da saß mein Gast und sprach mit offenen Worten an, was ich von ihm bekam. Am liebsten hätte ich ihm entgegengeschleudert, dass ich ihn auch mochte. Ihn irgendwie trotz oder sogar durch seine eigenwillige Art ins Herz geschlossen hatte. Ich hatte das Gefühl, auf zwei Stühlen gleichzeitig zu sitzen, und beide würden gerade unter meinem Hintern weggezogen.

»Wir sollten gehen!«, rief Kathi enttäuscht und wütend. Ich wusste, was in ihr vorging. Natürlich kamen bei ihr sofort wieder die Bilder von damals hoch, mit Dave und dem, was damals passiert war. Ich verstand, dass sie sauer auf mich war. Und wenn sie jetzt auf Oliver schon so reagierte, wie würde sie dann erst reagieren, wenn sie erfahren würde, dass ich eine Beziehung mit Dave hatte? Nein, von Dave durfte niemand etwas erfahren!

Kathi stand auf, nahm ihre Jacke mit und lief zum Ausgang. Ich erhob mich ebenfalls, bedankte mich bei Oliver für die nette Einladung und umarmte ihn kurz. Er griff um meine Taille und flüsterte mir leise ins Ohr: »Ich hab zwar keine Ahnung, wo das Problem liegt, aber es wird alles gut, Sharon. Es war schön, dich zu sehen.« Diese Worte beruhigten mich ganz enorm und gaben mir die Sicherheit, dass er recht hatte.

Ich lief hinter Kathi her und sobald wir beide aus dem Häuschen waren, ging sie an die nicht vorhandene Decke.

»Ist das wieder so eine Nummer wie mit Dave?«, pfefferte sie mir entgegen.

Ich schüttelte den Kopf. »Nein, ist es nicht. Ich habe ein Safeword und Oliver ist sehr rücksichtsvoll. Anders als Dave«, erklärte ich mit schlechtem Gewissen, denn Dave war ja nun nicht so rücksichtslos, wie ich ihn gerade darstellte. Ich hatte massive Probleme mit meiner Solidarität und wusste nicht, wohin ich sollte. Ich redete wild auf sie ein, versuchte das für sie Unverständliche irgendwie verständlich zu machen. Kathi regte sich furchtbar auf, erinnerte mich an die Zeit mit Dave, an das, was ich damals war, als unsere Beziehung am Anfang vom Ende stand. Als Schatten meiner selbst bezeichnete sie mich und ich konnte es verstehen. Andererseits war Oliver ein ganz anderer Mensch. Oliver setzte seine Maßstäbe anders an.

»Sharon, warum?«, fragte sie schließlich fast schon resigniert.

»Ich brauch das Geld, Kathi. Oliver kommt regelmäßig zu mir. Wir haben eine schöne Zeit, er ist sehr rücksichtsvoll mit mir und er akzeptiert meine Grenzen. Außerdem bezahlt er mir das Doppelte, es ist also jedes Mal, als hätte ich zwei Gäste.«

Kathi nickte, aber ich bemerkte, dass es ihr nicht gut ging dabei. Dass sie große Probleme hatte, meine Entscheidung in diesem Punkt zu tolerieren.

»Okay. Aber wenn du dich wieder kaputt machen willst, sag früh genug Bescheid, damit ich dich schütteln kann«, sagte sie und legte ihren Arm um mich.

»Ich hab dich lieb, Süße, und ich will einfach nicht, dass es wieder so endet wie damals«, sagte sie zum Abschied. Ich hatte ein schlechtes Gewissen, als sie weg war. Nicht nur wegen der Tatsache, dass sie ja doch irgendwie enttäuscht war, auch weil ich ihr Teile meines Lebens, ja sogar wichtige Teile meines Lebens, nicht erzählen konnte. Ich fragte mich, wer das zu verantworten hatte. Dass ich Dinge verschwieg, hatte sicherlich ich zu verantworten, aber dass Dave so unbeliebt war in meinem direkten Umfeld, hatte wahrscheinlich eher er selbst zu verantworten. Mit der Art, wie er damals mit mir umgesprungen war, hatte er sich bei niemandem mit Ruhm bekleckert. Nicht mal bei mir selbst.

Eine Woche nach unserem Besuch auf dem Weihnachtsmarkt standen die Feiertage vor der Tür. Heiligabend hatte ich noch gut über die Bühne bekommen. Friedlich standen wir vor dem Christbaum, den ich mitten im Haus aufgestellt hatte. Patrick war so nett gewesen und hatte mir dabei geholfen und gemeinsam mit den Kindern hatten wir ihn dann geschmückt. Abends, so war es bei uns Tradition, ging Patrick mit den Kindern die Spuren des Christkinds suchen, während ich die Geschenke unter den Baum legte und ihn in Licht und den Rest des Hauses in Dunkelheit hüllte. Sobald sie dann durch die Tür kamen, wurden die Kinder ganz aufgeregt und nachdem wir einen Augenblick die Stimmung genossen hatten, stürzten sich alle auf ihre Geschenke. Danach hatten wir ein angenehmes gemeinsames Essen und schließlich nahm Patrick Simon mit und ging zu sich nach Hause.

Am ersten Feiertag wurde meine Tochter dann von ihrem Papa abgeholt, um mit seiner Familie Weihnachten zu feiern. Und ich war alleine. Ich fühlte mich fehl am Platze und irrte durchs Haus, räumte alles auf, putzte und dennoch hatte ich das Gefühl, die Zeit wollte und wollte einfach nicht verstreichen. Streckenweise glaubte ich sogar, sie wäre einfach stehen geblieben. Und während ich durchs Haus wütete, Dinge putzte, an denen nicht ein Staubkorn hing, klingelte mein Telefon. Und ich war dankbar dafür. Endlich jemand, der sich um mich scherte, auch wenn es nur ein Gast war. Oliver.

»Sharon, ich möchte dich gerne sehen«, sagte er, nachdem er sich nach meinem Befinden erkundigt hatte, was ich mit der klassischen Lüge »Danke, und dir?« überspielte. Und auch Oliver ging es »danke«.

»Na toll, allen geht's danke!«, rief mein Engelchen aus.

Im nächsten Moment fiel mir siedend heiß ein, wie lächerlich ich mich auf dem Weihnachtsmarkt gemacht hatte.

»Wirklich?«, fragte ich vorsichtig nach, unentschlossen, ob ich mir nicht doch lieber einen Spaten holen sollte, mit dem ich ein Loch im Boden buddeln könnte, durch welches ich verschwinden könnte.

Oliver schwieg einen Augenblick, dann sagte er: »Ja. Wann hast du Zeit für mich?«

Ich sagte ihm, dass ich nicht anderweitig verplant wäre und er freie Terminwahl hätte. Oliver schien es wichtig zu sein, denn er entschied sich direkt für den Abend.

»Feierst du gar kein Weihnachten?«, fragte ich erstaunt.

»Doch, aber nicht heute Abend«, erklärte er. »Ich freue mich auf dich. Bis später.« Er legte auf und ich bemerkte, dass ich mich auch darüber freute, nicht alleine sein zu müssen.

Als ich am selben Abend bei ihm ankam, hatte es schon geschneit, die Stadt sah aus, als hätte sie jemand mit Puderzucker überzogen. Der Schnee dämpfte jedes Geräusch, ich mochte das sehr. Ich parkte mein Auto und klingelte bei ihm. Dann fuhr ich mit dem Fahrstuhl bis unters Dach.

Ich hatte mich für eine Jeans und einen Pullover entschieden. Oliver war während seiner Freizeit ebenfalls sportlich-elegant gekleidet, wenngleich er immer ein Hemd trug. Immer! So natürlich auch heute. Ein Hemd, zwei Knöpfe davon offen, die Ärmel hochgekrempelt. Dazu trug er eine Jeans. Doch ja, ich musste zugeben, das stand ihm sehr gut.

»Hey. Super, dass es geklappt hat. Komm rein«, sagte er lächelnd.

Ich umarmte ihn herzlich und hängte meinen Mantel in seine Garderobe. Er legte seinen Finger an seinen Mund, als würde er etwas überlegen. Dann fragte er mich, ob er mir etwas zu trinken anbieten dürfe. Ich nickte und bat um ein Glas Wasser.

»Keine Cola?«, fragte er.

Ich schüttelte langsam den Kopf. Es war nicht so, dass Dave mir verboten hatte, Cola zu trinken. Aber Dave ernährte sich selbst unglaublich bewusst und gesund. Und ich befürchtete, dass er sehr gemein werden könnte, wenn ihm mein Körper nicht zusagte.

»Wie du magst«, sagte er, während ich mich auf die Couch setzte. Als Oliver wiederkam, nahm er neben mir Platz und drückte mir das Wasserglas in die Hand.

»Du siehst so müde aus. Wie geht es dir denn?«

»Ja das ist nicht so meine Zeit, dieses ganze Weihnachten und so nervt mich tierisch«, erklärte ich.

»Ich mag Weihnachten sehr gerne. Aber das sagte ich ja bereits letzte Woche.«

Ich nickte gedankenverloren und gemeinsam schwiegen wir, während ich einen Schluck nahm.

»Weißt du, Sharon, du wirkst manchmal, als wärst du weit weg. Nicht greifbar. Und du bist wahnsinnig leicht ablenkbar. Stört dich das denn nicht?«

Ich zuckte mit den Schultern. Natürlich wusste ich, dass ich manchmal so wirkte. Vor allem, wenn sich meine Bewohner mal wieder bei mir meldeten und ich irgendwelchen innerleiblichen Diskussionen folgen musste, anstatt dem zuzuhören, was draußen passierte. Das wirkte dann immer, als wäre ich weit weg, doch in Wirklichkeit war ich da und mir am nächsten.

»Sag ihm, dass er unrecht hat«, flüsterte mein Engelchen. Mein Teufelchen rollte ein Banner auf, auf dem in großen Buchstaben stand »Mein Haus, meine Regeln!«.

Ich schüttelte den Kopf.

»Da, schon wieder«, sagte er und lächelte.

»Ja ich weiß. Manchmal bin ich wirklich verpeilt«, sagte ich und lächelte scheu.

»Ich würde dir dahin gehend gerne helfen«, sagte er und irgendwie fiel mir ausgerechnet jetzt diese Werbung von dieser Telefonauskunft ein, wo diese dunkelhaarige Prominenten-Exfrau ein »Da werden Sie geholfen« in die Kamera jauchzte.

Ich wollte ihn gerade fragen, ob ich diese Auskunftsnummer wählen sollte, da fragte er mich, ob ich denn schon einmal etwas von Hypnose gehört hätte. Ich stutzte und nickte.

»Ja klar. Damit hab ich mich mal für den Zahnarzt einlullen lassen. Von einem Freund namens Jay. Der kennt sich gut damit aus.«

Oliver zog seine Augenbrauen hoch.

»Ach, dann kennst du ihn ja auch. Ich war auf einigen seiner Workshops. Hypnose ist ein faszinierendes Thema.«

Ich wusste nicht viel über Hypnose. Alles, was ich kannte, waren die lustigen Bilder aus irgendwelchen Medienshows, in denen Menschen sich innerhalb ihrer Hypnose lächerlich machten. Er sah mir nicht aus wie jemand, der so etwas toll finden würde. Ich konnte das Thema gerade nicht ernst nehmen. Ich erinnerte mich an die Hypnose mit Jay. Ich hatte auf einem Bett gelegen, er saß neben mir. Er hatte rückwärts runtergezählt und mir dann ausführlich erklärt, dass ich zum Zahnarzt müsse und diesen Besuch angstfrei über die Bühne bekommen würde. Ich erzählte ihm nie, dass ich dann nicht, wie geplant, ohne zusätzliche Mittelchen auf dem Arztstuhl gelegen hatte, sondern mir dennoch ein ordentliches Beruhigungsmittel geben lassen hatte.

Das Hypnoseerlebnis mit Jay hatte ich dann unter den Dingen abgehakt, die es wert waren, mal erlebt zu werden, aber eben schlichtweg nicht geholfen hatten.

»Bei mir funktioniert Hypnose aber nicht«, erklärte ich überzeugt.

»Ich könnte dir helfen, deinen Kopf ruhig zu stellen. Damit du dich fallen lassen kannst«, erklärte Oliver unbeeindruckt von meiner Aussage.

In mir entstand ein Aufruhr.

»Was? Der will uns abschalten! Na das schauen wir uns aber mal an!«, rief mein Teufelchen entgeistert und wirbelte seine Faust durch die Luft.

»Nein, das darf der nicht. Mach ihn weg!«, rief mein Engelchen ängstlich und klammerte sich ans Teufelchen.

»Wie geht das?«, fragte ich nach.

»Ich werde dir Anker setzen. Anker, die ich auslösen kann und die dazu führen, dass eine bestimmte körperliche und geistige Reaktion von dir kommt. Ich kann dir zum Beispiel einen Anker setzen, der dazu führt, deinen Körper zu entspannen. Oder deinen Kopf etwas ruhiger zu bekommen«, schlug Oliver vor.

»Ist das so wie bei dieser Serie mit Alf, wo er mit einer Taschenuhr versuchte, den Kater durch Hypnose in einen Krapfen zu verwandeln?«, flachste ich. Oliver verzog keine Miene, obwohl ich mich wirklich lustig machte über das Thema. Mal ernsthaft, all das Tamtam, Hypnose war so was von esoterisch. Wenn man da nicht mitmachen wollte, funktionierte es einfach nicht.

»Aber okay«, gab ich schließlich nach. »Versuch es doch einfach. Du wirst sehen, es wird nicht funktionieren.«

»Gut. Leg dich hin, mach es dir gemütlich«, sagte er lächelnd.

Da seine Couch tatsächlich sehr »liegenswert« war, zögerte ich keinen Moment und rutschte aus meinen Stiefeln, um mich dann in die Länge zu strecken. Herrlich! Oliver nahm eine Decke und breitete sie über mir aus. Jetzt fehlten eigentlich nur noch ein Kühlkissen für den Kopf, ein Fieberthermometer im Mund und ein heißer Tee und ich würde perfekt in die Jahreszeit passen.

»Ich werde dir jetzt eine kleine Geschichte vorlesen. Hör gut zu. Versuch, dich währenddessen nicht zu bewegen. Ich kann die Bewegungen durch die Decke sehen!«, sagte er.

Ich nickte und grinste innerlich. Das hatte irgendwie etwas von »Gutenachtgeschichte«. Ich stand zwar nicht auf Ageplay dieser Art, aber der Gedanke, dass Papi sich die gerade volljährig gewordene Babysitterin schnappte, hatte mich schon seit jeher erregt. Nur eben mit dem Unterschied, dass da die Gutenachtgeschichten etwas anders ausfielen.

»Okay.«

Einige Zeit später wachte ich wieder auf. Ich drehte meinen Kopf zur Seite und sah, dass Oliver immer noch neben mir saß. Das Buch hatte er allerdings längst weggelegt. Ich fuhr erschrocken hoch.

»Es tut mir leid, ich muss eingeschlafen sein. Ich wusste nicht, dass ich so erschöpft war«, erklärte ich.

Oliver lächelte. Mich drückte mein schlechtes Gewissen. Ich fürchtete, er könnte mich nach Hause schicken. Wie konnte ich einfach einschlafen?

»Alles in Ordnung, Sharon«, sagte er.

»Okay, hör zu. Ich setze mich jetzt hin und dann höre ich dir aufmerksam zu und du kannst mich hypnotisieren«, schlug ich vor. Ich hoffte, dass er nicht dachte, er würde mich langweilen. Denn das stimmte gar nicht. Ich setzte mich ordentlich hin, während ich die Decke von mir zog und auf die Seite schob. Oliver schüttelte den Kopf und beugte sich zu mir. Ich warf einen Blick auf den Couchtisch. Dort lagen einige Spielsachen. Die waren doch vorhin noch nicht da gewesen, oder?

»Wie lange habe ich denn geschlafen?«, fragte ich irritiert.

»Nicht allzu lange.«

Ich nickte.

»Sharon, zieh dich bitte aus«, sagte er.

Okay, es war legitim, dass er jetzt alles daransetzen würde, dass ich nicht wieder einschlief.

»Es tut mir so leid«, erklärte ich noch einmal, während ich mich aus meiner Kleidung schälte. Ich war verwundert darüber, wie fit ich war. Normalerweise war das bei mir anders. Ein kurzes Schläfchen zwischendurch erschöpfte mich mehr, als dass es mir half.

Nackt und rasiert blieb ich vor ihm stehen, meine Hände auf dem Rücken verschränkt, einfach, weil ich nicht wusste, wohin mit ihnen. Oliver lehnte sich zurück.

»Ja das sieht sehr gut aus.«

Er betrachtete mich eingehend. Im Gegensatz zu mir schien ihm mein Körper tatsächlich sehr gut zu gefallen, trotz des ein oder anderen Makels. Aber er hatte mir das erklärt: Makel waren gut. Ich ging damit ja auch in der Regel konform, die Makel an seinem Gesicht und Körper gaben ihm noch einen gewissen Schliff, aber sobald es um meine eigenen Makel ging, war ich ganz anderer Meinung. Da fiel mir doch glatt ein Buch ein, welches ich mal gelesen hatte. Da beklagte sich doch tatsächlich die Hauptfigur darüber, dass ihr größter Makel ihre großen Augen seien. Ich war so wütend auf sie gewesen, hätte am liebsten gebrüllt: Lass uns tauschen! Mit großen Augen kann ich gut leben!

Nun ja, auf jeden Fall sah ich, dass er sofort reagierte, denn seine Hose beulte sich aus. Und das war Zeichen genug für mich, dass er nicht log.

»Knie dich dort drüben auf die Couch. Hintern zu mir.«

Ich ging zur anderen Seite, wo ebenfalls eine Couch stand, und kniete mich darauf. Ich hielt mich an der Rückenlehne fest und vor mir war eine kleine Wand aus Spiegeln. Ich blickte hinein, sah, wie Oliver hinter mir aufstand. Er kam zu mir, beugte sich über mich, streichelte über meine Schultern und strich meine Haare von meinem Ohr.

»Sharon, Ruhe!«

Ich war irritiert. Wollte er, dass ich schwieg? Dass ich meinen Mund hielt, dass ich kein Wort mehr sprechen sollte? Ich sah in den Spiegel, betrachtete meinen Mund. Ich mochte meinen Mund. Ja, ich würde schweigen, für ihn würde ich schweigen.

Meine Gedanken fühlten sich plötzlich so schwer an. Ich sprang nicht mehr wie wild von einem zum nächsten, hoppelte nicht mehr wie ein kleiner Feldhase durch meinen Kopf, sondern hatte das Gefühl, nur noch geradeaus denken zu können. Zielstrebig, ohne Ablenkung.

Oliver streichelte mir zärtlich über meine Schultern und fuhr mit seinen Fingern meine Wirbelsäule entlang. Im unteren Rückenbereich angekommen, löste das bei mir immer einen wohligen, erregenden Schauer aus, der mir eine angenehme Gänsehaut verpasste.

»Beug dich vor«, sagte er und ich lehnte mich brav über die Rückenlehne. Ich sah, wie meine Brüste auflagen und in eine hübsche Form gepresst wurden. Das gefiel mir.

Oliver drang mit seinen Fingern ein und begann, mich leicht zu penetrieren. Ich stöhnte leise auf. Ich wunderte mich über mich selbst. Normalerweise war ich es gewohnt, währenddessen über alles Mögliche und Unmögliche nachzudenken. Aber mein Kopf wirkte so leer. Keine Witze, keine dummen Sprüche, keine Einkaufslisten. Nichts.

»Sharon, was auch passiert, alles ist gut!«, flüsterte er in mein Ohr. Er berührte mich, schob mir immer wieder einen Finger, dann zwei in den Körper. Schließlich spürte ich seine Finger an meinem Hintern. Sie lagen nur dort, er tat gar nichts. Dennoch war in mir alles in Alarmbereitschaft.

Nein!, hämmerte es nun in meinem Kopf. Immer wieder, nur dieses eine Wort. Nein!

»Sprich deine Gedanken aus, Sharon.«

»Nein!«, rief ich monoton wiederholend.

»Danke, Sharon. Es reicht«, sagte Oliver.

Er tastete sich zärtlich vor und ich versuchte, mich zu verkrampfen, damit er nicht hineinkam. Doch es funktionierte nicht. Mein

Kopf gab den Befehl an meinen Körper, doch er hörte nicht auf meinen Kopf. Er hörte einfach nicht zu.

Oliver schob einen Finger in mich und bewegte ihn.

»Sehr gut, Sharon«, sagte er.

Ich stöhnte auf.

Nein!, hämmerte es wieder. Erneut versuchte ich, meine Muskeln anzuspannen, doch es gelang mir nicht. Ich bekam es mit der Angst zu tun, riss panisch meine Augen auf.

»Sprich deine Gedanken aus, Sharon.«

»Warte!«, rief ich. »Mit mir stimmt etwas nicht!«

Irgendetwas war da nicht in Ordnung.

»Oh Gott, vielleicht bin ich gelähmt?«, rief ich. »Ich kann meinen Körper nicht mehr steuern. Zumindest gewisse Bereiche nicht mehr.«

»Danke, Sharon. Es reicht.«

Mein Bedürfnis, meine Gedanken auszusprechen, war vorbei. Ich griff mit meinen Händen nach hinten, um ihn von mir zu schieben. Um seine Finger aus mir zu ziehen.

»Leg deine Hände brav wieder dahin zurück, wo sie waren«, sagte Oliver ruhig.

Ich tat, was er sagte. Nein, nicht ich tat, was er sagte, irgendetwas anderes tat es. Ich wollte es gar nicht tun, aber mein Körper führte aus, was Oliver befahl. Ich war nun völlig durch den Wind.

»Sharon, stopp!«, rief Oliver und ich wunderte mich über seine eigenartige Wortwahl. Und just in diesem Moment stellte ich fest, dass ich mich nicht mehr bewegen konnte. Dass ich weder meine Arme noch meine Beine bewegen konnte, so sehr ich mich auch bemühte. Ich bekam Panik.

»Sprich deine Gedanken aus, Sharon«, sagte Oliver.

»Da stimmt was nicht!«, rief ich ängstlich. »Ich kann mich nicht bewegen.« Es sprudelte alles aus mir heraus, ich konnte keinen einzigen Gedanken für mich behalten. Selbst wenn ich wollte, konnte ich es nicht. Mal abgesehen davon, dass ich das Gefühl hatte, meine Gedanken mitteilen zu wollen.

»Mit dir ist alles in Ordnung, Sharon«, erklärte Oliver leise.

Ich schüttelte den Kopf. Eigenartig, den konnte ich noch bewegen. »Oh mein Gott, ich bin vom Hals abwärts gelähmt!« Ich warf meinen Kopf in den Nacken und brüllte laut auf.

»Sharon, halt deinen Mund.«

Sofort gehorchte mein Körper. Was war da los? Er gehorchte nicht mehr mir, sondern Oliver.

»Sharon, heb deine rechte Hand zehn Zentimeter hoch und dann leg sie wieder dahin, wo sie jetzt liegt«, befahl Oliver.

Wie von Geisterhand führte ich seinen Befehl aus. Ich wollte etwas sagen, konnte aber nicht sprechen. Der Befehl, den mein Hirn an meinen Mund weitergeben wollte, ging irgendwo verloren.

Oliver zog seine Hose nach unten und stülpte ein Kondom über.

Ich schloss die Augen, spürte, wie Tränen über meine Wangen liefen. Oh Gott, es würde wehtun. Das durfte er nicht machen.

Bitte nicht, Oliver, dachte ich.

»Sprich den Gedanken aus, der dir jetzt durch den Kopf geht, Sharon.«

»Tu mir nicht weh, bitte!«, rief ich laut und danach war ich wieder zum Schweigen verdonnert. Mein Mund stoppte einfach, genau als der Gedanke sein Ende gefunden hatte. Ich weinte. Mein Körper gehorchte mir nicht mehr. Mein Herz raste nicht mal bei dem Gedanken daran. Es war so, als wäre meine Seele in einer fremden Hülle, die anders reagierte, als ich es gewohnt war.

Ich spürte, wie Oliver in mich eindrang. In meinen Hintern eindrang. Ich spürte keinen Schmerz. Nur die Tatsache, dass er eindrang. Ich war völlig entspannt. Er begann, sich zu bewegen. Zügig, ein gutes Tempo. Ich warf meinen Kopf zurück in den Nacken, spürte dieses eigenwillig intensive Gefühl, das er mir verschaffte. War es gut, war es nicht gut? Es war so gut, dass es kaum erträglich war. Es war nicht gut! Nicht gut für meine Moral!

»Sprich deine Gedanken aus, Sharon.«

Ich stöhnte rhythmisch und keuchte. Ab und zu glitt mir ein leises »Oh mein Gott!« über die Lippen. Ich konnte nicht fassen, was er gerade machte. Und was ich gerade mitmachte.

Oliver griff hinter sich nach einem Dildo. Er zog mich hoch, sodass nur noch meine Hände auf der Lehne lagen und ich seinen Oberkörper an meinem Rücken fühlte. Ich spürte seine warme Haut an mir. Er führte das Spielzeug an meine Lippen und ich öffnete brav den Mund und ließ zu, dass er ihn hineinschob. Er beobachtete mich dabei sehr genau. Dann führte er ihn an meinem Bauch entlang und setzte ihn zwischen meinen Beinen an.

Ich schüttelte den Kopf.

»Nein! Nicht! Mach das nicht, mach das nicht!« Meine Stimme überschlug sich leicht.

»Es wird dir gefallen, Sharon!«, sagte Oliver.

Ich wollte ihn wegstoßen, befahl meinem Körper, er möge sich wehren, doch nichts. Es passierte nichts. Selbst Engelchen und Teufelchen waren still. Wo waren die beiden? Wo waren sie, wenn man sie brauchte?

»Nein, nicht«, jammerte ich.

Ich lehnte meine Stirn an seine Wange.

»Ich mag das. Ich mag es, wenn es noch enger wird und ich deinen Körper einnehme. Dieses Gefühl ist überwältigend. Du wirst es merken«, raunte er.

Oliver schob den Dildo ein Stück in mich. Und ich keuchte, spürte, wie wenig Platz er haben würde.

»Das passt nie«, flüsterte ich keuchend.

Er zog ihn aus mir, rieb ihn zwischen meinen Beinen auf und ab und schob ihn erneut in mich. Und das war keine große Kunst, mein Körper war nass und anscheinend zu allen Schandtaten bereit.

»Oh mein Gott!«, stöhnte ich nun laut auf, lehnte meinen Kopf an seine Schulter und ergab mich. Ich ließ es zu, was er vorhatte, mit meinem Körper und meinem Kopf. Kein Gedanke würde unausgesprochen bleiben. Nichts durfte in meinem Kopf verweilen, alles musste hinaus in die Welt. Wie ein Drang in mir, als müsste ich ihn teilhaben lassen an dem, was in meinem Kopf passierte.

»Ja«, stöhnte er mir ins Ohr. »Das fühlt sich gut an«, keuchte er.

Er bewegte sich in mir, abwechselnd, mal vorne, mal hinten. Ich drehte fast durch dabei, wusste nicht, was ich denken sollte. Ich konnte nun keinen klaren Gedanken fassen, wurde immer wieder herausgerissen. Er spielte mit mir, mit meinem Körper, mit meinem Geist. Seine Stimme war mein Leitfaden.

Er flüsterte mir schmutzige Worte ins Ohr. Jene, die meine Gehirnwindungen verbogen, sich dann gezielt über mein Rückenmark auf den Weg zwischen meine Beine machten. Worte, die alles abschalteten, jegliche Vernunft, jede Selbstkontrolle. Zumindest das bisschen, was ich von beidem noch hatte. Er erzählte mir, ich solle mir vorstellen, dass noch ein weiterer Mann hier sei, der in mich eindringen würde.

»Ich könnte mich gar nicht entscheiden, in welches deiner Löcher ich meinen Schwanz stecken wollte. Entscheide du, Sharon, wer dir ins Gesicht sehen soll, wenn deine Welt untergeht«, keuchte er.

Ich hatte das Gefühl, als würden Blitze durch meinen Kopf zucken. Er traf meine intimsten Fantasien, jene, die ich nie, oder nur im schlimmsten Vollrausch, zu erzählen wagte, weil sie mich so sehr beschämten. Ich löste meinen Druck, indem ich schrie. Doch es half nichts. Sobald ich schwieg, erzählte er mir ungeniert weiter von seinen Fantasien. Davon, wie ich mich auf den Schoß eines anderen Mannes setzen müsste. Wie er zusehen würde, während ich auf ihm reite, und er irgendwann hinter mich treten würde, um mitzumachen. Wie er meine Aufregung und Angst genießen würde. Wie er mich in die Arme des Mannes vor mir drücken würde, um sich Platz zu verschaffen. Wie er meinen lauten Schrei mit einem Stöhnen quittieren und in mich eindringen würde.

»Du musst aufhören zu reden«, sagte ich resigniert und war erstaunt, dass ich immer noch alles aussprach, was ich dachte. Ich war zu schwach zum Schreien, meine Haut glühte, alles drehte sich.

»Warum? Gefällt dir nicht, was ich sage?«, stöhnte er und presste sich an mich.

»Doch!«, rief ich. »Doch, sprich weiter, erzähl mir von all meinen versauten Fantasien, über die ich es nicht schaffe zu reden. Zwing mich zu meinem Glück, egal wie pervers es für mich ist und wie sehr ich mich schäme. Erzähl mir, was ich noch alles für dich erleiden würde. Sprich weiter, sprich zu mir, sei bei mir, ich könnte es nicht ertragen, nicht mehr von dir begehrt zu werden!«

Ich wurde feuerrot, als ich hörte, was ich sagte. Oliver lächelte genüsslich.

»Hör nicht auf, bitte«, hörte ich mich sagen, als ich realisierte, dass ich den Kampf gegen meinen Körper, den Kampf gegen ihn, ja den Kampf gegen mich selbst verloren hatte.

»Na komm, Sharon. Zeig mir, wie gut es dir gefällt«, flüsterte er mir ins Ohr.

»Bitte!«, flüsterte ich leise.

»Was bitte?«, fragte er.

»Bitte, darf ich kommen? Bitte, lass mich kommen! Bitte, bitte, bitte!«

Monoton mit immer tiefer werdender Stimme, als würde ich all meine Sehnsüchte aus dem tiefsten Innersten holen, wiederholte ich meine Bitte und hörte, wie er mir seine Erlaubnis gab. Und dann hatte ich das Gefühl, in Ohnmacht zu fallen. Mein Unterleib zog sich zusammen. Ich stöhnte laut auf und fühlte, wie er sich stärker, schneller und intensiver bewegte. Er zog den Dildo aus mir, drückte mich nach vorne auf die Lehne, an der meine Hände immer noch wie festgeklebt lagen, und stieß in mich.

Ich hörte, wie er mit einem kurzen Aufschrei kam, während er sich weit über mich beugte. Er stützte sich auf meinem Rücken auf, keuchte mir ins Ohr, während ich das Nachbeben meines Körpers spürte und genoss. Dann zog er sich langsam und vorsichtig aus mir zurück.

»Sharon, weiter!«, rief er und plötzlich konnte ich mich wieder bewegen. Ich war so agil wie eh und je. Ich bewegte meine Arme, fuchtelte damit, stand auf und lief ein paar Mal um den Couchtisch. Dann lief ich schnell ins Badezimmer.

»Was war das?«, rief mein Teufelchen empört, als ich in den Spiegel blickte.

»Verdammt, was ist passiert?« Mein Heiligenscheinträger war genauso aufgebracht.

Ich wunderte mich, dass sie jetzt wieder da waren.

»Wir konnten nicht mehr sprechen!«, rief mein Teufelchen. Mein Engelchen nickte. »Der hat uns geknebelt! Der hat es wirklich durchgezogen! Scheiß-Rechtsverdreher und deren bescheuerte Konsequenz!«, rief es.

Ich grinste mein Spiegelbild an.

»Wie geil!«, sagte ich. Laut oder leise. Oder gar nicht. Oder doch?

Er hatte es tatsächlich geschafft, die beiden in Schweigen zu hüllen. Nein, nichts gegen Engelchen und Teufelchen. Sie gehörten zu mir und gaben überall ihren Senf dazu. Nur manchmal war der nicht unbedingt passend zu dem, was mir serviert wurde. Und so empfand ich die beiden und ihre Streitereien manchmal sehr nervig und anstrengend. Und nun, endlich und selten genug, hatte es einen Moment gegeben, in dem ich nicht gezwungen war, zu bewerten, was ich mit mir anstellen und wozu ich mich mitreißen ließ. Das erste Mal war keiner da gewesen, der mir ein schlechtes Gewissen einreden wollte. Das erste Mal war ich selbst nicht da gewesen, in meinem Zwiespalt, sondern hatte nur aus Hingabe bestanden. Hingabe zu einer Praktik, die eigentlich nie passieren darf … aber wehe dem, der sich an dieses Verbot hielt. Diesmal hatte ich aus meiner Scham einen enormen Kick gezogen.

Ich machte mich sauber und ging dann wieder zurück zu Oliver. Er hatte sich ebenfalls frisch gemacht und klopfte neben sich auf die Couch. Ich ging zu ihm und er legte die Decke über mich, damit ich nicht fror. Seine Finger strichen über meinen Rücken, fuhren imaginäre Linien entlang. Ich schnurrte wohlig und genoss seine Zärtlichkeit.

»Wie hast du eigentlich festgestellt, dass du SM magst?«, fragte er mich auf einmal. Ich lächelte.

»Willst du das wirklich wissen?«

Er setzte seine Finger kurz ab, ehe er sie wieder auf meine Haut legte.

»Ja natürlich. Sonst würde ich nicht fragen«, antwortete er.

»Ich bin über einen Exfreund von mir dazu gekommen. Ich hatte zwar schon Fantasien in die Richtung, aber wirklich herausgefordert hatte er es. Er besaß Gerten und ich hielt ihn irrtümlicherweise für einen Reiter. Ein fataler Trugschluss, wie sich später herausstellte«, erzählte ich grinsend.

Oliver lachte. »Der Arme!«, rief er verständnisvoll.

»Und du?«, fragte ich.

»Es steckte irgendwie schon immer in mir drin. Schon während meiner Pubertät bemerkte ich, dass ich es mochte, wenn Mädchen machten, was ich wollte. Ich forderte es manchmal sogar heraus, indem ich ihnen Aufgaben stellte, ehe ich einer Verabredung zustimmte.«

Er seufzte und wir schwelgten beide in unseren Erinnerungen, hingen fest an unseren Anfängen. Ich stellte mir vor, wie er als Jugendlicher verstohlen und geheim seine Befehle erteilte, ohne dass die Mädchen wussten, dass es für ihn ein sexueller Kick war. Ich fragte mich, wann er sich wohl das erste Mal geoutet hatte.

Ich dachte an die magische Grenze, jene, an der die Neigung einen Namen bekam, ohne sich zu verändern. Aber plötzlich hieß es SM und man bemerkte, dass es doch nichts war, wofür man sich schämen musste, und je aufmerksamer man durch die Welt ging, umso mehr bemerkte man, dass es nicht nur andere Menschen gab, die das auch mochten, sondern dass es Menschen gab, mit denen man sich ausleben konnte, um Grenzen zu erforschen und Horizonte zu erweitern. Nach dem Überschreiten dieses magischen Zeitpunkts war nichts mehr wie vorher. All die Fantasien, all die Geheimnisse waren keine mehr. Und heute, genau jetzt, in unserem Alter, fernab der jugendlichen Leichtigkeit und Naivität? Heute haute es niemanden mehr vom Hocker, wenn wir sagten, dass wir auf diese andersartige Form der Sexualität standen. Im Gegenteil, manchmal wirkte es auf mich, als gehörte es zum guten Ton, zumindest auf »ein bisschen Hauen« zu stehen. Eigenartig, wie viele Menschen sich plötzlich dazu bekannten. Auch wenn mein Umfeld zuerst oft darüber geschockt war, was ich noch so in meinem Leben arbeitete, so kamen doch die meisten irgendwann zu mir, verstohlen, heimlich, nach Rat fragend.

»Was magst du am SM?«, fragte er mich nach einer kurzen Pause.

Ich lächelte leicht.

»Das klingt vielleicht albern, aber ich mag weder die Schmerzen noch das Machtgefälle. Was ich daran mag, ist die Begierde. Wenn ich jemanden so sehr begehre, dass ich bereit bin, vieles für ihn zu ertragen, dann ist das mein SM. Wenn ich von jemandem so sehr begehrt werde, dass er mich unbedingt haben will, koste es, was es wolle, mich einnehmen will, mich manipulieren möchte, dann ist das mein SM. Dann toleriere ich darin auch den Schmerz und ein Machtgefälle. Dann gehören diese beiden Komponenten dazu.«

Ich lachte leise auf. Oliver hielt inne in seiner Bewegung. Ich spürte nur noch seine Fingerkuppen auf meiner Haut.

»Das klingt nicht albern. Im Gegenteil, es ist die schönste Erklärung, die ich je gehört habe. Bei mir verhält es sich ähnlich«, sagte er schließlich. »Wenn ich eine Frau haben möchte, bin ich bereit, viel dafür zu geben.«

»Du meinst dieses Haben-wollen-Gefühl?«, fragte ich.

»Ja. Genau das.«

»Aber was ist, wenn du hast, was du willst? Verlagert sich deine Jagd dann auf eine andere Frau? Macht dir das Jagen Spaß oder das Besitzen?«, fragte ich.

»Weder noch«, sagte er und wechselte seine Sitzposition. »Ich mag das Jagen gerne. Ich will keine Frau besitzen, das hast du falsch verstanden. Ich mag es, wenn die Frau an meiner Seite stark ist und sich auch wehrt, einen eigenen Willen behält und ihn auch ausspricht. Ich mag es sogar, wenn sie mich auf meine Irrtümer stößt. Was mich dann aber besonders stolz macht, ist die Tatsache, dass diese starke Frau an meiner Seite eben an *meiner* Seite ist. Dass ich derjenige bin, der mit ihr all die schönen Dinge anstellen darf, die Unterwerfung und auch Schmerz nach sich ziehen. Ich mag keine Frau, die jedem gegenüber devot ist, sich jedem unterwirft.«

Er lächelte mich an und ich nickte.

»Ich mag Männer, die mich führen können«, erwiderte ich.

»Das ist aber ein schönes Kompliment. Danke sehr«, sagte er und jetzt erst bemerkte ich, dass es tatsächlich ein Kompliment für ihn war. Denn just in diesem Moment wurde mir klar, warum er mich ausgewählt hatte. Weil ich eben keine Frau war, die sich einfach jedem Mann unterwarf, der mit Geld winkte. Und irgendwie machte mich dieser Gedanke gerade sehr stolz. Und wahrscheinlich spürte er, dass ich eine Erkenntnis erlangt hatte. Er zwinkerte mir zu und schnappte sich die Fernbedienung, die auf dem Couchtisch lag, und stellte den Fernseher an.

»Ich habe letzte Woche eine Talkshow aufgenommen. Die würde ich mir gerne ansehen. Es geht ums Thema Geld.«

Ich nickte. Ich wusste, dass ich davon nicht viel mitbekommen würde. Meine Gedanken waren schon wieder überall, nur eben nicht hier. Und mit einem wohligen Schnurren genoss ich, wie er mich kraulte.

Nach einer Weile jedoch bekam die Talkshow meine Aufmerksamkeit. Die Gäste unterhielten sich über verschiedene Möglichkeiten, Geld zu verdienen. Sie alle stellten sich natürlich als fleißige Menschen dar, und wenn man so den ein oder anderen Namen las und die Familiengeschichte kannte, wusste man, dass diese Menschen wirkliche, reale Existenzangst selbst nie gefühlt hatten. Ich wollte natürlich nicht deren Fleiß in Abrede stellen, aber als dann gesagt wurde, dass man so arm gewesen sei, dass man sogar bei

Aldi einkaufen musste, war es um meine Geduld geschehen. Immerhin kannte ich Zeiten, in denen bereits Aldi zu teuer für mich gewesen war. Zynisch stieß ich hervor: »Ach herrje, Jammern auf ganz hohem Niveau.«

Oliver sah mich an. »Geld ist nicht dein Thema?«, fragte er.

»Wenn ich es hätte, wäre es nicht mein Thema«, erwiderte ich und richtete mich auf. Ich wickelte die Decke um meinen Körper und starrte auf den Bildschirm.

»Wenn man fleißig arbeitet, klappt das«, sagte Oliver erstaunlich leichtfertig. Ausgerechnet er sollte das doch besser wissen. Gerade er, der durch seine Klienten sah, wie schnell das Geld von einem Ex beim anderen war. Dazu brachten so manche Anwälte dann gerne den jovialen Spruch: »Das Geld ist nicht weg. Es hat nur jemand anderes.«

»Aber das Leben kann doch nicht daraus bestehen, nur zu arbeiten. Guck dir doch die Frau da drin an. Die ackert wie ein Tier in mehreren Jobs, nur damit sie ihr Leben finanzieren kann. Für soziales Leben ist da gar kein Platz mehr.«

»Raum für Freunde findet man doch immer«, sagte Oliver, der gar nicht wirklich verstand, was mich daran aggressiv machte. Er wusste nichts von meiner Situation. Er dachte, ich sei eine Gutverdienerin mit Haus, die nebenbei auch noch als Domina Zusatzverdienste einfuhr.

»Das sagt ausgerechnet der, der für soziale Leistungen wie Sex bezahlt«, erwiderte ich bissig und wütend und ich ärgerte mich darüber, dass ich aus meiner Haut nicht rauskonnte.

Oliver drehte sich zu mir und lächelte.

»Du siehst das falsch, Sharon. Ich weiß durchaus, dass ich dich dafür bezahle, mit mir Sex zu haben. Doch sobald ich mich verliebe, bin ich raus aus der Nummer. Aber wie sieht das mit dir aus? Wem verkaufst du deinen Hintern als Nächstes, wenn ich weg bin?«, fragte er zwinkernd. Er meinte es nicht ernst, das war mir klar. Und trotzdem hatte er damit einen wunden Punkt getroffen.

Ich starrte ihn an und in meinen Augen sammelten sich die Tränen. Er hatte recht. Und ich unrecht. Nicht er war der Verlierer in diesem Spiel. Ich war es. Ich war diejenige, die sich immer wieder auf neue Kunden einrichtete. Ich war die, die zusah, wie andere sich verliebten und ihr Leben genossen. Ich war diejenige von uns, die danach einsam und alleine zu Hause saß. Und mir dämmerte gerade, was an meiner Arbeit alles hing.

Früher hatte ich mir gerne eingeredet, dass mir alle Wege offen stünden. Dass ich tun und lassen könnte, was ich wollte. Ja sogar einen Weg in die Politik schloss ich damals nicht aus. Ich redete mir ein, dass jeder einen dunklen Fleck in seiner Vergangenheit hätte. Und spätestens, als Prostitution ein anerkanntes Gewerbe wurde, dachte ich, ich würde dies auch in jedem Lebenslauf angeben können.

Heute dämmerte mir: Nichts stand mir offen. Es sei denn, ich würde lügen. Ich würde dieses Kapitel offiziell schwärzen müssen, ein für alle Mal. Welcher Arbeitgeber wollte schon eine Untergebene haben, die aus dem Rotlichtmilieu kam? Egal ob erlaubt oder nicht, es gab Berufe, bei denen die Menschen die Nase rümpften oder die Karrieren kosten konnten. Und meiner stand ganz oben auf der Liste.

Ich war erpressbar durch diese Tatsache. Bereits jetzt führte ich gezwungenermaßen ein Doppelleben, aus Angst, dass vor allem meine Kinder Nachteile dadurch haben würden. Die moderne Sippenhaft. Das Leben ist einfach: Du darfst alles machen und sein, hast freie Berufswahl, aber erzähl es bloß nicht weiter, wenn du ins Rotlichtmilieu gehst. Eine Träne lief über meine Wange, als ich realisierte, was ich mir durch meine Berufswahl verbaut hatte.

»Hey! Hab ich etwas Falsches gesagt?«

Ich meine, selbst privat würde ich mein Glück nur bedingt finden. Kaum ein Mann würde sich mit einer Frau einlassen, die vormals Prostituierte war oder sogar immer noch eine ist. Und selbst wenn, dann unter der Prämisse, dass es niemals publik würde.

Ich hatte einen Partner gehabt, der damit absolut problemlos umgegangen war, und das war Patrick gewesen. Aber er war eine Ausnahme auf weiter Flur. Alle anderen hatten eher früher als später ein Problem damit bekommen und die Beziehungen waren daran gescheitert.

»Sharon! Ach Mensch, es tut mir leid, wenn ich dich verletzt habe«, sagte Oliver, der gerade völlig überrascht war über die Situation. Er schloss seine Arme fest um mich und zog mich an sich. Und plötzlich fing ich an zu reden. Ich erzählte ihm von meinen Gedanken, mein Leben verbaut zu haben. Es würde immer ein schwarzes Loch in meinem Lebenslauf geben.

Ich sprach nicht darüber, dass ich massive Geldprobleme hatte. Dass ich eigentlich einen normalen, festen Job suchte, um meinen Kindern nicht nur finanziell, sondern vor allem auch gesellschaftlich und sozial ein gutes Leben zu ermöglichen. Ich erzählte ihm auch nichts über diese innere Leere, die ich hatte, weil ich irgendwie doch allein auf weiter Flur stand. Weil Engelchen und Teufelchen ja doch der Meinung waren, dass es doch gelacht wäre, wenn ich das nicht packen würde. So sprach ich nicht darüber, dass ich an einem Punkt angelangt war, wo ich mich fragte, wie sinnvoll es eigentlich war, immer die Lonesome-Rider-Nummer durchzuziehen, anstatt eben doch nach Hilfe zu fragen. Ich schaffte es nicht. Ich bekam es nicht hin. Ich erhielt den glanzvollen Schein der spiegelglatten Fassade.

Oliver tröstete mich. »Weißt du, Sharon, jede Medaille hat zwei Seiten. Was in eine Richtung funktioniert, funktioniert auch in die andere. Ich habe kein Problem damit, dich zu bezahlen, damit du bei mir bist. Aber du scheinst damit ein Problem zu haben«, sagte er leise, als er merkte, dass ich ruhiger wurde. »Du bist fürchterlich ambivalent in allem, was du tust und sagst. Wenn du über deinen Job sprichst, dann klingst du hart, kalt und abgebrüht. Es scheint, als würdest du nichts machen, ohne es nicht vorher gesehen und kalkuliert zu haben. Du wirkst dadurch schon fast herzlos. Und dann, wenn du loslegst, dann hat man das Gefühl, dass du gar nicht weißt wohin mit all deinen Gefühlen. Du wirst kopflos, bist schnell aus dem Konzept zu bringen und herrlich nervös. Theoretisch weißt du alles über dich, deinen Job und dein Leben. Praktisch, so scheint mir, hast du keine Ahnung, was du da tust«, fuhr er fort.

Ich stutzte und runzelte die Stirn.

»Das macht dich unglaublich menschlich und wahnsinnig sympathisch. Und das, und nur das, ist der Grund, warum ich dich gern bezahle, damit du bei mir bist. Weil ich diese Diskrepanz an dir sehr schätze und auch supersexy finde. Ich mag dich, Sharon. Und ich würde dich auch mögen, wenn du nur hier wärst, weil du Geld dafür bekommst. Deine Einstellung ändert nichts an dem, wie ich fühle. Und während du dich in dir selbst versteckst, aus Angst, verletzt zu werden, stehe ich hier und weiß, wer du bist und was du machst. Und das macht dich für mich nicht weniger wertvoll. Deshalb, Sharon: Steh zu dir. Nicht nur theoretisch. Auch praktisch«, sprach er mit sanfter Stimme und drückte mich an sich. Meine Tränenschleusen öffneten sich und ich weinte hemmungslos an seiner Brust. Und er war da. Er war einfach nur da und streichelte mich, mit seinen Händen und seinen Worten.

»Die Talkshow ist vorbei, er verabschiedet jetzt seine Gäste. Ich würde dich ungern verabschieden, Sharon. Wenn du möchtest, kannst du in meinem Bett schlafen. Ich würde auch auf der Couch schlafen«, sagte Oliver und schob mich ein Stück von sich, um mich anzusehen. Ich war völlig verweint, aber ich hatte das Gefühl, lange nicht mehr so gut geweint zu haben. Manchmal war Weinen wie ein erfrischender, reinigender Sommerregen.

Ich nickte und er brachte mich ins Schlafzimmer. Er schüttelte die Bettdecke auf und ich legte mich darunter. Ich haderte mit mir. Nein, ich wollte nicht, dass er ging. Ich wollte nicht, dass er auf der Couch schlief. Ich wollte ihn bei mir haben. Ich überlegte, ob ich es ihm sagen sollte. Oliver ging zur Tür und drehte sich um, eine Hand am Lichtschalter.

»Warte!«, rief ich. Er sah mich geduldig an, obwohl ich einen Moment brauchte, um meine Bitte über meine Lippen zu bringen. »Geh nicht. Bleib bei mir. Bitte«, bat ich leise, ja eigentlich fast schon unhörbar. Jetzt war es raus. Mein Bedürfnis nach seiner Nähe war mehr oder weniger laut ausgesprochen. Und die Welt drehte sich trotzdem weiter!

Oliver löschte noch die Lichter im Wohnzimmer und kam dann zu mir. Er legte sich neben mich und als wäre es das Selbstverständlichste dieser Erde, schloss er seine Arme um mich und hielt mich fest. Und ich fühlte mich beschützt und geborgen und hatte tatsächlich das Gefühl, dass mir nichts passieren könnte.

»Danke«, flüsterte ich in die Dunkelheit.

»Wofür?«, antwortete er müde. Er war schon fast auf dem Weg ins Traumland. Seine Stimme klang schläfrig und schwach.

»Dass du da bist.«

Ich hörte den gleichmäßigen Atem von ihm an meinem Ohr. Er war eingeschlafen. Ich drückte mich etwas fester an ihn und schloss meine Augen. Nähe! Welch ein großes Wort. Ich bemerkte, dass er etwas geschafft hatte, was kaum ein anderer zu schaffen vermochte: Ich ließ ihn zu. Und dadurch auch mich selbst. Mit diesem Gedanken schlief ich in seinen Armen ein und bis zum nächsten Morgen durch. Und das, obwohl ich sonst keine Kontaktschläferin war. Obwohl ich es eigentlich nicht ertragen konnte, wenn mir jemand körperlich zu nahe war.

Als ich am nächsten Morgen aufwachte, fühlte ich mich das erste Mal seit Langem rundum wohl. Ich durchforstete meinen Kopf danach, wann ich dieses Gefühl zuletzt gehabt hatte, und kam zu dem Schluss, dass es nur mit Patrick je so gewesen war. Ich hatte mich selten so akzeptiert gefühlt wie gerade eben. In dem, wer oder was ich war und tat.

Ich drehte mich in seinen Armen zu ihm um und blickte ihn durch meine Haare, die vor meinem Gesicht lagen, an. Er öffnete seine Augen und strich mir die Haare aus dem Gesicht.

»Du siehst zerknautscht aus«, murmelte er.

Ich lachte.

»Du auch. Wie einer dieser faltigen Dackel.«

Er grinste. Meine Güte, war das schön, einen Menschen zu kennen, der morgens ebenfalls schon gut gelaunt war.

»Hast du gut geschlafen?«, fragte er mich, ohne seine Augen von meinem zerknautschten Gesicht zu nehmen.

Ich nickte und das Kissen raschelte dadurch.

»Ja sehr gut sogar. Und du?«

»Ich wusste gar nicht, dass man neben Dominas so gut schläft. Wobei ich schon sagen muss, dass ich mir nachts Sorgen gemacht habe.«

Ich runzelte verwundert die Stirn.

»Na ja, du gibst keinen Laut von dir. Nicht einen. Und du bewegst dich kaum. Ich hatte schon schlimmste Befürchtungen!«

»Oh. Das hätte ich dir sagen sollen. Ich löse mich nach Mitternacht in Luft auf. Das ist ein Fluch, der auf mir liegt. Den kann nur ein edler Frosch von mir lösen.«

»Na dann scheine ich ja der edle Frosch zu sein, der den Bann gebrochen hat. Du bist ja noch hier«, erklärte er grinsend und schloss seine Arme noch fester um mich. Er vergrub sein Gesicht in meiner Halsmulde und atmete tief ein.

»Du riechst so gut.«

»Niemand riecht gut, wenn er direkt aus dem Bett kommt.«

»Du hast keine Ahnung.«

Er begann, meinen Körper zu streicheln. Griff nach meiner Brust, knetete sie und streichelte meine Brustwarzen. Ich schlang ein Bein um seine Hüfte. Seine Hand fand den Weg zwischen meine Beine.

»Ich nasch dich gleich weg, wenn du mich nicht aufhältst«, raunte er.

Ich schloss meine Augen und ließ ihn gewähren. Er setzte sich auf, drehte mich auf den Bauch und kam über mich. Er küsste meinen Rücken, seine Hände waren überall. Ab und zu strich er über meine Arme, schob seine Finger zwischen meine und hielt meine Hände fest. Ich konnte meinen Blick kaum davon lösen, so sehr gefiel mir dieses Bild.

Erwartungsvoll harrte ich aus, als er ein Kondom überstülpte. Dann war er wieder über mir, ganz nahe, ich hörte seinen Atem an meinem Ohr.

»Ich will deinen Arsch«, flüsterte er und diese Worte brachten meine Gehirnwindungen dazu, sich zu verknoten.

»Ja!«, rief mein Teufelchen.

Mein Engelchen schwieg, beobachtete kritisch die Situation.

Er setzte an und ich warf meinen Kopf zurück und begann, unruhig um mich zu fassen, zog Kissen, Decken, alles, was ich greifen konnte, an mich.

»Warte!«, kreischte ich schließlich. »Ich bin noch nicht so weit!«

Ich versuchte, mich zu beruhigen, schob unkontrolliert ein Kissen vor mir hin und her, krampfte meine Finger in die Bettdecke neben mir. »Bitte fessle mich.«

Oliver setzte sich auf. »Okay. Ich hol die Seile. Oder lieber Manschetten?«, fragte er.

»Nein! Fessel mich … mit Worten. Wie gestern«, bat ich. Ich wollte es wissen, ich wollte ihm zeigen, dass das nicht funktionierte. Dass es reiner Zufall gewesen war. »Wenn es nicht klappt, dann mit einem Seil«, fügte ich hinzu.

Oliver beugte sich wieder über mich und verharrte kurz in der Position. Ich wusste, dass er sein Becken nur ein Stück bewegen musste und schon könnte er eindringen. Aber ich wusste, so unentspannt wie ich gerade war, würde das sehr wehtun.

»Sharon, stopp!«, sagte er.

Meine Hände blieben, wo sie waren. Meine Beine ebenfalls. Ich versuchte, mich zu bewegen. Ich gab meinem Körper den Befehl, sich zu bewegen. Doch er verharrte. »Oh mein Gott!«, rief ich und drehte meinen Kopf, der offenbar wieder nicht davon betroffen war.

Oliver begann nun, einen Widerstand aufzubauen. »Entspann dich, ganz ruhig. Atme mit mir und genieß es«, flüsterte er. Ich war innerlich angespannt, wusste aber, dass ich mich keinen Meter bewegen konnte, obwohl ich frei war. Oliver nahm meine Hände und schob sie vor mich, sodass er sie festhalten konnte. Ich atmete hektisch. »Nicht hyperventilieren. Ganz ruhig.« Ich gab mir alle Mühe, atmete tief ein und wieder aus. Und er schob sich in mich, Stück für Stück. Und dann war er in mir, komplett, und ich konnte mich immer noch nicht bewegen.

»Oh«, jaulte ich.

»Oh ja«, stöhnte Oliver und begann, sich zu bewegen. Ich schloss die Augen, versuchte, zu entspannen, um mir ein gutes Gefühl zu verschaffen. Und plötzlich überkam es mich. Ich bekam ein beeindruckendes Gefühl, hatte den Wunsch, unbedingt gegenzudrücken, wollte ihn tiefer in mir spüren, näher an mir. Doch meine Bewegungslosigkeit hinderte mich daran.

Mein Engelchen schlug entsetzt die Hände über dem Kopf zusammen, doch es sagte nichts. Es konnte nichts sagen.

»Oliver, lös mich bitte.«

»Ganz ruhig, Sharon. Mach ich. Sharon, weiter!«

Ich konnte mich wieder bewegen. Ich hob meinen Hintern und drückte ihn gegen seinen Schoß. Er bewegte sich weiter.

»Oh bitte!«, rief ich. Ich schob mich gegen ihn. Er richtete sich auf und ich fühlte seine Hand auf meinem Hintern. »Oh mein Gott, ich glaube, ich komme«, rief ich verblüfft.

»Nein!«, sagte Oliver laut und deutlich.

Ich zuckte zusammen. Ein wohliges Gefühl zog sich direkt über meine Wirbelsäule bis in meinen Kopf und sorgte dafür, dass ich mich selbst lähmte. Oliver zog mein Becken zu sich. Ich wollte mich gerade auf alle viere begeben, da hörte ich, wie er sagte: »Nein, bleib so. Bleib genau so. Halt still!« Ich spürte, wie ich nass wurde durch seine Worte, und stöhnte auf. »Bleib so. Genau so. Du wirst nicht kommen. Du wirst alles tun, damit du nicht kommst, hast du verstanden?« Ich nickte und wimmerte, versuchte, in meinem Kopf Bilder zu sammeln, die mich abtörnten. Oliver bewegte sich weiter, fickte mich schnell und zügig.

»Oh bitte, bitte!«, begann ich erneut.

»Nein! Du wirst dich genauso zurückhalten wie ich mich.« Seine Stimme war düster, ich konnte seine Anstrengung darin hören. Er packte meine Haare, wickelte sie eng um seine Hand und zog meinen Kopf daran zurück. »Du wirst dich schön zusammenreißen«, sagte er keuchend.

Seine Worte trieben mich, aber halfen mir wenig, seinem Verbot standzuhalten. »Oh bitte, bitte darf ich kommen?« Oliver stöhnte laut auf. »Nein!« Er hielt mich in seinem Griff und schob meinen Körper vor sich zusammen, trieb sich, so tief es ging, in mich. Dann hielt er still.

»Keine Bewegung, Sharon. Nicht bewegen«, presste er hervor. Ich wusste, dass nur eine kleine Bewegung reichte, um ihn zum Höhepunkt zu bringen. Ich wusste, dass ich gerade die Macht darüber hatte. Und diese Macht erfasste mich. Ich wusste auch, dass er die Macht darüber hatte, dass ich kam, denn auch eine Bewegung von ihm würde bedeuten, dass ich einen Höhepunkt bekäme.

Seine Hand zuckte, zog meinen Kopf noch ein Stück zurück. Ich gab nach, verkrampfte kurz und bewegte mich nur ein kleines Stück. Und dann passierte es.

»Oh Gott, ich kann mich nicht zurückhalten. Ich komme, oh mein Gott, ich komme. Es tut mir leid!«, rief ich resigniert, begann wie wild, mein Becken vor und zurück zu bewegen, und fühlte, wie mich der Höhepunkt mitriss und meinen Körper erzittern ließ. Oliver fluchte, begann ebenfalls, sich zu bewegen und kam zeitgleich mit mir.

Ich fühlte mich, als hätte ich versagt. Ein beklemmendes Gefühl. Ich wollte so gerne seinem Befehl gehorchen, aber das Wissen um die Macht hatte mich in andere, höhere Sphären gebracht. Mit einem lauten Schrei ins Kissen löste ich meinen inneren Druck und meine Enttäuschung über mich selbst. Als Oliver sich wieder gefangen hatte, zog er sich aus mir zurück. Ich verharrte in meiner Position, wartete darauf, dass er etwas sagte. Dass er diese unerträgliche Stille löste.

»Du bist gekommen!«, rief er, einerseits erstaunt und überrascht, andererseits schwang etwas Enttäuschung in seiner Stimme mit. Ich nickte. »Es tut mir leid. Ich konnte mich nicht mehr zurückhalten.«

»Du weißt, dass ich dich dafür bestrafen werde. Bleib so. Du bewegst dich keinen Zentimeter, bis ich es dir erlaube. Verstanden, Sharon?«

Ich nickte und schniefte. »Ja.«

Er verließ sein Schlafzimmer und ging ins Badezimmer. Ich hörte, wie er dort duschte. Dann kam er wieder und nahm sich Wäsche aus seinem Schrank. Er zog sich eine Jeans und ein frisches Hemd an. Als er zu mir kam, sah ich, dass er einen Rohrstock in der Hand hielt.

Er zog ein paar Mal hart durch, bis ich weinte.

»Es tut mir leid. Es tut mir leid«, wimmerte ich. Dann ließ er von mir ab und legte den Rohrstock weg. Er setzte sich aufs Bett und sah mich an.

»Du darfst dich wieder bewegen.« Seine Augen blitzten, als ich meinen Hintern rieb. »Das war … beeindruckend schön«, sagte er schließlich mit einem dicken Grinsen im Gesicht.

Ich nickte und musste ebenfalls lächeln. »Ja. Das war wirklich toll«, sagte ich. Seine Hand streichelte meinen Oberschenkel. Dann legte er seine Uhr an und blickte darauf.

»Ich bin gleich zum Essen verabredet. Leider. Ich würde lieber bei dir bleiben«, sagte er.

»Kein Problem. Ich muss sowieso auch nach Hause«, log ich. Ich huschte ins Badezimmer und duschte schnell. Ich lieh mir seine Bürste, um meine Haare in Ordnung zu bringen. Dann ging ich ins Wohnzimmer. Er hatte in der Zwischenzeit Kaffee gemacht und ein Becher stand für mich auf dem Tresen. Oliver lehnte sich an den

Tresen, während ich meine Kleidung, die auf einem kleinen Tischchen neben dem Sofa lag, sortierte und anzog. Er ließ mich keinen Moment aus den Augen.

»Du bist wahnsinnig hübsch«, sagte er und stellte seinen Kaffeebecher neben meinen. Ich richtete mich auf und sah ihn an.

»Du kannst wahnsinnig gut lügen«, sagte ich mit schmeichelnder Stimme und seufzte übertrieben.

»Das ist nicht gelogen, Sharon. Hey, nur weil du dir selbst nicht gefällst, heißt das nicht, dass andere das auch so sehen«, erklärte er mahnend. Er hatte recht.

Als ich fertig angezogen war, griff er nach seinem Geldbeutel und kam auf mich zu. »Wie ist es? Kann ich mir diese Nacht leisten, oder muss ich meine Wohnung kündigen und unter der Brücke leben?«, fragte er lachend. Was für ein unangenehmer Moment für mich. Ich meine, er hatte mich aufgefangen, war da gewesen für mich und ich ließ es mir bezahlen. »Wie viel bekommst du?«

Noch schwieriger, diese Frage. Wie viel bekam ich denn dafür, dass er ausnahmsweise die Arbeit eines Freundes übernommen hatte? Wie viel waren meine Höhepunkte wert? Wie viel war es wert, mich in seinen Armen halten zu dürfen? Wie wertvoll war es, dass ich einschlief, durchschlief und glücklich aufwachte? Ich war völlig überfahren.

»Du bist aber absolut nicht wirtschaftlich«, sagte er und schüttelte den Kopf. Und da waren sie wieder, diese blitzenden, erwartungsvollen Augen und das leichte Lächeln auf dem Gesicht. Die kleine Falte auf der Nasenwurzel und die tieferen Querfalten auf der Stirn.

»Ich weiß nicht. Ich weiß es wirklich nicht. Warum bezahlst du mir nicht einfach das, was es dir wert ist?«, schlug ich vor.

»Meine Güte, willst du fünf Euro verdienen? Hohle Nuss!«, schimpfte mein Engelchen.

Oliver sah mich an und erkannte mein Dilemma.

»Nein, warte!«, rief ich.

»Warum? Ich finde die Idee nicht schlecht«, sagte er.

»Ich habe Angst, dass du zu viel bezahlst. Oder zu wenig.«

Oliver lächelte. »Tja, bei diesem Zwiespalt kann ich dir nicht helfen.«

»Hör zu. Bezahl mir einfach den gestrigen Abend. Also eine Session, okay?«

»Und die restliche Zeit?«

Ich überlegte.

»Hm. Nimm sie doch einfach als Sympathiebonus. Okay?«, fragte ich.

Oliver drückte mir das Geld in die Hand und wir verabschiedeten uns voneinander. Und als ich vor dem Haus durch den Schnee stapfte, bemerkte ich, wie schwer es mir doch fiel, mich von ihm zu lösen. Irgendwie hatte ich mich in der kurzen Zeit an ihn gewöhnt. An seine präsente und unaufdringliche Art. An seine Dominanz, die aber nicht in eine Irrwitzigkeit an Befehlshagelei mündete. Ja ich hatte mich sogar daran gewöhnt, dass er mich begehrte.

War es normal, dass ausgerechnet jene, die bezahlten, den Wert eines Menschen manchmal besser verstanden? War es denn normal, den Wert eines Menschen an seinem Preis festzumachen?

Wie bewertete ich Menschen?

STARRSINN KOSTET
DER KATZE DAS LEBEN

Als ich zwei Tage später meine Mails checkte, fand ich eine von Dave. Er hatte die Weihnachtstage mit seiner Familie in Portugal verbracht und war nun wieder in Hamburg. Seine Mail klang für seine Verhältnisse sehr aufgeregt, er wolle mich unbedingt sehen, stand darin. Wenn möglich noch am selben Abend. Ich antwortete ihm, dass wir uns gerne sehen könnten, da meine Kinder sowieso nicht hier wären. Dave schlug vor, zu mir zu kommen. Ich teilte ihm mit, dass ich zuvor noch einen Termin bei meinem Steuerberater hätte, ich ihm aber den Schlüssel für mein Haus hinter den Mülltonnen vor dem Haus verstecken würde.

Als ich abends die Eingangstür aufschloss, nachdem ich mit dem Auto in der Garage geparkt hatte, hörte ich ein Poltern und Schritte. Ich sah, wie Dave auf mich zukam. Er sah erholt und gut gelaunt aus. In seiner Hand hielt er zwei Sektflöten.

»Du bist ja schon hier. Wie schön, dich zu sehen«, begrüßte er mich lächelnd und gab mir einen Kuss. »Mach deine Augen zu. Ich habe eine Überraschung für dich«, sagte er und ich tat, worum er mich gebeten hatte. Er schob mich vorwärts durch den Flur.

Aus den Boxen dröhnte Rea Garvey, als ich den Wohnbereich betrat. Er umarmte mich von hinten, schob mich weiter und drückte mir gleichzeitig ein Sektglas in die Hand. Leise sang er in mein Ohr: »You colour me in …«

Ich öffnete die Augen und sah, dass er den Tisch eingedeckt hatte. Kerzen standen in der Mitte, von einem Blumenarrangement gesäumt, Teller und Besteck feinsäuberlich aufgereiht, und er hatte sogar die gestärkte Tischdecke meiner Oma aus dem Schrank geholt. Meine Güte, war der Kerl romantisch. Ich drehte mich zu ihm und in diesem Moment fiel mein Blick auf den Küchentresen und mein Herz setzte kurz aus.

»Seit wann ist denn meine Küche ein Truppenübungsplatz für Bombeneinschläge?«, fragte ich ihn.

Er legte seine Finger auf meinen Mund. »Schsch«, flüsterte er, »das kannst du alles morgen wegräumen. Jetzt will ich den Abend mit dir feiern.«

»Im Ernst, Dave. Ich werde dieses Chaos garantiert nicht beseitigen«, rief ich und ging geradewegs hinter den Tresen. Dave folgte mir. »Sag mal, wie hast du das angestellt?«, rief ich. »Du hast mit der ganzen Küche gekocht!« Ich war entsetzt über das Chaos. Vor einigen Stunden hatte ich das Haus verlassen, da war alles noch völlig in Ordnung gewesen. Die Töpfe und Pfannen auf dem Herd zeigten, dass er offenbar mehrere Versuche benötigt hatte, um das zu machen, was er machen wollte. Der Abfall, der durchs Kochen entstand, lag in der Spüle, in der sich dann noch verschiedene Küchenutensilien türmten. Der Boden war streckenweise nass, teilweise bekleckert. Ich war kurz davor, von einem Herzinfarkt dahingerafft zu werden.

»Sharon, sei leise. Ich habe gekocht, wir werden das Essen jetzt genießen und morgen kannst du dann alles aufräumen«, wiederholte er mit ernster Stimme.

Na so weit kommt es noch, dachte ich.

»Der rennt einfach in dein Haus, bringt alles durcheinander und glaubt dann, dass du alles ordentlich machst? Dem würde ich ja was erzählen!«, rief mein Engelchen schockiert.

Dave schob mich zurück zum Esstisch. Ich wehrte mich dagegen, stellte mein Sektglas im Vorbeigehen auf der Anrichte ab.

»Nein, Dave. Das will ich geklärt wissen. Ich räume das Chaos hier nicht auf!«, rief ich. Dave sah mich finster an.

»Sharon!«, rief er warnend. Doch ich war mittlerweile nicht mehr empfänglich für seine Warnungen. Was glaubte er, wer ich war? Seine Putzfrau, die all seinen Dreck hinter ihm aufwischte?

»Dave, das geht so nicht«, erwiderte ich, als er sich plötzlich umdrehte und mit einer Handbewegung den kompletten Tisch abräumte. Geschirr flog durch den Raum, zersplitterte auf dem Boden, die Kerzen zerbrachen. Die Blumen flogen durch die Gegend. Ich zuckte zusammen und schrie vor Schreck auf.

Dave packte mich, warf mich über den Tisch und zog meinen Rock hoch. Er schlug mir dreimal mit der flachen Hand auf den Hintern. Dann zog er seinen Gürtel aus den Laschen der Hose. Ich wusste, dass er mir jetzt wehtun würde. »Es tut mir leid«, wimmerte ich leise, obwohl ich es nicht so meinte. Ich war nach wie vor der Meinung, dass ich recht hatte. Dave schwieg. Mein Herz raste vor Angst und Aufregung.

»Zu spät!«, rief er und zog mir seinen Gürtel über meine Oberschenkel. Ich brüllte und bäumte mich auf. Dave drückte mich zurück und zog erneut durch. Der Gürtel schnitt meine Haut. Sie brannte schmerzhaft und ich hatte das Gefühl, ich würde bluten.

Ich weinte auf. »Es tut mir leid, es tut mir leid«, wimmerte ich immer wieder und wieder, in der Hoffnung, dass er aufhören würde.

Er zog erneut durch. »Dave!«, brüllte ich laut. Doch er hatte kein Erbarmen. Noch fünf- oder sechsmal donnerte der Gürtel auf meine Schenkel, während ich weinte, schrie und zappelte. Dann war er endlich fertig und meine Atmung beruhigte sich und trotzdem schluchzte ich hier und da unkontrolliert auf.

»Haben wir das jetzt geklärt?«, rief er.

»Ja«, schluchzte ich leise und nickte, um meine Zustimmung zu untermauern.

»Zieh dich aus.« Sofort tat ich, was er von mir verlangte. Er hatte den Gürtel immer noch bedrohlich in seinen Händen, allzeit bereit, nochmals zuzuschlagen. Als ich nackt war, nahm er den Gürtel und legte ihn um meinen Hals. »Runter auf alle viere.«

Seine Befehle duldeten keine Widerworte und so sank ich nackt auf den Boden. Er ging in die Küche. Als er wiederkam, stellte er einen Teller auf den Tisch. Mit seinen Füßen schob er das Chaos zur Seite.

»Darf ich nichts essen?«, fragte ich kleinlaut, als ich bemerkte, dass er nicht mit mir sprach.

»Doch natürlich«, sagte er sanft. Anscheinend hatte er sich wieder beruhigt. Er nahm das Ende des Gürtels und wie einen kleinen

Hund führte er mich in die Küche. Dort stand eine Schüssel mit Essen auf dem Boden. »Guten Appetit, Sharon.« Mit diesen Worten ging er zurück und ich hörte, wie er am Tisch sein Essen einnahm. Besteck scharrte über den Teller.

Ich ergab mich meinem Schicksal und mit spitzen Fingern fasste ich kleine Häppchen aus der Schüssel und steckte sie in den Mund. Es verging einige Zeit, da stand er wieder in der Tür. Er reichte mir ein Geschirrtuch.

»Hier, wisch dich ab. Mit den Fingern isst man nicht. Du wirst ohne deine Hände weiteressen«, sagte er.

»Dave«, jammerte ich leise.

»Keine Diskussion.«

Ich resignierte und steckte mein Gesicht in die Schüssel, um mit meinen Zähnen das Essen herauszufischen. Da hörte ich ein Klicken. Als ich zu Dave sah, bemerkte ich, dass er mit seinem Handy Fotos davon machte.

»Sehr schön. Das gefällt mir«, sagte er und drückte erneut den Auslöser. Dann steckte er sein Handy wieder in seine Hosentasche. »Wenn du aufgegessen hast, darfst du rauskommen. Ich warte im Wohnzimmer auf dich«, erklärte er. »Und, Sharon?«

»Ja?«

»Ich würde dir raten, auf allen vieren zu bleiben.« Mit diesen Worten ließ er mich alleine.

Als ich meinen Napf einigermaßen leer gegessen hatte, griff ich nach dem Geschirrtuch, welches am Griff meines Backofens hing, und wischte meinen Mund ab.

Auf allen vieren kroch ich zu Dave, der im Wohnzimmer auf der Couch saß und den Fernseher ausstellte, als er mich sah. »Bist du fertig?«, fragte er. Ich nickte mit ernstem Gesichtsausdruck. »Komm her«, sagte er streng. Ich krabbelte zu ihm und wollte mich an ihn lehnen. Ich wollte, dass er mir verzieh, wollte wieder meinen und seinen Frieden herstellen, um einen schönen Abend miteinander zu verbringen.

»Du trägst Spuren?« Er fragte immer, aber eigentlich stellte er fest. Daves Fragen hatten immer etwas Rechthaberisches an sich.

»Ja«, sagte ich und erinnerte mich an Oliver, der mich geschlagen hatte, weil ich ohne seine Erlaubnis einen Höhepunkt gehabt hatte. Dave atmete tief ein und sein Gesicht verriet mir, dass es ihm so gar nicht passte.

»Von wem?«

»Von Oliver. Er ist ein Gast von mir.«

Dave starrte mich an. Er sah aus, als würde er mir gleich an die Kehle gehen. »Wie bitte, was?«, fragte er.

»Oliver ist ein Gast, der mit mir aktiv spielt. Der einzige Gast in dieser Konstellation.«

Daves Gesichtszüge entglitten ihm. »Du unterwirfst dich einem Gast?«, fragte er entsetzt.

Ich nickte.

»Das kann doch wohl nicht wahr sein!«, schimpfte er empört.

»Dave, das ist nichts anderes als bei uns damals.« Diese lapidare, fast schon gedankenlose Feststellung von mir machte ihn noch wütender.

»Ich will nicht, dass du Spuren von anderen Männern trägst! Hast du verstanden? Klär das mit *deinem* Oliver.«

»Er ist nicht *mein* Oliver«, erwiderte ich pampig. »Aber okay, ich werde es ihm sagen und hoffe, dass ich ihn nicht als Gast verliere.«

Dave wurde nun richtig wütend. Ich sah, wie seine Schlagader am Hals pulsierte und sein Kopf rot wurde. Er öffnete einige Male den Mund, wollte etwas sagen, aber es kam ihm nicht über die Lippen. Und dann brüllte er mir einen Befehl entgegen. Die Wut und die Eifersucht packten ihn: »Sharon, hol den Rohrstock. Sofort! Apportier ihn!«

Ich krabbelte hinüber zu der Bodenvase, in der ich meine Rohrstöcke aufbewahrte. Ich wusste, was jetzt auf mich zukommen würde. Ich nahm ihn zwischen meine Zähne und krabbelte wieder zu ihm zurück. Ich legte ihn in seine Hände, die er danach ausstreckte.

»Und jetzt sag mir einen Grund, warum ich dich nicht bestrafen sollte!« Er bebte vor Wut und presste die Worte aus seinem Mund. Als ich antworten wollte, sprach er laut und deutlich: »20, Sharon! Das wird deine Zahl heute sein. Und du wirst dich für jeden Schlag bedanken, du wirst mitzählen und du wirst stillhalten und du wirst, verdammt noch mal, diesen Oliver von deinem Arsch fernhalten, denn dein Arsch gehört mir. Nur mir! Und jetzt knie dich hier drauf!« Er deutete mit dem Rohrstock auf den Couchtisch.

Oh mein Gott. Er wollte gar keinen Grund hören. Wenn er wüsste, was Oliver noch so mit mir angestellt hatte. Gerade die Geschichte mit der Hypnose, die mich selbst faszinierte, hätte ich ihm so gerne erzählt. Aber er würde richtig durchdrehen, wenn ich das erwähnen würde.

Ich kniete mich auf meinen Wohnzimmertisch und wartete. Ich wagte es nicht, einen Ton von mir zu geben.

Er zog durch! Ich brüllte.

»Eins«, zählte ich laut. Ich schluckte und trotzig rief ich: »Danke.«

Ich verstand gerade die Welt nicht mehr. Er wusste doch, dass ich immer in offenen Beziehungen lebte. Er wusste, dass ich mich auch mit Gästen sexuell einließ. Und durch seine Erfahrungen mit mir sollte er doch auch wissen, dass ich so manchmal derartige Geschichten mitmachte. Dachte er wirklich, dass er der Einzige wäre? Weiter kam ich nicht, denn der zweite Schlag traf mich.

»Zwei!«, rief ich. »Danke«, fügte ich leise hinzu.

Mein Kopf rotierte, meine Gedanken drehten sich. Ich verstand nicht, welchen Fehler ich gemacht hatte. Warum verglich er sich mit Oliver? Warum stellte er sich auf dieselbe Stufe? Die Beziehung zu ihm war doch eine ganz andere! Ein weiterer Schlag traf meinen Hintern.

»Drei!«, brüllte ich. Lauter als geplant folgte ein Danke.

Erneut zog er durch, ohne mir eine Pause zu gönnen.

»Vier! Fünf! Oh mein Gott!«, kreischte ich.

Ich heulte auf. Ich war nun mal keine monogame Person. Ich wollte mich nicht mit einem Partner abfinden. Ich stand zu sehr auf Männer, als dass ich mich auf einen festlegen wollte. Ich mochte diese spürbare, lineare Dominanz von Oliver, die so ein Kontrast zu Daves impulsiver, ja fast schon cholerischer Art war.

»Danke.«

Tränen liefen über mein Gesicht. Wenn ich daran dachte, dass noch weitere 15 Schläge auf mich einprasseln würden, bekam ich es mit der Angst zu tun.

»Sechs!«

Ich zuckte zusammen, versuchte auszuweichen, wegzugehen, doch er zerrte mich wieder zurück auf meinen Platz. Es war schwer, meinen Körper unter Kontrolle zu halten.

»Halt still!«, rief er. Das war das Einzige, was er sagte. Und es half mir gar nicht.

»Sieben!«, brüllte ich auf und zuckte nach vorne. Fast wäre ich vom Tisch gefallen. Er wartete einen Augenblick, bis ich mich wieder beruhigt hatte. Noch 13 Stück, dachte ich.

»Acht!«, ich heulte. Tränen vernebelten mir den Blick und ich kreischte wie wild. Das muss aufhören!, hämmerte es in meinem Kopf. Er zog erneut durch, immer wieder prasselten die Schläge auf mich ein und ich zählte. Es schmerzte, ich hatte das Gefühl, meine Haut platzte auf. Ich weinte, schrie, doch es half nichts. Er zeigte kein Mitleid.

»15!«, presste ich weinend hervor. Das Danke dahinter kam ohne Stimme. Panic Snap!, hämmerte es in meinem Kopf. Ich schwitzte vor Schmerz und Anstrengung. Ich hörte ihn atmen, wünschte, er würde damit aufhören und einfach umfallen. Oder mein Haus verlassen.

»16!«, kreischte ich, als er durchzog. Ich gab meinem Kopf den Befehl, Danke zu sagen.

»Siebzehn«, sagte ich leise.

Er zog durch.

»Das muss aufhören, bitte, das muss aufhören!«, schrie ich. Er stellte sich neben mich, drückte meinen Oberkörper nach unten und stellte ein Bein in meinen Nacken. Ich spürte sein Gewicht. Erneut zog er durch. Ich schluchzte unkontrolliert, war unfähig, die nächste Zahl zu zählen oder etwas zu sagen.

Der letzte Schlag donnerte auf mich ein.

»Panic Snap!«, kam über meine Lippen, obwohl ich mir fest vorgenommen hatte, zu zählen. Ich war erstaunt darüber, Dave konnte das Wort gar nicht kennen. Zumindest nicht seine Bedeutung. Aber es war vorbei. Er ließ von mir ab. Ich war hilflos, unfähig, mich zu bewegen. Ich weinte, atmete unkontrolliert ein und aus.

»Du gehörst mir. Nur mir. Nicht diesem Oliver«, sagte er und legte den Rohrstock weg. Dann zog er mich vom Couchtisch auf seinen Schoß und schloss seine Arme um mich. Ich weinte leise, ein Meer von Tränen riss mich mit.

»Es tut mir leid, Dave«, schluchzte ich.

»Ich will dich nicht verlieren, Sharon«, sagte er nach einer Weile, nahm mein Gesicht in seine Hände und drückte mir einen Kuss auf die Stirn. Ich klammerte mich an ihn. Während ich auf seinem Schoß saß, überlegte ich, wie ich Oliver darüber informieren sollte, mir keine Spuren mehr zuzufügen. Der Gedanke, ihn womöglich zu verlieren, schmerzte nicht nur meinen Geldbeutel. Überwiegend schmerzte es mein Herz. Ich hatte mich einfach so sehr an ihn gewöhnt.

Nach einiger Zeit hatte ich es wieder geschafft, mich zu beruhigen, und Dave begann, mich zu streicheln. Immer wieder beteuerte er, dass er mich nicht verlieren wolle, dass ich nur ihm gehören würde, dass er verstehen könne, dass ich Geld brauchte, aber dass er nichts davon sehen wollte. Ich wunderte mich darüber, denn früher hatte es ihn auch nicht gestört, wenn ich Spuren von Patrick trug.

Er fickte mich schnell und zügig. Ich schweifte mit meinen Gedanken ab, um es ertragen zu können. Als er fertig war, wollte er nur noch ins Bett. Und ich sollte mit ihm kommen. Wir lagen nebeneinander, als er erneut das Thema »Oliver« anschnitt.

»Wer ist er?«, fragte er.

»Na ja, ein Gast.«

Dave drehte sich zu mir und wirkte genervt. »Etwas mehr Informationen. Was macht er mit dir, warum ausgerechnet er und was bleibt für dich dabei übrig?«, fragte er. Ich drehte mich zu ihm und sah ihm ins Gesicht. Sein Bart stand ihm gut, machte ihn aber auch gleich um einige Jahre älter und sein Gesicht wirkte viel härter als sonst.

»Ich hab ihn kennengelernt, bevor wir beide uns wiedergetroffen haben. Ich mag ihn, er ist okay«, erklärte ich offen. Wenn es etwas gab, was ich niemals verleugnen wollte, waren das Sympathien für andere Menschen. Meine Rücksicht ging nicht so weit, einen Menschen, der mir irgendwie wichtig war, zu reduzieren, nur damit mein Gegenüber damit umgehen konnte.

»Weiter.«

»Er ist überwiegend dominant.«

Ich überlegte, ob ich Dave von der Hypnose erzählen sollte, beschloss dann aber, dieses Thema erst mal für mich zu behalten. Er würde durchdrehen, würde er wissen, welche Macht Oliver dadurch über mich hatte. Mein schlechtes Gewissen drückte mich, denn eigentlich war das nicht mein Stil. Aber ich würde nicht noch eine weitere Bestrafung dieser Art ertragen können. Nicht heute!

»Fickt er dich?«

»Wie bitte?«, fragte ich und hustete empört.

»Na los, sag schon. Fickt er dich?«

»Dave!«

»Was ist? Ich will es wissen! Also los. Fickt er dich in deine Fotze oder nicht?«

Ich riss entsetzt meine Augen auf. Seine Wortwahl war derb und ich konnte seine Wut spüren.

Ich nickte. »Ja.«

»Und? Ist er gut?«

Ich nickte erneut.

Dave nickte auch. Herausfordernd und arrogant.

»Okay. Okay«, wiederholte er sich und wirkte, als wäre er völlig überfordert.

Dann fing er sich wieder. »Keine Spuren mehr von ihm. Verstanden? Der Rest kann mir ja egal sein, ich hab ja auch Sex mit anderen Frauen.«

Ich erwartete, dass mir dieser Satz einen Stich versetzen würde, doch es passierte nichts. Im Gegenteil, ich war völlig entspannt und gelassen. Es störte mich nicht mehr. Dabei hatten Dave und ich nie darüber gesprochen, inwiefern wir uns mit anderen Partnern ausleben durften. Anders als in meinen früheren Beziehungen gab es zwischen uns diesbezüglich keine Regel. Dave hatte jeden meiner Versuche, darüber zu reden, abgeblockt und damit begründet, dass er nur mit seiner Frau Vereinbarungen dieser Art brauchte. Ich müsste, so meinte er, damit leben, was er wann machen würde und ob er mir davon erzählen wollte. Aber jetzt bemerkte ich, dass hier mit zweierlei Maß gemessen wurde. Denn während es mir egal sein sollte, und es anscheinend auch war, war es ihm eben nicht egal, was ich mit anderen machte. Sein Feindbild hatte nun einen Namen: Oliver.

Die Nacht schlief ich schlecht. Ich träumte davon, dass Dave und ich verheiratet wären und als er die Scheidung einreichte, wurde Oliver Daves Anwalt und nahm mich auseinander. Selbst das Sorgerecht für meine Kinder erhielt Dave, obwohl er nicht mal deren gesetzlicher Vater war.

Ich war völlig entsetzt darüber und erwachte weinend. Eines war mir völlig klar: Die Situation musste sich schleunigst ändern, so konnte sie auf keinen Fall bleiben!

EINE VERNISSAGE

Es war Mitte Januar, als mein Telefon wieder klingelte. Ich hatte gerade die zwei Wochen mit meinen Kids hinter mich gebracht und tauchte nun wieder in mein anderes Leben ein. Ich hatte mehr Termine, aber nach den Ferien war das normal. Ferien und Feiertage lohnten sich für mich wenig, denn die meisten meiner Gäste waren Familienväter, die an diesen Tagen natürlich schwer von ihren Frauen loskamen. Aber direkt nach der familiären Feiertagsdosis zog es sie wieder ins Studio.

»Hallo Sharon. Wie geht es dir denn?«, fragte Oliver am Telefon. Ich freute mich sehr über seinen Anruf und wir plauderten ein bisschen über Neujahr und was seither passiert war.

»Oliver, ich muss dir etwas sagen«, druckste ich schließlich herum. Ich bemerkte, dass sich alles in mir sträubte, ihm von Daves neuer Regel zu erzählen, aber ich wollte auch keine Lügengeschichten anfangen und mich selbst oder Zeichen und Spuren an mir verstecken, ähnlich dem Balanceakt, den viele meiner Gäste vor ihren Partnerinnen vollziehen mussten.

»Was denn?«, fragte Oliver.

»Es ist so: Ich habe einen Freund«, stammelte ich schließlich. Oliver schwieg. »Er möchte keine Spuren an mir sehen. Von anderen Männern, weißt du?« Oliver schwieg. »Ich weiß, dass das nicht Sinn der Sache ist, ich würde dir helfen, eine andere passive Frau zu finden. Ich kann dir einige empfehlen, bei denen Spuren möglich sind«, fügte ich hinzu, um die Stille zu überbrücken. Ich hörte seinen Atem am anderen Ende des Hörers, ich wusste, dass er noch da war.

»Nein danke«, antwortete Oliver schließlich nach einer kleinen Pause.

»Okay. Es tut mir leid.«

»Muss es nicht. Ich möchte dich trotzdem gerne am Wochenende sehen. Hast du dennoch Lust?«

»Wie? Das ganze Wochenende?«, fragte ich.

»Na zumindest ab Samstagabend. Wir gehen aus, zieh dich also entsprechend an. Es kann sein, dass wir Freunde von mir treffen und ich würde dich ungern als meine Domina vorstellen, zumal uns das sowieso keiner glauben würde«, erklärte er.

Ich lachte auf. »Spaßvogel! Also ich soll einen Escort machen? Deine Freundin spielen, wenn man es so will?«, fragte ich.

Er bejahte.

»Oh das wird teuer«, erklärte ich süffisant.

»Na ansonsten nehme ich die normale Session. Nicht, dass ich noch mit meinem Bankberater ins Bett gehen muss.«

Ich lachte auf. »Der ist aber leicht zu bestechen«, erklärte ich.

»Leicht? Der schaut schon immer so gierig und ich habe berechtigte Angst um meinen Körper.«

»Also ich hätte da wohl mehr Angst um mein Geld als um meinen Körper. Aber okay, bevor du das Ufer wechselst, was wir der Damenwelt nicht antun dürfen, komme ich natürlich mit«, erklärte ich.

»Ich möchte, dass du nichts dabeihast, wenn du herkommst, außer die Kleidung, die du trägst«, sagte er. »Also keine Tasche, kein Handy, kein Geld. Nichts. Ich möchte, dass du während dieser Zeit abhängig bist von mir. Deinen Autoschlüssel werde ich dann auch an mich nehmen.«

Ich atmete tief ein, wägte sämtliche Risiken ab. Was, wenn ich dringend telefonieren müsste? Ein Notfall wäre, auf den ich unbedingt reagieren müsste? Was, wenn er mich doch umbringen wollte?

»Nein, ich habe nicht vor, dich umzubringen«, erklärte Oliver, als könnte er Gedanken lesen.

»Also daran habe ich jetzt gar nicht gedacht. Was denkst du von mir?«, schwindelte ich.

»Sharon, du hast einen Hang dazu, zu übertreiben.«

»Stimmt doch gar nicht!«, rief ich empört.

Oliver räusperte sich.

»Gut, ich bin dabei. Aber ich werde dich nicht küssen, auch wenn ich deine Freundin spiele.«

»Das ist nicht schlimm«, erwiderte er und verabschiedete sich.

Samstagabend entschied ich mich für ein kurzes, schwarzes Kleid und Pumps. Dazu blickdichte halterlose Strümpfe, die ihren Bund weit oben am Oberschenkel hatten. Außerdem ließ ich die Unterwäsche weg und aus diesem Grund zog ich mir für die Fahrt eine Jeans über. Und weil ich ja irgendwie doch nicht aus meiner Haut konnte, zog ich noch einen Pullover über, um zwei Outfits in petto zu haben.

Als ich durch den Winter stapfte, der Schnee war längst geschmolzen, merkte ich, wie eisig es noch war. Schnell huschte ich ins Auto. Gott sei Dank hatte mein kleiner Italiener, den ich immer noch liebevoll »Karli« nannte, eine Sitzheizung, die meinen trotz der Hose sehr kalten Hintern schnell erwärmte.

Ich klingelte, fuhr mit dem Fahrstuhl hoch und lief eiligst in seine Wohnung, die wohlig und warm war. Oliver selbst trug einen edlen Anzug und ein weißes Hemd. Doch ja, er sah aus wie ein Anwalt. Schrecklich, manche Berufe konnte man sofort am Outfit erkennen. Ich konnte mir durchaus vorstellen, wie er vor Gericht stand und dort ein feuriges Plädoyer hielt, in dem er um den Freispruch seines Mandanten kämpfte, der bedauerlicherweise völlig unschuldig vor Gericht saß.

»Sharon, er ist Scheidungsanwalt! Kein Strafverteidiger in amerikanischen Blockbustern«, rief mein Engelchen.

Na gut. Dann stellte ich mir eben vor, wie er eine fiese, hinterhältige Ehefrau auseinandernahm. Oder vielleicht auch mich?

Ich lächelte kokett bei dem Gedanken, von einem Anwalt auf erotische Art und Weise auseinandergenommen zu werden, das hatte etwas. Zumindest im Kopf. Real wollte ich ihn lieber auf meiner, denn auf der Seite meines Gegners haben.

»Du hast nichts dabei?«, fragte er.

Ich schüttelte den Kopf. Er nahm meinen Mantel ab und durchwühlte die Taschen. Bis auf meinen Autoschlüssel fand er darin nichts. Er schaute mich beeindruckt an. Dann fiel sein Blick auf meine Jeans.

»Sharon?«

»Ähm, ja?«, stotterte ich.

»Die Jeans? Was ist da drin?«

»Nichts«, erklärte ich.

»Meine liebe Sharon, mittlerweile kenne ich dich ja doch gut genug. Ich gehe jede Wette ein, dass du in diesen Taschen noch Geld für den Notfall hast.«

»Äh. Ich hab mir das Wetten abgewöhnt«, wich ich aus. »Schlechte Erfahrungen und so.« Meine Stimme verlor sich.

»Nimm deine Hände auf den Rücken und lass sie da«, befahl er und ich tat, was er sagte. Er trat auf mich zu und griff in meine Hosentaschen. »Und was ist das?«, fragte er, als er einige Münzen hervorzog.

»Ähm, für Zigaretten!«

»Sharon, du rauchst nicht!«

»Ja aber was, wenn ich anfangen will? Man sollte für alles gerüstet sein!«, rief ich. Er steckte das Geld in seine Hosentasche.

»Du bekommst es später zurück«, erklärte er. »Und jetzt wirst du lernen, zu vertrauen. Und wehe dir, du fängst an zu rauchen deshalb.«

»Es tut mir leid. Ich hab immer gern etwas Kleingeld dabei, um im Notfall zu telefonieren«, erklärte ich.

»Nun, jetzt hast du mich dabei. Und ich habe ein Handy und genügend Kleingeld.«

»Ja, aber was, wenn dir etwas passiert? Was, wenn du einen Herzinfarkt bekommst?«, rief ich. Immerhin war er Anwalt und ich hatte einmal eine Statistik gelesen, aus der hervorgegangen war, dass ausgerechnet die Berufsgruppen der Anwälte und Unternehmensberater prädestiniert dafür waren, mit einem Herzinfarkt die Bühne der irdischen Welt zu verlassen.

»Nun, für diesen Fall hoffe ich auf deine Kenntnisse in Erster Hilfe und weise dich darauf hin, dass sich mein Handy in der Innentasche meines Sakkos befindet. Spätestens bei der Herzdruckmassage wirst du es finden, da bin ich mir sicher.«

Ich starrte ihn an. »Ja aber was, wenn ich keinen Empfang habe?«

Er rollte kurz mit den Augen, blieb aber geduldig. »Dann ist in meiner Hosentasche genug Kleingeld, um zu telefonieren.«

»Ja aber was, wenn du von einer Brücke fällst?«

»Sharon, ich habe nicht vor, meine Karriere auf dieser Erde mit einem Darwin Award zu beenden. Entspann dich. Du übertreibst schon wieder.«

Ich starrte ihn an, wusste keine Antwort mehr darauf. Dennoch führte ich in Gedanken die Diskussion zu Ende. Ich hatte immer Kleingeld dabei. Immer. Für den Fall, dass ich es brauchte. Und wenn es nur der Euro für den Einkaufswagen war. Oder das Münzgeld für ein kurzes Telefonat.

Schließlich gab ich mich geschlagen und zog meine Jeans aus. Ich richtete mein Kleid und meine Strümpfe und bemerkte, dass er seinen Blick kaum von mir lösen konnte. Oliver sah mich nachdenklich an.

»Zieh dein Kleid aus! Und den BH«, befahl er.

Sofort zog ich es über den Kopf und reichte ihm meine Schätze.

»Gut. Jetzt zieh deine Pumps wieder an.«

Ich schlüpfte wieder in meine Schuhe. Nun trug ich nur noch meine halterlosen Strümpfe mit dem schönen, verzierten Bund.

»Komm mit«, sagte er und ging mit mir in sein Badezimmer. Dort öffnete er einen Schrank und nahm eine Schachtel heraus, die er öffnete. Darin befanden sich zwei Schalen, die aussahen wie frisch verpackte Kontaktlinsenschalen.

»Kennst du dich mit Kontaktlinsen aus?«, fragte er.

Ich nickte.

»Gut. Du wirst jetzt diese Kontaktlinsen in deine Augen setzen.«

Ich zog die verschweißte Hülle ab und sah, dass die Linsen komplett schwarz waren. Ich wusch mir die Hände und nahm die erste Linse mit dem kleinen Finger auf, ehe ich sie vorsichtig auf meinen Zeigefinger setzte, um sie danach ins Auge zu setzen. Ich war nun auf einem Auge blind. Ich griff nach der zweiten Linse, atmete tief ein, setzte sie auf meinen Zeigefinger und dann in mein Auge. Ich war nun völlig blind.

Ich spürte, wie Oliver hinter mich trat und mich an der Hüfte leicht berührte. »Sehr schön«, flüsterte er und drückte mir einen Kuss in den Nacken. Er atmete tief ein, ehe er sich löste. »Ich werde dich jetzt führen.«

Mit zittrigen Beinen und unsicher gehobenen Händen ließ ich mich von ihm führen. Im Studio hatte ich oft mit Menschen zu tun, die durch verbundene Augen nichts sehen konnten. Ich wusste, dass permanenter Körperkontakt wichtig war, gerade, wenn sie älteren Semesters waren. Außerdem wusste ich, dass es wichtig war, ihnen zu beschreiben, wohin sie zu gehen hatten, und ihre Unsicherheit einzukalkulieren. Es kam hinzu, dass man aufpassen musste, dass sie sich nirgendwo den Kopf oder den Zeh stießen.

Ich klammerte mich an Oliver, versuchte, ihm so nahe wie möglich zu sein.

»Wir gehen jetzt zur Wohnungstür. Es liegt nichts im Weg, du wirst nirgendwo gegen laufen«, erklärte Oliver und nahm mich einfach mit. Er passte sich meinem Tempo an und ich war dankbar dafür, dass er mich nicht einfach mit sich zerrte. Im Gegenteil, ganz langsam ging er mit mir, ließ sich auf meine Unsicherheit ein, ohne sie zu übernehmen.

»Sharon, ich werde dich jetzt einen Moment alleine stehen lassen. Ich bin gleich wieder bei dir«, sagte er. Ich hörte, wie er etwas machte, konnte aber nicht einschätzen was. Als er mich berührte, zuckte ich zusammen. Er legte mir meinen Mantel über die Schultern und ich schlüpfte in die Ärmel. Dann zog er den Reißverschluss nach oben und schloss den Gürtel um meine Taille.

Ich hörte, wie er nach einem Schlüssel griff, und spürte, als er meinen Arm unter den seinen hakte, dass er ebenfalls einen Mantel trug. »Ich denke, wir können los«, sagte er.

Er führte mich durch die Tür und ich hörte, wie er den Lift holte. Ich war nervös, wusste nicht, ob mich jemand sehen konnte oder nicht. Ich war völlig blind. Er führte mich in den Fahrstuhl und als ich spürte, wie er nach unten fuhr, griff ich automatisch fester nach Oliver. »Ich hab dich«, flüsterte er. »Lass dich von mir führen. Du wirst mir vertrauen müssen.«

Ich seufzte. Ich bemerkte, dass ich aufmerksamer wurde. Ich hörte seinen Atem. Mir fiel auf, dass er manchmal tiefer einatmete als sonst. Mir fiel auf, dass er sich hin und wieder räusperte, obwohl er danach nichts sagte.

Er nahm mich mit durch die Tiefgarage und bugsierte mich in sein Auto. »Wo fahren wir hin?«, fragte ich unsicher.

»Das ist eine Überraschung«, erklärte er, startete den Motor und fuhr los. Mir wurde mulmig zumute. Ich konnte in keinem Fahrzeug als Beifahrer blind mit dabei sein. Ich war es gewohnt, mit zu bremsen, hatte immer ein Auge auf das Tachometer und gab entsprechend mahnende Kommentare ab, wenn die vorgegebene Geschwindigkeit überschritten wurde.

Ich hatte Angst. Angst, dass ein Unfall passieren würde, den ich nicht sehen könnte. Oliver griff nach meiner Hand und ich klammerte mich an ihn. »Fahr nicht zu schnell«, bat ich. Oliver tat das einzig Richtige, was er in einer solchen Situation tun konnte: Er erzählte mir alles, was er sah und tat. Er ersetzte damit meine Augen.

»Wir kommen jetzt zu einer Ampel. Ich werde gleich abbremsen«, erklärte er und schon spürte ich, wie er bremste. Er erzählte mir, dass er Häuser sah, er beschrieb mir die Farben der Häuser, wie viele Stockwerke sie hatten und ob Lichter darin brannten. Zu manch einem Haus kannte er sogar die geschichtliche Vergangenheit, die er kurz anriss. Seine Worte gaben mir die Nähe, die ich brauchte. Schließlich erklärte er, dass er den Wagen jetzt parken würde. Er rangierte ein paar Mal und wir standen still.

Ich hörte, wie er ausstieg, spürte, wie die Kälte durch das Fahrzeug zog, die Tür knallte und meine Tür wurde geöffnet. Ich schnallte mich ab und Oliver half mir, aus dem Wagen zu steigen.

»Vorsicht, hier ist ein Bordstein. Eine kleine Stufe«, erklärte er.

Ich fühlte mich seltsam wohl in meiner Haut. Ich hatte erwartet, dass ich Panik bekommen würde, meine Gedanken permanent um meine Sicherheit kreisen würden, doch seine Erzählungen halfen mir dabei, ruhig zu bleiben. Ich stellte fest, dass ich sein Parfüm riechen konnte.

Oliver hakte mich unter und erklärte, dass wir nun einige Meter laufen müssten. Ich hörte, wie er den Wagen abschloss, vernahm das Hightech-Geräusch der Schließanlage. Ich hörte andere Fahrzeuge vorbeifahren, hörte Stimmen, ich spürte andere Menschen. Wir waren nicht alleine.

»Wo sind wir?«, fragte ich. Oliver antwortete nicht. Er führte mich einige Treppen hoch, meine Absätze klangen laut und hell auf dem Steinboden.

»Welche Farbe hat der Boden?«, fragte ich. Irgendwie war es mir wichtig, das zu wissen.

»Es ist ein heller Steinboden«, antwortete er. Ich hatte es gewusst und das gab mir Sicherheit. Wir blieben stehen.

»Zwei Personen«, sagte Oliver und ließ mich kurz los. Eine weibliche Stimme nannte ihm den Preis. Ich konnte ihren Atem hören, ihre Nase pfiff leise, wenn sie einatmete. Außerdem knirschte sie mit ihren Zähnen. Sie riss etwas ab und ich vernahm das Klimpern von Kleingeld. Oliver hakte mich unter und wir liefen weiter über den Steinboden und langsam wurde es wärmer. Wir hatten offenbar das Foyer passiert und waren nun im Gebäude.

Oliver blieb stehen. Er drehte mich um 45 Grad und stellte sich hinter mich. Er griff an meine Taille, zog mich zu sich.

»Vor dir hängt ein Bild. Ich möchte es gerne mit dir betrachten«, begann er.

»Du bist lustig. Ich kann aber nichts sehen.«

»Doch. Ich werde es dir beschreiben, dann kannst du es sehen. Auf dem Bild befindet sich eine Frau. Sie trägt ein massives Kettenhalsband, das ein Kontrast zu ihrer filigranen Art ist. Eigentlich ein Halswürger für Hunde, vermute ich. Sie steht neben einem Flaggenmast. Eigentlich steht sie inmitten mehrerer Masten. An ihrem Halsband hängt ein massives Vorhängeschloss und daran eine Kette, die um den Mast gewickelt ist.«

»Sie kann nicht weg?«, fragte ich.

»Nein, kann sie nicht. Ihre Hände sind auf dem Rücken, ich weiß nicht, ob sie gefesselt sind. Ihre Augen sind verbunden. Sie trägt ein schwarzes Korsett, ihre Brustwarzen kann man sehen.«

»Welches Material hat das Korsett?«, fragte ich.

»Es glänzt. Ich weiß nicht welcher Stoff.«

Ich lächelte. »Lack vielleicht?«

»Nein, Lack ist es nicht.«

»Samt?«

»Ja, könnte sein.«

»Wie sieht ihr Gesicht aus?«, fragte ich.

»Sie wirkt nachdenklich, leicht angespannt, als würde sie nicht wissen, was als Nächstes kommt. Ihre Lippen sind sinnlich, sie laden fast ein, sie zu küssen. Durch ihre verbundenen Augen würde sie nicht wissen, wer sie küsst«, erzählte Oliver mit leiser Stimme.

»Ist es gemalt? Das Bild?«

Ich spürte, wie Oliver den Kopf schüttelte.

»Nein, es handelt sich um ein Foto.«

»Was gefällt dir an dem Bild?«, fragte ich, nachdem ich tief eingeatmet hatte.

»Der Kontrast zwischen der zerbrechlichen Frau und den massiven Ketten. Und die Tatsache, dass dieser Kontrast sie nicht zu erdrücken scheint.«

»Von wem ist das Bild? Wer hat es gemacht? Wer ist die Frau?«

»Wer die Frau ist, weiß ich nicht. Das Foto stammt von«, Oliver beugte sich mit mir im Arm etwas nach vorne, »Heinrich von Schimmer.«

Ich nickte.

»Kennst du ihn?«

»Ja, ein bekannter Name innerhalb der BDSM-Szene. Seine Bilder sprechen mich immer an.«

Vor meinem inneren Auge erschienen einige Fotos, die er gemacht hatte und auf einschlägigen Plattformen präsentierte. Er hatte einen eigenen Stil, seine Bilder waren nahezu perfekt. Selbst auf kleinen Vorschaubildern konnte man erkennen, dass es ein »Schimmer-Bild« war.

»Ich möchte mit dir das nächste Bild betrachten, Sharon.«

Ich nickte. Als wir weitergingen, spürte ich, wie jemand an uns vorbeilief. Wir waren nicht alleine. Ich hörte, wie zwei Menschen sich miteinander unterhielten. Ganz leise. Wenn ich mich konzentrierte, konnte ich hören, was sie miteinander sprachen.

Oliver blieb stehen. Er zog mich zu sich, ging mit mir ein paar Schritte rückwärts, bis er den besten Platz gefunden hatte.

»Ein blauer Hintergrund, davor eine nackte Frau. Sie wurde an ihrem Fußgelenk gefesselt, sodass sie kopfüber hängt. Ihr anderes Bein ist frei und es sieht aus, als würde sie Ballett machen. Ihre langen dunklen Haare hängen offen herab. Mit einer Hand verdeckt sie ihre Brüste, die andere hält eine Glühbirne umklammert. Unter ihr liegen noch weitere Glühbirnen, wild verstreut, aber sie kann sie nicht erreichen. Egal wie sehr sie sich danach strecken würde.«

Er schwieg, ich konnte spüren, wie er das Bild betrachtete, in sich einsog.

»Ist das auch eins von Schimmer?«, fragte ich schließlich. Ich spürte, dass Oliver nickte.

»Wie ist der Titel des Bildes?«, fragte ich. Es war mir plötzlich wichtig, zu wissen, wie es hieß. Diese Information erschien mir plötzlich voller Relevanz.

»*Perlentauchen*«, heißt es.

»Danke«, flüsterte ich. Ich hörte, wie jemand hinter uns vorbeiging. Ein penetranter Geruch von Parfüm zog in meine Nase. Ich schüttelte mich und schnaubte. Oliver nahm mich mit, führte mich weiter. Ich hatte den Eindruck, wir liefen einen kleinen Bogen, denn er drehte mich nach links und nicht, wie sonst, nach rechts.

»Dieses Bild gefällt mir wahnsinnig gut«, sagte er. Ich bemerkte, wie ich ungeduldig wurde, wollte wissen, was er sah. Wollte mich daran erfreuen, wollte, dass es mir ebenfalls gefiel.

»Ein Mann in einem dunkelblauen Anzug mit weißem Hemd und einer blau-weiß gestreiften Krawatte sitzt dort. Über seinem Knie liegt eine Frau, er hat sie mit seinen Beinen eingekesselt, sodass sie nicht entkommen kann. Ihre Arme sind auf den Rücken gefesselt, man kann an ihrer Hand die Adern sehen. Etwas, was dir gefallen dürfte«, sagte er. Ich nickte.

»Womit ist sie gefesselt?«, fragte ich.

»Mit einem Seil. Unordentlich und zweckmäßig. Sie liegt mit ihrem Oberkörper auf einer Holzfläche, ich weiß nicht, ob es ein Tisch oder eine Bank ist. Er hat eine Hand in ihren Haaren, an denen er sie fest im Griff hat.«

Oliver packte in meine Haare, schnell und ohne Vorwarnung. Ich erschrak und jaulte kurz auf.

»Leise«, flüsterte er. »Da er ihr mit der anderen Hand den Hintern versohlt, schreit sie. Er hat ihre Unterhose nach unten gezogen. Ihr Gesicht ist schmerzverzerrt. Ihre Haare liegen darüber. Und sie trägt ein Hemdchen.« Ich spürte, dass Oliver grinste, als er den letzten Satz sagte.

»Welche Farbe hat das Hemdchen?«

»Rosa.«

»Wie sieht sein Gesicht aus?«, fragte ich.

»Seine Lippen umspielt ein konsequenter Zug. Mehr kann man von seinem Gesicht nicht sehen.«

»Schade«, antwortete ich.

Oliver lockerte seinen Griff und kraulte meinen Nacken. So verharrten wir einen Moment. Mir wurde bewusst, dass ich in meinem Kopf wahrscheinlich ein anderes Bild hatte als das, das dort an der Wand hing.

»Willst du den Titel wissen?«, fragte er.

Ich nickte.

»Er lautet *Bewegung*. Es ist wieder von Schimmer.«

Er griff um meine Taille und führte mich weiter. Ich spürte, dass wir durch eine Tür gingen. Ich wollte wissen, ob ich richtig lag. »Sind wir durch eine Tür gegangen?«, fragte ich.

»Ja«, sagte er. Ich freute mich, es gewusst zu haben.

Er platzierte mich erneut und ich bemerkte, wie ich es kaum erwarten konnte, dass er mir erzählte, was er sah.

»Das nächste Bild berührt mich, Sharon. Es zeigt eine Frau auf einem Bett. Sie wirkt resigniert, hat ihre Knie an ihren nackten Körper gezogen. Doch die Arme liegen locker, sie hat eine Zigarette in ihren Fingern. Ihre Haare hängen ihr ins Gesicht, eigentlich möchte man sie trösten. Ich habe den Eindruck, sie fühlt sich leer.«

Ich atmete ein. Die innere Leere, ich kannte sie so gut. Er zog mich ein paar Schritte weiter, ehe ich etwas sagen konnte. Fast so, als wollte er vermeiden, dass ich über genau diese innere Leere weiter nachdachte.

»Das nächste Bild ist ein Kontrastbild. Eine Frau mit halterlosen Strümpfen, solche, wie du sie auch trägst. Ansonsten ist sie nackt. Ihr Blick ist wach und offen, ihre Zunge gleitet zwischen ihren Lippen hervor.«

»Hat sie schöne Lippen?«, fragte ich.

»Ja«, flüsterte er mir ins Ohr.

»*Deine blauen Augen*«, las er vor. »Von Holmsohn«, fügte er hinzu.

»War das andere Bild auch von ihm?«, fragte ich. Ich spürte, wie Oliver nickte.

»Hier hängt noch eines von ihm. Das wird dir auf jeden Fall gefallen«, erklärte er und zog mich mit sich.

»Warum?«, fragte ich grinsend, in der Hoffnung, keine Antwort von ihm zu hören, die mir nicht gefallen würde.

»Sie ist nackt, trägt nur eine rote Tasche.«

»Was für eine Tasche?«

»Eine Handtasche.«

»Ja welche?«

»Sharon, ich bin Anwalt, kein Taschenverkäufer«, erklärte er. Ich lachte.

»Wohin fällt dein Blick zuerst?«, fragte ich.

»Auf ihre Hände. Sie hält den Träger der Tasche von ihrem Körper weg. Danach gleitet der Blick zu den Brüsten und schließlich in ihren Schritt.«

»Wie sieht ihr Gesicht aus?«, fragte ich.

»Sie ist kopflos. Das macht den Reiz aus. Sie wirkt reduziert, die Tasche ist fast wie ein Schutz«, erklärte er.

»Bestimmt ein schönes Bild.« Ich spürte, wie Oliver nickte, er legte seinen Arm um meine Schultern, um mich mitzunehmen. Schweigend gingen wir weiter. Ich hörte die Schritte auf dem Steinboden. Oder waren es doch Fliesen? Manche Schuhe quietschten, andere machten ein dumpfes Geräusch. Wieder andere waren nahezu lautlos oder klackerten hell. Im nächsten Raum waren Personen zu hören.

»Wie viele Menschen sind hier?«, fragte ich.

Einen Augenblick verharrten wir und ich hörte, wie Oliver tief einatmete. »Etwa 20 Personen befinden sich hier in diesem Raum.«

Ich schluckte, lauschte in den Raum. Ich konnte sie hören. Neben mir, vor mir, weiter weg oder näher an uns. Sie sprachen miteinander, durcheinander. Ein leichter Schweißgeruch stieg in meine Nase. Oliver zog mich mit sich und wir blieben kurz darauf erneut stehen.

»Ein schwarz-weißes Bild, eine klare, geradlinige Fotografie auf eine riesige Leinwand gedruckt. Es scheint draußen entstanden zu sein, eine Frau sitzt im Sand oder vielleicht auch auf Steinen? Ich kann das gar nicht beschreiben. Ihr Gesicht ist wahnsinnig offen, ihre Augen sind wach. Gleichzeitig hat sie einen Gesichtsausdruck, der deinem ähnelt, wenn du überlegst, ob etwas eine gute Idee ist oder nicht.

Ihre Lippen sind leicht geöffnet, sinnlich. Ich würde dazu neigen, sie zu berühren, mit meinem Zeigefinger über ihre Lippen zu streichen. Sie trägt nur eine Bikinihose oder Unterhose, aber sie verdeckt ihre Nacktheit mit ihrem linken Bein. Sie ist dünn, mir fast schon zu dünn. Aber ihre Schultern, ihre Schlüsselbeine sind zu sehen. Das reizt mich.«

Ich schwieg, ließ seine Beschreibung auf mich wirken.

»Dieses Bild hat bestimmt kein Mann gemacht«, sagte ich nach einer Weile.

»Wie kommst du darauf?«, fragte Oliver. Seine Stimme hatte einen erstaunten Unterton, sodass ich wusste, dass ich recht hatte.

»Es ist nur so ein Gefühl.«

»Du hast recht. Das Bild stammt von einer Fotografin namens Ina Rohden.« Ich lächelte erfreut über meinen Treffer. Oliver zog mich weiter.

»Oh, das Bild mag ich. Das ist schön!« Ich hörte in seiner Stimme einen leicht aufgeregten, erfreuten Ton. Es hörte sich beinahe so an, als würde er glucksen. Ich lächelte.

»Genau genommen sind es zwei Bilder. Im ersten Augenblick scheinen sie überhaupt nicht zueinanderzupassen, aber wenn man genauer hinsieht, passt es wieder.«

Oliver griff nach meinen Händen und nahm sie auf den Rücken, wo er sie leicht festhielt. Ich fragte mich, ob andere erkennen konnten, welche Beziehung wir miteinander hatten.

»Sie hat dunkles, gelocktes Haar. Auf einem Bild liegt sie nackt im Bett, es sieht aus wie ein Hotelbett. Sie lehnt an einem Kissen, hat die Decke über ihre Beine geworfen. Aber man kann ihre Brust sehen und ihre Haare sind so lang, dass sie auf ihre Brust fallen und die Brustwarzen umspielen. Das Schönste an dem Bild ist aber ihr Lächeln. Sie lächelt entwaffnend, einfach umwerfend.«

Ich nickte und war erstaunt darüber, dass ihm ein Lächeln so wichtig erschien.

»Auf dem Bild daneben sitzt sie auf einer niedrigen Fensterbank, sie posiert. Sie trägt Unterwäsche, Strapse und einen BH. Ich muss zugeben, ich kann mit diesem Bild eher weniger anfangen, eben weil ihr Lächeln auf dem anderen Bild so schön ist.«

Oliver beugte sich zu mir und gab mir einen Kuss auf die Wange. Ich hörte seinen Atem an meinem Ohr und spürte, wie mein Mund trocken wurde.

»Dieselbe Fotografin wie vorhin?«, fragte ich.

»Ja«, flüsterte Oliver.

Ich verharrte, wartete darauf, dass wir weitergingen.

»Ich möchte deinen Mantel öffnen. Ein Stück. Es wird niemand etwas sehen«, flüsterte er und ich spürte, wie er den Reißverschluss öffnete. Ich fühlte die kühle Luft an meiner warmen Haut. Dann gingen wir zum nächsten Bild.

»Dieses Bild würde dir gefallen. Da bin ich mir sicher«, sagte er, als wir erneut stehen blieben. »Eigentlich besteht dieses Bild nicht aus einem Bild, sondern einem Gefühl. Eine Mischung aus vollem Vertrauen, leichter Verzweiflung, Angst und Liebe. Unbändige Liebe. Der Mann im Vordergrund ist verschwommen. Er ist tätowiert, hat riesige Piercings im Ohr, aber man sieht ihn nur verschwommen. Klar und deutlich hingegen sieht man ihren Gesichtsausdruck. Ihre Augen sind glasig, sie ist erregt und hat geweint. Ihre Kinn- und Halspartie sind verspannt. Man kann fast hören, wie sie stoßend durch die Nase ein- und ausatmet, obwohl sie ihren Mund leicht offen hält. Dieses Bild hat eine sehr erregende Wirkung auf mich.«

Oliver presste seinen Schoß an meinen Hintern und ich fühlte seine Erregung. Er stöhnte in mein Ohr, ich spürte, wie er seine Wange an meiner rieb. Ich lehnte meinen Kopf an seine Schultern, versuchte, seine Person nicht als Bild, sondern als Gefühl in mich zu bekommen. Ich vergrub meinen Kopf in seiner Halsmulde, sog seinen Geruch tief in mich ein. Eine Mischung aus seinem Parfüm und seinem persönlichen Körperduft. Es machte mich schier wahnsinnig und weckte meine Begierde nach ihm.

»Das Band zwischen den beiden scheint innig zu sein, wenn man es sogar auf einem Bild erkennen kann.« Ich sehnte mich danach, dieses Gefühlschaos, das er beschrieb, in mir zu fühlen.

»Ina Rohden«, las eine fremde, männliche Stimme vor. Ich zuckte zusammen, die Stimme war ganz nahe. »Tolles Bild, oder?«, fragte der Unbekannte nun in meine Richtung. Ich konnte den Geruch seines Atems ausmachen. Ich blickte in seine Richtung.

»Oh«, reagierte er entsetzt und ich hörte und spürte, wie er einen kleinen Schritt zurückging. »Das tut mir leid, du kannst ja nichts sehen.«

Ich hob meinen Kopf, bog meinen Rücken durch. Ich war erstaunt, wie viel mir auffiel, wie viel ich doch bemerkte, obwohl ich nicht das Geringste sehen konnte.

»Ja, ein tolles Bild. Die Emotionen sind spürbar, dazu muss man es nicht sehen«, sagte ich. Ich spürte, wie der Fremde stumm wurde, unfähig, eine Antwort zu geben.

Oliver hakte mich unter und gemeinsam wanderten wir weiter.

»Wir kommen jetzt an einen Tisch. Dort steht eine Dame, eine Bedienung. Möchtest du etwas trinken?«, fragte Oliver mich.

»Ja gerne. Was gibt es denn?«, fragte ich.

Ich hatte mich an meinen Zustand gewöhnt, wusste, dass ich mich auf Oliver verlassen konnte. Meine Angst, zu stolpern oder irgendwo dagegen zu laufen, war weg.

»Sekt, Orangensaft oder beides gemischt?«, fragte mich die Dame. Sie roch nach Nivea.

»Orangensaft bitte«, sagte ich.

Sie nahm meine Hand und schloss meine Finger um das Glas. Ich nahm es und führte es zum Mund.

»Wie gefällt Ihnen die Ausstellung?«, fragte sie und ich wusste, dass die Frage an Oliver ging.

»Sehr gut. Eine gute Auswahl, eine großartige Idee. Ein großes Lob an die Künstler und Veranstalter«, sagte Oliver.

Als ich mein Glas leer getrunken hatte, nahm Oliver es aus meiner Hand und schlug vor, weiterzugehen. Er verabschiedete sich von der Bedienung und sie sagte: »Viel Spaß noch. Ich hoffe, Ihre Begleitung langweilt sich nicht zu sehr.«

Dieser Satz machte mich wütend. Es war eine Frechheit, davon auszugehen, dass das Leben und eine Ausstellung langweilig waren, nur weil man nichts sehen konnte.

»Es ist mit Abstand die beste Ausstellung, die ich je besucht habe«, konterte ich stilvoll. »Sorgen Sie sich nicht, ich empfinde sie als kurzweilig.«

Oliver zog mich weiter und ich stellte fest, dass wir durch einen kleinen Flur gingen.

»Wir kommen jetzt in einen kleinen Raum. Das wird etwas befremdlich, denn sobald wir in diesem Raum sind, schließen wir die Tür und die Bilder werden mit Worten präsentiert. Der Raum nennt sich ›Wort und Bild‹.«

»Okay.«

Wir traten in den Raum ein und ich hörte, wie Oliver die Tür schloss. Er trat auf mich zu und öffnete den Gürtel meines Mantels. Dann zog er den Reißverschluss auf. Sofort stellten sich meine Brustwarzen erwartungsvoll auf und ein wohliges Gefühl ging durch meinen Körper.

»Die Bilder werden mit einem Beamer gezeigt. Der Text wird auf Knopfdruck eingespielt. Ich werde dir erst die Bilder beschreiben, danach hören wir den Text dazu.«

Ich nickte. »Sind wir alleine?«, fragte ich.

»Ja, Sharon, sind wir. Keiner kann in den Raum kommen. Du wirst bleiben, wo du jetzt stehst. Ich bin hier an der Seite des Raumes, ich bin nicht weg. Wenn du mich brauchst, rufst du mich«, sagte er.

Mein Herz begann, laut zu klopfen. Ich konnte es hören.

»Lass deinen Mantel über deine Schultern zu Boden fallen«, sagte er.

Ich schüttelte unmerklich den Kopf, lauschte, ob wir wirklich alleine waren. Dann zog ich meinen Mantel aus und stand fast nackt inmitten eines Besucherraumes einer Ausstellung, die ich nicht sehen konnte. Oliver drückte auf einen Knopf, ich konnte das leichte Knacken hören. Ich spürte das Licht des Beamers im Raum. Eigenartig, dass man Licht spüren konnte.

»Dieses Bild zeigt eine Frau. Sie sitzt auf einem Hocker, sie trägt Spitzenschuhe, schwarze Stulpen und einen BH. Ansonsten nichts. Um ihre Handgelenke sind Ledermanschetten angebracht. Um ihren Hals befindet sich eine Leine. Ihre Augen sind verbunden«, erzählte Oliver und seine Stimme war weit weg. »Um sie herum ist alles in Licht getaucht. Sie selbst geht im Schatten unter.«

»Wie ist ihr Gesicht?«, fragte ich.

»Unsicher. Ihr Kopf ist geneigt, ihre Lippen werden von einem kritischen, fast unsicheren Hauch umspielt.«

»Okay. Hast du einen Text dazu?«, fragte ich.

Ich hörte das Rauschen eines Lautsprechers. Dann las eine männliche Stimme einen Text vor.

»Haben Sie Fotos von Ihrer Frau bei sich? Oder von einer Frau, die Sie begehren?«, fragte er. Ich schüttelte den Kopf.

»Sollten Sie vielleicht machen. Kein Passfoto, nein. Ein Bild aus einer Situation, die Ihnen ganz besonders gut gefällt. Etwas, was nur für Ihre Augen bestimmt ist.«

Ich dachte an meine Frau, daran, wie ich ihren Orgasmus erlebte. Wollte ich so etwas Intimes überhaupt festhalten?

»Aber das wäre fast wie Pornografie? Da könnte man sich einen Porno ansehen, man hätte dasselbe davon.«

Er schnalzte mit der Zunge und schüttelte den Kopf. »Probieren Sie es aus. Sie werden den Unterschied bemerken, wenn Sie ihn sehen wollen.«

Einen Moment brauchte ich, um den Text wirken zu lassen. Ich überlegte, wie viele den Unterschied tatsächlich bemerkten.

»Okay. Das nächste Bild?«

Oliver drückte auf einen Knopf, erneut ertönte ein Knacken und ich spürte den Lichtwechsel des Beamers.

»Schön!«, sagte er leise.

Ich bemerkte, dass seine Worte mich von meiner Nacktheit ablenkten. Ich fühlte mich nicht mehr unsicher, im Gegenteil, mittlerweile hatte ich das Gefühl, es wäre normal, blind und nackt in eine Fotoausstellung zu gehen. Ich geiferte förmlich nach seinen Beschreibungen, wollte seine Stimme hören, die mir so viel mehr über diese Bilder mitteilte, als ein Foto allein es je schaffen könnte.

»Eine Frau. Ihr Oberkörper ist zu sehen. Die Lippen sind am oberen Bildrand. Sie trägt ein glänzendes, dunkles Kleid, ein Träger ist über ihre Schulter an den Oberarm gerutscht und eine Brust ist entblößt. An ihrer Brustwarze hängt eine einzelne Klammer. Sie trägt eine Perlenkette um den Hals und daran ist ein goldener Karabiner mit einer Kette befestigt, die wie eine Leine nach unten baumelt. Um ihr Handgelenk trägt sie ebenfalls Perlen.«

Aus einer Box hallte nun erneut die fremde Männerstimme.

Um eine Frau wirklich zu lieben, lass sie dich halten, bis du weißt, wie sie berührt werden möchte. Du wirst sie einatmen, sie wirklich schmecken, bis du sie in deinem Blut fühlen kannst.

Oliver schwieg. Ich ebenfalls. Nervös befeuchtete ich meine Lippen.

»Ein schöner Text«, sagte er.

»Ja. Klingt nach Bryan Adams.«

»Irgendwie schon.«

Er drückte erneut auf den Knopf und der Beamer wechselte das Licht.

»Oh. Eine Vampirin. Sie sitzt in einem Auto, ist gefesselt mit Ketten und Manschetten. Ihr Gesicht ist schmerzverzerrt, sie schreit, sie zerrt an den Ketten. Es sieht aus, als würde sie gerade verbrennen, Rauchschwaden steigen auf. Das Bild ist wirklich heftig.«

Oliver drückte schnell auf einen Knopf und eine männliche Stimme las inbrünstig einen Text vor.

Am Anfang erschuf er Licht und Dunkel!

Einst ein schöner Engel gewesen, verliebte sie sich in einen Vampir, eine düstre Gestalt voller Hass, Begierden und Abartigkeiten im Herzen. Es währte nicht lange und schon ward sie in seinen Fängen, dies saubere und reine Wesen.

Er biss sie nicht, denn sie widerstand ihm so sehr, dass er sich an ihr reizte. Und dennoch schlug er ihr die prächtigen Flügel vom Leibe, bis sie in blutigen Fetzen von ihrem Rücken hingen. Er presste seine glühend heißen Finger auf ihre Haut und als wären es Zigarettenspitzen, verbrannte er damit alles, was er berühren konnte. Ihre Brüste, ihren Schoß, ja sogar ihr Gesicht.

Er ließ sie baumeln, von der Spitze seines Schlossturms, lediglich befestigt und gehalten durch ein Seil um ihren Hals, und kurz bevor das Leben aus ihr wich – abends, als die Sonne hinter dem Horizont verschwand –, da holte er sie wieder zu sich. Hegte und pflegte sie gesund, nur um sie wieder zu benutzen für seine sadistischen, abartigen Triebe.

Das vermaledeite Leben an seiner Seite kostete ihre Kraft. Sie hörte auf, zu widerstehen, und wehrte sich nicht mehr gegen die Anziehungskraft des Bösen.

Eines Abends zerrte er sie an einer Kette durch die Gassen der Stadt, fast als wäre sie nur ein wertloser Köter. Er schob sie an eine Wand, verbrannte erneut ihren Schoß, brachte ihre Haut, ja ihren Körper zum Glühen, sodass die Lichter der Straßenlaternen flackerten und zerbarsten.

Er drehte sie um, zog ihren Kopf weit in den Nacken, ehe er seine spitzen Zähne in ihren Hals trieb, gnadenlos, ungeachtet ihrer Schmerzensschreie. Er ließ sie los, sie sackte zu Boden. Blut spritzte in weiten Bögen aus ihren Adern, sog jeden Hauch von Leben aus ihr. Die Verwandlung kostete sie Kraft, die Pein brachte sie zum Schreien. Tränen liefen über ihr Gesicht, während er ihr zusah, wie sie sich veränderte. Wie sie das erste Mal starb.

Schließlich bleckte sie die Zähne, stierte ihn an und er wusste: Sein Werk war vollbracht.

In einer kleinen Parallelstraße schlug er die Seitenscheibe eines Lieferwagens, der dort geparkt war, ein und nutzte Stahlketten, um sie im Wagen zu fixieren.

Einen letzten Kuss holte er sich von ihr.

Dann trat er zurück in die Schatten und beobachtete, wie die Sonne hinter dem Horizont ihre Lichtkegel warf.

In ihrem Gesicht spiegelte sich die Todesangst und er labte sich an ihrem letzten Schrei, dem Schrei aller Schreie da draußen – jenem, den er besonders gut kannte – ehe er sich umdrehte und durch ein Gewirr der Katakomben unter der Stadt verschwand.

Wir suchen ihn! Bei Nacht.

»Oh mein Gott«, flüsterte ich leise. Der Text erinnerte mich an Dave, aber die Assoziation konnte ich Oliver natürlich schwer verraten.

Ich spürte, wie er in meinen Schoß griff. In mir pulsierte alles, ich wünschte mir, mit ihm alleine zu sein. Ganz alleine. Er rieb über meinen Venushügel und an meiner Klitoris. Ich versuchte, mich auf seine Finger zu schieben, doch er ließ von mir ab. Frustriert stöhnte ich auf.

»Wie heißt der Künstler?«, fragte ich resigniert.

Ich hörte, wie Oliver etwas in die Hand nahm und darin blätterte. »Ist eine Frau. Nala Martin«, sagte er schließlich.

Ich zuckte mit den Schultern. »Sagt mir nichts.«

»Mir auch nicht.«

Ich spürte, wie er hinter mir meinen Mantel aufhob und ihn mir über meine Schultern legte. »Zieh dich an. Wir müssen den Raum wechseln«, sagte er. Ich schlüpfte in die Ärmel und zog den Reißverschluss zu. Es erstaunte mich, wie schnell alles ging. Ich fühlte mich wohl, so wie es war. Er öffnete die Tür und ich hörte, dass andere Gäste bereits warteten. Sie wollten ebenfalls in den Raum.

»Wir kommen nun in einen Raum, in dem Bilder von einem Künstler namens Michael Findt hängen.«

»Der Name sagt mir etwas«, erklärte ich und Oliver schob mich in den Raum.

»Der Raum ist nicht sehr groß. In der Mitte steht eine Sitzbank, auf der man Platz nehmen kann. Wir werden die Tür gleich schließen. Sie ist mit einem Zeitschloss versehen. Dann haben wir zehn Minuten Zeit, bevor sich die Tür wieder öffnet.«

»Wow«, gab ich beeindruckt zurück.

Oliver schob mich auf die Bank und ich nahm Platz. Ich kam mir albern vor, ich wusste nicht, ob ich richtig saß, ob die Bilder vor oder hinter mir waren. Ich hörte die Tür ins Schloss fallen und ein piependes Geräusch ertönte. Zehn Minuten Ruhe vor der Welt. Zehn Minuten Zweisamkeit. Zehn Minuten Gefangenschaft.

»Sharon, mach deinen Mantel auf und zieh ihn aus«, sagte Oliver hektisch. Ich bemerkte, dass er schon sehr erregt war, seine Stimme klang fahrig.

Ich tat, was er sagte. Er setzte sich neben mich. Ich hörte, wie er seine Hose öffnete, und das Knistern einer Kondomverpackung. Der Geruch von Latex füllte den Raum.

»Steh auf«, sagte er leise. Er zog mich vor sich, zwang mich über sich und schon saß ich rittlings auf seinem Schoß. Abrupt drang er in mich ein. Ich stöhnte auf.

»Du sitzt mit dem Rücken zum Bild, aber das macht nichts. Das erste Bild würde dir nicht gefallen. Nicht das Bild, sondern die gezeigte Praktik. Eine Frau mit einem Kopfharness und einem Knebel, ihre Hände sind im Nacken gefesselt«, erklärte er hektisch. Oliver schob mich auf seinem Schoß auf und ab. Er keuchte. Ich ebenso. »Ihr Körper ist voll mit Wäscheklammern. Seitlich entlang, zielsicher gesetzt. Ihre Nippel stehen. Ihr Blick hat etwas Resigniertes und Leidendes. Es macht mich heiß«, flüsterte er und packte mich im Nacken. Ich jaulte auf. Abrupt ließ er von mir ab und schob mich von sich.

»Stell dich hin«, sagte er leise, aber bestimmend. Ich spürte, wie auch er aufstand, fühlte, wie er seine Finger um meinen Hals legte. Er würgte mich nicht, aber seine Hand zeigte mir, was er machen könnte, würde er zupacken. Als ob wir Tango tanzen würden, führte er mich rückwärts. Ich ließ mich führen, hatte nicht eine Sekunde Angst, zu stolpern oder mich zu verletzen. Plötzlich spürte ich hinter mir eine kalte Wand. Ich erschrak, atmete schnappend ein. Er drehte mich um, zog meinen Hintern zurück und drang in mich ein.

»Oh Sharon«, stöhnte er. »Das nächste Bild zeigt eine Pussy. Ach warte, du magst das Wort nicht, oder? Wie sollte ich es gleich noch mal nennen?«

Mir wurde heiß, mein Kopf feuerrot. Ich schüttelte den Kopf. Ausgerechnet hier. Das geht so nicht!, hämmerte es in meinem Kopf. Oliver stieß in mich.

»Komm schon, sag es. Wie soll ich es nennen, damit es dir gefällt?«, fragte er mich schonungslos.

Ich jaulte auf, war unfähig, das Wort auszusprechen.

»Sharon, wir haben nur noch fünf Minuten Zeit. Dann wird die Tür aufgehen. Mich stört es nicht, Zuschauer zu haben, aber du wirst damit sicher nicht glücklich«, zischte er. »Also los, sag es mir, damit ich das Bild zu Ende beschreiben kann.«

»Ffff«, mehr schaffte ich nicht. Sofort wurde mir siedend heiß.

»Na komm. Sag es.« Er quälte mich damit. Ich musste es nur aussprechen, danach wäre sofort alles vorbei und wir könnten zum nächsten Bild übergehen.

»Oh Gott«, rief ich leise.

»Noch vier Minuten.«

Der Zeitdruck war enorm.

»Fotze!«, rief ich schließlich.

»Richtig. So lautete deine Bezeichnung«, sagte er zufrieden. »Das nächste Bild zeigt eine Fotze, Klammern hängen an ihr und eine Nadel steckt darin. Die Klammern halten sie schön weit offen.«

Ich wimmerte, spürte, wie er zwischen meine Beine griff und in meine Schamlippen kniff. Er beugte meinen Oberkörper nach vorne und ich spürte ein Sideboard oder eine Fensterbank vor mir. Ich stützte mich darauf ab.

»Das letzte Bild, Sharon, könntest du sein«, sagte er und griff in meine Haare, packte sie fest und zog meinen Kopf weit zurück. Er stieß tief in mich, keuchte und stöhnte.

»Eine gefesselte Frau. Ihre Handgelenke und Beine sind mit Gurten fixiert. Sie liegt auf dem Boden, seitlich«, keuchte er. »Ihre Hände hat sie vors Gesicht geführt, fast, als könne sie nicht ansehen, was gleich geschehen würde. Doch sie schaut neugierig, ängstlich und schamhaft zwischen zwei Fingern durch. Ja, das könntest du sein.«

Ich stöhnte, spürte ihn tief in mir, bemerkte, dass ich nicht mehr lange brauchen würde.

»Noch 60 Sekunden, Sharon.«

Und nachdem er das gesagt hatte, hörte ich mich betteln. Ich bettelte um einen Orgasmus, um meine Erlösung an diesem Abend. Ich wollte den Druck hinausschreien, doch er presste seine Hand auf meinen Mund, um das zu verhindern. Ich spürte, wie auch er kam, und sofort, als er fertig war, zog er sich aus mir zurück. Eiligst entsorgte er das Kondom und ich hörte, wie er seine Kleidung ordnete.

Der Piep ertönte und die Tür sprang automatisch auf. Menschen kamen herein und ich stand da, immer noch nackt und keuchend. Oliver legte mir meinen Mantel über die Schultern und ich schlüpfte in die Ärmel. Es war mir furchtbar peinlich, nicht nur die Tatsache, dass ich gesehen werden konnte, sondern auch die Tatsache, dass ich nicht wusste, wer mich sah. Ich zog den Reißverschluss hoch und gemeinsam verließen wir den Raum und die Ausstellung.

Ich war fast froh um die Kälte, die draußen herrschte. So konnte ich meine innere Hitze in den Griff bekommen. Ich spürte die Feuchtigkeit zwischen meinen Beinen.

Wir liefen nebeneinander her, eingehakt, und für mich war es fast schon Gewohnheit, nichts zu sehen. So sicher, wie Oliver mich durch die Ausstellung geführt hatte, so sicher brachte er mich wieder zu sich nach Hause. Er half mir aus dem Mantel und ließ mich dann stehen. Ich bemerkte, wie ich wieder unsicher wurde. Er fehlte mir an meiner Seite, er hatte die Führung übernommen. Und jetzt stand ich allein auf weiter Flur, fühlte mich hilflos und ausgeliefert.

»Sharon?«, fragte er und ich drehte meinen Kopf ruckartig in die Richtung, aus der seine Stimme kam. »Folge meiner Stimme«, sagte er. »Komm zu mir. Geh langsam geradeaus. Der Weg ist frei.«

Vorsichtig setzte ich einen Fuß vor den anderen, ging in seine Richtung. Er lotste mich in die Küche. Ich hörte, wie er ein Glas aus dem Schrank holte und etwas einfüllte. Dann drückte er mir das Glas in die Hand.

»Nicht fallen lassen. Komm mit, wir gehen ins Wohnzimmer«, sagte Oliver leise. Ich folgte ihm, seiner Stimme, seinen Schritten. Wann immer ich unsicher wurde, rief ich seinen Namen und er reagierte. Ich hörte, wie er sich auf die Couch setzte. Und plötzlich überkam es mich. Ich hatte das tiefe Bedürfnis, mich vor ihm auf den Boden zu knien. Ihm zu zeigen, wo ich meinen Platz sah. Als wäre es eine Selbstverständlichkeit, und die war es für mich nun einmal nicht, kniete ich mich vor ihn.

»Sharon! Ich bin erstaunt«, rief Oliver aus, als ich das Glas in seine Richtung reichte. Er nahm es und strich mir über die Wange. »Danke«, sagte er sanft und ich hatte den Eindruck, dass er damit nicht nur das Glas Wasser meinte. Und auch wenn weder er noch ich sexuell auf derartige Demutsgesten standen, war das genau der Moment, der uns beide kickte.

»Ich beneide den Mann, der dich sein Eigen nennen darf. Ich hoffe, er weiß es zu schätzen!«

Ich wusste nichts darauf zu antworten. Ich spürte, wie er sich bewegte, wie er seine Hand an meine Wange legte. Ich drängte mein Gesicht in seine Handfläche.

»Aber ich fürchte, er weiß es nicht zu schätzen«, sagte er. Ich schwieg eisern, versuchte, keine Aussage oder Wertung von mir zu geben. Oliver seufzte. »Ich würde dich so gerne schlagen. Dafür, dass du nicht mir gehörst.«

Ich wusste, dass er sich seinen Gefühlen hingab. Es war üblich, dass sich Männer in ihre Domina verliebten. Ich kannte das schon. Na gut, hier war das vielleicht etwas weit hergeholt, dieser Mann hatte sich nicht in seine Domina verliebt, denn die war ich ja nun mal nicht. Mein Engelchen seufzte und malte ein Herzchen auf eine Tafel. Und auch mein Teufelchen war eigenartig ruhig. Es war ein befremdliches Gefühl für mich. Einerseits war ich glücklich, zu wissen, dass ich tatsächlich jemandem gehörte, den ich begehrte. Andererseits, und das war es, was mich irgendwie traurig stimmte, wünschte ich mir gerade in diesem Moment nichts mehr, als zu ihm gehören zu dürfen. Ich legte meine Stirn auf sein Knie und er griff in meinen Nacken. Gemeinsam schwiegen wir, versanken in der Ruhe der Nacht.

»Gut. Dann lass uns jetzt ins Bett gehen«, sagte er.

Er brachte mich ins Badezimmer, dimmte das Licht, sodass es mich nicht blendete, wenn ich wieder in die Welt der Sehenden trat. Meine Augen mussten sich erst daran gewöhnen, wieder mitzuarbeiten. Ich stellte fest, dass meine Aufmerksamkeit verlagert wurde. Die Geräusche, die mir vorher wie selbstverständlich aufgefallen waren, waren nun verschwunden. Es war eine interessante Erkenntnis, dass man Geräusche sehen und Licht hören konnte.

Kaum lagen wir im Bett, schloss er mich wieder in seine Arme. Und erneut schlief ich entspannt ein und wachte erst am nächsten Morgen wieder auf. Oliver schlief noch, als ich aufstand, um mir aus der Küche ein Glas Wasser zu holen.

Es war still und leise, nachts hatte es noch mal geschneit und draußen war die Schneedecke zu sehen. Es sah aus, als wäre die Welt in Watte gepackt. Als ich am Kühlschrank vorbeiging, fiel mein Blick auf einige Flyer, die da hingen. Flyer von bereits vergangenen und künftigen Fotoausstellungen. Mit einem roten Textmarker hatte er das Datum einer Ausstellung von einem Künstler namens

Wieglas markiert. Ob er mich dorthin auch wieder mitnehmen würde? Dann fiel mein Blick plötzlich auf das Kuvert, in den er damals das Geld für den Kuss gelegt hatte.

Ich sah mich um und lauschte. Alles war leise. Oliver schlief tief und fest. Sollte ich mal reinsehen? Ich wollte zu gerne wissen, wie viel Geld er mir bezahlt hätte für nur einen Kuss.

»Nein. Mach es nicht. Du weißt, das gehört sich nicht!«, rief mein Engelchen mahnend.

»Doch, schau rein. Nur daran kannst du sehen, wie viel du ihm wert bist«, flüsterte mein Teufelchen.

»Das macht man nicht!«, brüllte mein Engelchen, nahm seinen Heiligenschein vom Kopf und warf damit nach mein Teufelchen.

Ich griff danach. Nur ein kurzer Blick. Ich nahm den Umschlag ab und öffnete ihn. Er war leer!

»Guten Morgen, Sharon«, hörte ich Oliver hinter mir. Ich erschrak und fuhr herum.

»Ähm. Guten Morgen. Ich ähm …«, stotterte ich.

»Du hast hineingeschaut?«, fragte er.

»Ja. Ich … er war leer.«

»Ich weiß.«

»Warum?«, fragte ich traurig. Ich realisierte, dass er anscheinend keinen Kuss mehr von mir wollte. Dass es ihm nicht mehr wichtig war. Mir fiel plötzlich auf, dass er sich die letzten Male keine Zusatzleistung mehr erkauft hatte. Er hatte diesen Punkt der Manipulation weggelassen. Mir war zum Weinen zumute, doch ich riss mich zusammen. Wenn er mich nicht mochte, dann müsste er auch nicht erfahren, dass ich ihn doch gern hatte, zumindest so sehr, dass es mich verletzte, sein Angebot zurückgezogen zu wissen. Er nahm den Umschlag und legte ihn auf den Tresen.

»Ich habe eins gemerkt in den letzten Monaten, seit ich dich kenne. Du lässt dich zwar auf viel ein und um manches auch bitten, aber du hast einen Grundsatz, der deinen Wert erhöht: Du machst nichts, wozu du nicht zu hundert Prozent stehst. Und auch wenn du sicher den ein oder anderen Fehler gemacht hast, es gibt Prinzipien, denen du treu bleibst. All die Wochen hing der Umschlag hier an dem Kühlschrank und du hast ihn nicht ein einziges Mal angeschaut. Und auch wenn man es dir anmerkt, dass du hier oder da Geld brauchst, scheint das Geld noch nicht so wichtig zu sein, um deine Prinzipien über Bord zu werfen. Einen Kuss von dir kann ich mir finanziell nicht leisten. Das, was er in meinen Augen wert wäre, besitze ich nicht.«

Ich sah ihn an und war irritiert. Was meinte er?

Mein Engelchen war nun völlig verzweifelt. »Sie kapiert es immer noch nicht!«, rief es verzweifelt laut auf. Es griff nach einem Blatt Papier und schrieb seine Kündigung.

»Ich möchte auch keine andere Frau haben, Sharon. Wenn für deinen Partner Spuren von einem anderen Mann ein Problem sind, dann lassen wir sie weg. Es gibt noch so viele andere Möglichkeiten, SM auszuleben. Mich mit dir ausleben zu können, ist mir mehr wert, als dir körperliche Spuren zuzufügen«, sagte er.

»Warum bist du so?«, fragte ich ihn.

»Wie denn?«

»Na so … so nett? Ich meine hey, ich bin doch nur eine Hure.«

Er kam auf mich zu und griff an meinen Kopf.

»Dein Kopf, Sharon, ist dein größter Feind. Ich bin nicht dein Feind!«, erklärte er.

ZARTE BLÜTEN

Als ich an jenem Tag nach Hause fuhr, waren meine Gedanken ganz bei Oliver. Er verwirrte mich auf eine subtile, zarte Art und Weise. Es kam doch laufend vor, dass Gäste nicht nur Gäste waren, sondern irgendwie zu steten Begleitern wurden. Dumm wurde es nur, wenn Gefühle ins Spiel kamen.

Aus Angst davor, verletzt zu werden, behielt ich meine Gefühle immer für mich. Ich schluckte tapfer jede Ablehnung und weil ich nichts sagte, sondern den Schmerz mit mir selbst ausmachte, galt ich als »entspannt«, »problemlos« und »cool«. Letztlich verharmloste ich alle meine Gefühle, aber mir erschien dieser Weg der bessere zu sein.

Oliver ging anders damit um. Er sprach darüber. Er stand zu dem, was er sagte. Er war so unmännlich männlich. Ganz anders, als ich das innerhalb der SM-Szene, ob professionell oder privat, erlebt hatte, gab er sich seinen Begierden auf eine Art und Weise hin, die nichts mehr mit dem Klischee eines unnahbaren, permanent selbst kontrollierten Doms zu tun hatte.

Als ich zu Hause ankam, sah ich, dass das Lämpchen meines Anrufbeantworters blinkte. Ich hatte mehrere Nachrichten. Alle von Dave! Eine Nachricht nach der anderen. Er hatte wohl versucht, mich seit gestern Abend zu erreichen. Ich tippte sofort seine Nummer in mein Telefon ein.

»Ja?«

»Sharon hier, du hattest versucht, mich zu erreichen«, sagte ich.

»Sharon, Mensch, wo warst du denn? Ich hab mir Sorgen gemacht«, sagte er.

»Ich hatte dir doch erzählt, dass ich einen Termin habe.«

»Wo warst du danach?«, fragte er mich nach einer kurzen Pause.

»Ich hab da übernachtet, weil es so spät geworden war und wir eine schöne Zeit hatten.«

»Bei wem?« Seine Stimme war eisig, er kannte die Antwort.

»Bei Oliver«, seufzte ich. Und gerade wollte ich ihm sagen, dass alles geklärt war, dass ich nie wieder Spuren von anderen Menschen tragen würde, da flippte er aus. Er brüllte mich durchs Telefon an, schwor, dass er mich nicht verlieren wollte, schimpfte wie ein Rohrspatz.

»Entweder ich oder das Studio und deine Gäste! Entscheide dich und melde dich dann wieder!«, sagte er schließlich und legte auf.

Der Satz riss mir den Boden unter den Füßen weg. Wusste er, was er da von mir verlangte? Ich sank zusammen, meine Welt geriet völlig aus den Fugen. Ich dachte daran, wie glücklich ich am Abend zuvor noch gewesen war. Ich dachte an das Studio, die Arbeit, die mir Spaß machte, das Geld, das ich brauchte, um zu überleben. Es konnte nicht sein, dass er das von mir verlangte. Warum tat er das?

Die nächsten Tage erlebte ich wie in Watte gepackt, war unfähig, eine Entscheidung zu treffen. Ich wusste aber, dass er eine Entscheidung wollte. Ich fragte mich, was passieren würde, wenn er mit einziehen würde. Hier ins Haus. Er könnte sich an den Kosten beteiligen, ich könnte das Haus dadurch halten. Er müsste kein Hotel mehr bezahlen.

Würde er einziehen? Warum eigentlich nicht? Wenn ich ihn nett fragte, ihm sagte, was für ein Problem ich hätte, dann könnte er gar nicht Nein sagen. Ich war schließlich seine Freundin.

Also setzte ich mich an meinen Computer. Ich schrieb zuerst Sven, einem Stammgast von mir, dass ich unseren Termin aus privaten Gründen absagen musste und mich aus dem professionellen Bereich zurückziehen würde. Ich empfahl ihm eine meiner Kolleginnen, von der ich dachte, dass sie gut mit ihm klarkommen könnte. Es dauerte einige Minuten, bis ich es schaffte, die Mail an ihn abzuschicken. Ich stellte fest, wie viel Überwindung es mich kostete, auf den Senden-Button zu klicken.

Ich schluckte den Kloß in meinem Hals und verfasste eine neue E-Mail, an Oliver, in der ich versuchte, ihm das Unerklärliche zu erklären. Ich schrieb ihm, dass ich mich zurückziehen würde. Dass er sich nun wohl doch eine andere suchen müsste, ich ihm gerne Empfehlungen aussprechen würde. Ich schrieb ihm, dass es mir sehr leidtäte und ich unsere Zeit sehr genossen hätte. Dann wünschte ich ihm alles Gute für seine Zukunft.

Es vergingen einige Stunden und ich war gerade damit beschäftigt, die weiteren Schritte zu planen. Da klingelte mein Telefon.

»Hallo Sharon, Oliver hier, ich hab deine Mail bekommen«, sagte er.

»Ja«, sagte ich und schluckte alle negativen Gedanken und Gefühle. Seine Stimme zu hören schmerzte mich.

»Das ist sehr schade, dass du dich zurückziehst. Danke für dein Angebot, eine Alternative für mich zu finden, aber ich glaube, ich werde davon keinen Gebrauch machen.«

»Kein Problem. Ich wollte es dir nur angeboten haben.« Meine Stimme war klar, aber in meinen Augen standen die Tränen. Es tat so weh, ihn gehen zu lassen. Nicht weil er Geld brachte. Nein, so wie ich für ihn eine Begleiterin geworden war, war er für mich ein Begleiter geworden. Aber mein Partner ging natürlich vor und wenn ich an seine Grenzen stieß, musste ich eine Entscheidung treffen, um unsere Partnerschaft zu schützen.

»Solange dich deine Entscheidung glücklich macht, Sharon, ist alles in Ordnung«, sagte Oliver und ich konnte mir vorstellen, wie seine Augen fröhlich blitzten, eben weil er es so meinte, wie er es sagte. Und dieser Satz mit diesem Wissen dazu öffnete meine Tränenschleusen. Ich versuchte zu verheimlichen, dass ich weinte. Ich schwieg.

»Sharon? Bist du noch da?«, fragte er.

»Ja«, sprach ich leise. Mehr war gerade nicht möglich.

Oliver schwieg einen kurzen Moment.

»Sharon, ich möchte dich gerne noch einmal sehen. Ein letztes Mal. Ein gemeinsames Essen heute Abend. Was sagst du dazu?«, sagte er plötzlich. Ich versuchte, mich zu fassen, mich zusammenzureißen.

»Gute Idee«, flüsterte ich.

»Okay. 20 Uhr im Restaurant Tirol in Pöseldorf.«

Ich nickte und flüsterte: »Ja.«

Als er auflegte, heulte ich. Ich heulte den ganzen Schmerz meiner Entscheidung heraus. Alles, was sich tief in mir angestaut hatte. Ich weinte stundenlang, ich weinte um mein früheres Leben, ich weinte um Patrick, ich weinte um Dave und um Oliver. Ich fragte mich, wie mein Leben aussehen sollte. Wo würde es hinführen mit Dave?

Ich hatte eine dicke Make-up-Schicht aufgelegt, als ich abends zu Oliver ins Restaurant kam. Er sollte meine verquollenen Augen nicht sehen. Er war schon da und begrüßte mich, wie er es immer tat. Ich versuchte alles, um meine Fassung zu wahren. Ich lächelte charmant, kokettierte ein bisschen.

Ich versuchte, ihm klar und deutlich zu erzählen, dass es eine gute Entscheidung wäre, mich zurückzuziehen. Oliver lehnte sich zurück, legte einen Finger an seinen Mund und hörte mir aufmerksam zu. Er ließ mich reden. Irgendwann beendete ich meinen Vortrag mit: »Ja. So sieht das aus«, und mein Blick schweifte nervös durch den Raum. Und dann nahm Oliver seine Hand vom Mund, nickte, schwang sie kreisförmig durch die Luft und fragte:

»Glaubst du dir eigentlich selbst, was du da erzählst?«

Ich starrte ihn an.

Er beugte sich vor. »Du kannst zwar viel, aber wenn es etwas gibt, was du nicht kannst, dann ist das Lügen.«

Ich schnappte nach Luft. »Aber ...«, weiter kam ich nicht.

»Sharon, ich glaube dir kein Wort. Du hast nachhaltig und mehrfach betont, dass es eine gute Idee wäre, dich zurückzuziehen. Wenn es wirklich eine gute Idee ist, dann mach es. Dann geh deinen Weg. Aber du hörst dich so an, als müsstest du dich erst noch selbst davon überzeugen. Und das versuchst du, indem du immer wieder wiederholst, was du für das richtige Argument hältst. Aber davon wird die Sache auch nicht besser«, fuhr er fort.

Ich sank in mir zusammen und nickte. Ich nickte einfach nur. Damit hatte Oliver nicht gerechnet, aber er wusste auch nicht, dass er mit seinen Worten offene Türen einrannte.

»Magst du deine Arbeit im Studio?«, fragte er.

»Ja. Sehr sogar.«

»Was daran gefällt dir am besten?«

»Ich kann ausbrechen. Etwas machen, was andere nicht machen. Ich habe mit Menschen zu tun, die mir sehr viel von sich zeigen. Mehr als so mancher Therapeut oder Arzt von ihnen erfährt. Ja sogar mehr als die eigene Ehefrau. Und die Arbeit mit den Kolleginnen, das gemeinsame Eintauchen in eine ganz andere Welt, gefällt mir auch.«

Oliver lächelte leicht. »Für wen lohnt es sich, das aufzugeben, was du mir hier mit strahlenden Augen erzählst?«

Mir war nicht aufgefallen, dass ich dabei gestrahlt hatte. Dass mir beim Gedanken an die Arbeit ein Lächeln über das Gesicht gehuscht war. Ich zuckte mit den Schultern.

»Okay. Ich stelle die Frage anders: Für wen gibst du das auf?«

»Für Dave, meinen Freund.«

»Wer ist Dave? Erzähl mir von ihm.«

Ich erzählte ihm von Dave. Ich erzählte ihm, dass Dave vor langer Zeit Gast bei mir gewesen war.

»Ich denke, ich bin verliebt«, sagte ich.

»Du denkst? Oder du weißt?«

Ich seufzte.

»Tut dir Dave gut?«, fragte er.

Mein Teufelchen stellte den Beamer an und ließ einen Dave-Film über meine Hirnkinoleinwand laufen. »Irgendeiner muss ja die Arbeit vom Nachthemdheini übernehmen«, murmelte es dabei. Ich sah alle Situationen. Die schönen, die weniger schönen, die ganz hässlichen.

»Ich weiß es nicht«, sagte ich.

Oliver rutschte mit seinem Stuhl näher an den Tisch. Er runzelte die Stirn. Ich hörte, wie sein Handy klingelte. Pflichtbewusst schwieg ich, damit er in Ruhe telefonieren könnte, doch er stellte es aus. Das Gespräch mit mir schien ihm wichtiger zu sein.

»Wer ist er? Was macht er mit dir, dass du denkst, du wärst verliebt, und nicht weißt, ob er dir guttut?«

»Na ja, wir machen SM. Wir haben eine 24/7-Beziehung.«

»Dagegen ist ja nichts zu sagen. War es deine Idee, das Studio zu verlassen und dich zurückzuziehen, weil du denkst, dass er es verlangen könnte?«

Ich schüttelte den Kopf.

»Nein. Er möchte es. Er sagt klipp und klar, entweder er oder das Studio.«

Oliver nickte. »Und du willst das auch?«

Ich schüttelte erneut den Kopf.

»Was willst du? Wie sähe dein Optimalfall aus? Wie sähe dein Leben aus, wenn es nur nach dir gehen würde?«, fragte er weiter. Ich kam mir vor wie im Kreuzverhör.

»Mein Haus, ich würde auf jeden Fall mein Haus behalten wollen. Und ich hätte gern einen normalen Alltagsjob, ganztags, wenn es geht. Damit ich mein Haus bezahlen kann. Nebenher noch ein paar meiner Gäste, die mir wirklich ans Herz gewachsen sind. Natürlich Zeit mit meiner Familie. Zeit für mich. Zeit für meine Freunde. Eine Beziehung zu einem Mann, den ich liebe und begehre und der mich liebt und begehrt«, erklärte ich. »Wenn es nach mir ginge, hätte ich keine Existenzprobleme«, fügte ich nach einem kurzen Moment noch hinzu.

Oliver nickte erneut. »In deiner Erzählung kommt an keiner einzigen Stelle Dave vor. Wundert dich das nicht?«, fragte er.

Ich atmete scharf ein.

»Du wünschst dir eine Beziehung, in der du geliebt und begehrt wirst. Kann es sein, dass dein Dave dich nicht liebt oder begehrt?«

Seine Worte trafen mich.

»Er sagt, dass er mich nicht verlieren will«, beteuerte ich.

»Und doch macht er genau das, wodurch er dich verlieren könnte: Er stellt dich vor eine Wahl, die du gar nicht möchtest.«

Ich ärgerte mich, dass er recht hatte. Es machte mich wütend.

»Du kennst ihn gar nicht, du kannst das nicht beurteilen.«

»Hilft er dir? Ist er da, wenn es dir nicht gut geht? Hilft er dir, deine Existenzprobleme in den Griff zu bekommen?«

Ich seufzte und lehnte mich resigniert zurück.

»Was hast du schon gemacht, um es zu ändern? Um dein Problem in den Griff zu kriegen?«, fragte er. »Was hast du gemacht, um dein Leben in deinen Optimalfall zu verwandeln?«

Seine Fragen waren klar und präzise, doch ich konnte nicht antworten. Ich schluckte meine Tränen.

»Ich weiß, dass ich nicht in der Position bin, dir einen Rat zu geben, aber ich möchte es dennoch machen. Ob du ihn annimmst, ist deine Sache: Halte dich an die Menschen, die dir Gutes tun und für die du einen Wert hast.«

Ich nickte. Ich nickte, denn etwas anderes ging nicht.

»Ich bin so demotiviert«, jammerte ich schließlich. »Kein normaler Job ist möglich. Wer nimmt denn schon eine, die als Domina arbeitet?«, fragte ich rhetorisch.

»Wie viele Bewerbungen hast du denn geschrieben?«, fragte er.

Ich schluckte und schüttelte den Kopf. »Ein paar.«

Oliver stand auf und ging zum Tresen, um dort nach einer Tageszeitung zu greifen. Er schlug den Teil mit den Stellenanzeigen auf und legte ihn vor mir auf den Tisch.

»Hier«, sagte er und tippte mit dem Finger auf eine Anzeige. »Diese Firma sitzt im selben Gebäude wie meine Kanzlei. Die suchen händeringend nach guten und zuverlässigen Mitarbeitern. Dass du zuverlässig bist, das weiß ich. Ob du gut bist, kann ich nicht beurteilen.« Er sah mich herausfordernd an. »Und hier«, er tippte auf eine weitere Anzeige, »von denen weiß ich auch, dass sie seit einiger Zeit suchen. Und hier, die ebenfalls. Und wenn ich das so überfliege, gibt es da eine Menge Firmen, die gute Informatiker suchen. Wenn du es wirklich willst, wirst du eine Stelle finden.«

Er pfefferte mir seine Aussagen entgegen, wie ein Schnellschussgewehr.

»Ja aber ...«, weiter kam ich nicht.

»Pack dein Leben und nimm es in die Hand. Ob mit diesem Dave oder ohne ist deine Entscheidung. Aber zieh dein Ding durch. Denn wenn es dumm läuft, und da spreche ich aus beruflicher und privater Erfahrung, stehst du am Ende allein und ziemlich blöd da. Mit einem Leben, das dir ein anderer aufgedrückt hat.«

Ich seufzte.

»Und dein Argument, dass du nichts finden würdest, weil du Domina bist, hinkt ganz massiv. Denn egal ob privat oder beruflich, es gibt immer Menschen, die dir positiv gesinnt sind und dich, den Menschen, nicht die Professionelle, mögen.«

Ich seufzte erneut und nickte. Ich nahm einen Schluck aus meinem Rotweinglas. Oliver lehnte sich zurück und betrachtete mich. Seine Augen blitzten und ich bemerkte, wie sehr er die Zeit mit mir genoss, auch wenn er mir gerade den Kopf waschen musste.

»Bist du verliebt in dein Problem?«, fragte er herausfordernd.

Trotz der Tränen in meinen Augen und trotz meiner mich völlig überfordernden Situation lächelte ich leicht. »Hm«, sagte ich und sah ihm direkt in die Augen, »ich glaube, ich verliebe mich gerade in die Lösung.«

Oliver zwinkerte, nahm sein Glas und prostete mir zu. »Eine gute Antwort!«

Ich bedankte mich bei ihm für all seine Ratschläge, für das, was er mir die letzten Wochen und Monate gezeigt hatte. Ohne dass es seine Intention gewesen war, war er zu meinem Mentor geworden.

»Triff deine Entscheidung für dich. Nicht für andere«, sagte er, als wir uns verabschiedeten. Dann griff er in die Innentasche seines Mantels und zog eine Visitenkarte hervor. Er gab sie mir.

»Du meinst, falls ich Dave heiraten sollte und einen Scheidungsanwalt brauche?«, unkte ich.

Oliver schüttelte den Kopf. »Es wäre schön, weiterhin von dir zu hören. Schreib mir oder ruf mich an. Vor allem, wenn du Hilfe brauchst«, bat er mich. Ich nahm seine Karte und steckte sie in meine Handtasche. Wir wussten wahrscheinlich beide, dass ich sein Hilfsangebot nie annehmen würde. Trotzdem nahm er mich in den Arm und hielt mich fest. Ich hatte das wohlige Gefühl, in Sicherheit zu sein, solange er bei mir war. Der Gedanke, dass er gleich nicht mehr da sein würde, zerriss mir fast das Herz. Ich klammerte mich an ihn.

»Du denkst sicher, ich bin die totale Heulsuse«, sagte ich, als er erneut meine Tränen in den Augen sah. Er schüttelte den Kopf und presste seinen Finger auf meine Lippen.

»Nein. Ich denke, du bist ein toller Mensch.«

Er sah mich an, mit diesem erwartungsvollen Gesichtsausdruck. Und weil ich nicht aus meiner Haut konnte, weil ich es einfach nicht schaffte, schwieg ich. Obwohl in meinem Kopf die Worte hämmerten, die ich am liebsten ausgesprochen hätte: »Geh nicht! Bleib bei mir.«

Er ging zu seinem Auto und bevor er einstieg, hob er seine Hand und winkte mir nochmals kurz zu. Ich beobachtete, wie er wegfuhr. Und selbst da spürte ich immer noch seinen Finger auf meinen Lippen. Ich wusste, dass er mit jedem seiner Worte recht hatte. Es war meine Entscheidung. Meine Entscheidung, ob ich meiner Arbeit weiterhin nachgehen wollte oder nicht. Es war meine Entscheidung. Nicht Daves Entscheidung. Fakt war, dass Dave wollte, dass ich mich entschied.

Ich dachte an Dave. Fragte mich, wo er gerade war. Und ich stellte fest, dass es unwichtig war, wo er sich befand. Ich stellte fest, dass nicht er, sondern ich eine Entscheidung zu fällen hatte.

Als ich zu Hause ankam, nahm ich ein Blatt Papier und schrieb auf, was mir besonders gut gefiel an meinem Leben. Dann schrieb ich auf, was mir nicht gut gefiel, was ich gerne ändern wollte. Schließlich erstellte ich eine Liste von den Dingen, die ich an Dave mochte. Ich mochte sein Aussehen. Er fixte mich optisch an. Ich mochte seine Stimme, sie war Musik in meinen Ohren. Ich mochte es, wie er sich kleidete. Ich mochte es, wenn er mit mir spielte, mich an Grenzen brachte. Ja, das war in der Tat einer der großen Punkte. So, wie Dave mit mir spielte, spielte kein anderer mit mir. Die Grenzen, die ich mit ihm überschritten hatte, hatte kein anderer überschritten. Dann schrieb ich auf, was ich nicht an ihm mochte. Ich mochte es nicht, dass er außerhalb unserer gemeinsamen Zeit immer kurz angebunden war. Ich mochte es nicht, dass er kaum Zeit für mich hatte. Ich hasste es, wenn er cholerische Anfälle bekam und dadurch unberechenbar wurde. Ich mochte es nicht, dass er mich in eine Situation drängte, in die ich nicht wollte.

Als ich meine Listen fertig hatte, sah ich sie an. Mir fehlten meine inneren Stimmen. Das Teufelchen saß nur noch traurig in der Ecke, seit mein Engelchen gekündigt hatte. Es war keiner da, der mir bei dieser Entscheidung beistand. Ich musste sie ganz alleine treffen, also arbeitete ich weiter an meiner Erkenntnis. Ich lehnte mich zurück und stellte mir vor, wie es wäre, mit Dave unter einem Dach zu leben. Ich stellte mir vor, wie wir gemeinsam auf der Terrasse saßen und einen Kaffee tranken, während meine Kinder um uns wuselten. Konnte das funktionieren? Er mit meinen Kindern? Er als Teil dieser Familie? Ich stellte mir vor, wie wir abends gemeinsam am Tisch saßen.

Und dann setzte ich mich an den Computer und tippte eine lange Mail. Ich löschte sie wieder und schrieb ihm, dass ich mich entschieden hätte und ihm meine Entscheidung gerne mitteilen wollte. Danach trat ich meinen bisher schwersten Gang an. Ich fuhr ins Studio, um meine Sachen zu packen. Die Mädchen sahen, wie ich litt. Sie hatten mir Blumen gekauft und eine Karte, auf die sie alle noch ihre besten Wünsche für meine Zukunft schrieben.

Einerseits war es richtig, es war wichtig für mich, aus dem Gewerbe herauszukommen. Es war wichtig für mich, ein solides Leben aufzubauen, bei dem nicht permanent ein Drahtseilakt von mir gefordert wurde. Andererseits empfand ich meine Arbeit als Domina als Berufung. Und dass ich nicht mal meine Stammgäste behalten konnte, schmerzte mich sehr. Wenigstens die Stammgäste hätte er mir lassen können. Wenigstens Oliver!

Ich fuhr nach Hause und nahm meine Website aus dem Internet. Das war der letzte Schritt, der Abschied aus dem Paralleluniversum, aus meiner dunklen Welt. Ab jetzt würde es nur noch ein Leben für mich geben.

Dave antwortete am Tag darauf und wir vereinbarten ein Treffen, welches erst zwei Wochen später stattfinden sollte. Ich war traurig darüber, dass er so viel Zeit vergehen ließ, aber dennoch nutzte ich die Zwischenzeit, um Bewerbungen zu verschicken. Ich holte mir Hilfe von Kathi, die begeistert zusah, wie ich mein Leben umkrempelte. Sie unterstützte mich, sagte mir immer wieder, dass diese Entscheidung die richtige sei. Sie fragte, wie ich plötzlich auf die Idee gekommen sei, das Studio zu verlassen. Ich wagte es nicht, ihr von Dave zu erzählen, obwohl mein schlechtes Gewissen mich massiv drückte. Irgendwann hätte ich gern mit ihr, ihrem Mann und natürlich auch mit Dave einen netten Abend im Restaurant verbracht. Aber allein die Vorstellung war absurd. Kathi würde Dave nie akzeptieren, da war ich mir sicher.

Eine Woche später bekam ich einen Anruf und wurde tatsächlich zu einem Vorstellungsgespräch eingeladen. Ich war völlig überrumpelt und nun hieß es, mich optisch fürs Büro herauszuputzen. Ich kramte dazu meine Kostüme hervor, die ich hier und da bei Kundengesprächen trug. Am selben Tag wie das Vorstellungsgespräch sollte auch mein Treffen mit Dave stattfinden.

Ich freute mich, denn so konnte ich ihm gleich zeigen, dass ich tatsächlich vorhatte, das Studio zu verlassen. Welch einen besseren Beweis könnte es geben?

»Es ist bitter, dass du ihm alles beweisen musst! Wo ist die Sharon, die ich gekannt habe? Die rufen würde: ›Glaub es oder lass es!‹«, fauchte plötzlich mein Teufelchen. Ich war erstaunt über diese klaren Worte des Gehörnten.

VERÄNDERUNG

Als wir uns abends in der Bar trafen, umarmte Dave mich herzlich. Er nahm neben mir Platz und fragte, wie es mir ginge.

»Danke, sehr gut«, sagte ich.

»Du strahlst auch so«, meinte er.

Wir bestellten zwei Cocktails und schließlich erzählte ich Dave, dass ich das Studio verlassen hätte. Er lächelte begeistert.

»Das freut mich sehr.«

»Ja, mich auch. Die Arbeit ist zwar schön, ich mag sie gerne, aber irgendwann ist es tatsächlich an der Zeit, einen Wechsel einzuleiten«, erklärte ich.

Dave rückte näher an mich heran. Er nahm meine Hand und begann, sie zu streicheln. Eigentlich eine zärtliche Geste. Aber plötzlich merkte ich, dass mir diese Geste zuwider war. Dass ich nicht von ihm gestreichelt werden wollte, genauso wenig wie ich wollte, dass er mich schlug. Diese Distanz, die er dabei entwickelte, zerstörte mich. Die Distanz in unserer Beziehung konnte ich nicht ertragen. Ich wollte nicht, dass wir uns so selten sahen, obwohl wir so gut wie in derselben Stadt lebten. Aber ich bemerkte auch, dass ich ihn gar nicht mehr sehen wollte. Oliver hatte recht mit dem, was er gesagt hatte. Wenn es dumm liefe, würde ich irgendwann tatsächlich alleine dastehen, mit einem Leben, das ich so nie gewollt hatte. Ich beschloss, alles auf eine Karte zu setzen. Ich zog meine Hand weg.

»Wie ist das eigentlich, Dave? Wie lange wirst du noch in Hamburg bleiben? Wirst du wieder nach Portugal gehen?«, fragte ich.

Dave sah mich erstaunt an. »Natürlich. Es ist mein Heimatland. Früher oder später werde ich wieder zurückgehen.«

»Früher oder später?«

»Je nachdem, wo mein nächstes Projekt sein wird.«

»Und was wird dann aus mir?«, fragte ich. Immerhin war ich die, die sich ihm unterwerfen sollte. Ich war dann quasi sein Eigentum.

»Deine Kinder sind hier, du hast hier ein Haus, du wirst dann natürlich hierbleiben.«

Ich nickte hektisch.

»Hör zu, das geht nicht«, sagte ich plötzlich, ohne wirklich kontrolliert zu haben, was ich da von mir gab. Dave wirkte überrascht. »Ich hatte die Hoffnung, dass es zwischen uns wieder wie früher werden würde. Aber das funktioniert nicht. Ich bin verliebt. Nicht in dich, sondern in das, was ich mir von dir erhofft habe. Aber das kannst du mir nicht geben. Ich glaube, unsere Beziehung hat keine Zukunft. So, wie es im Moment läuft, tut es mir nicht gut«, erklärte ich und war überrascht über meine eigenen, klaren Worte.

Dave war sprachlos. Und ich begeistert von mir.

»Ich möchte mein Leben nicht damit verbringen, auf dich zu warten und von einem Projekt aufs nächste zu hoffen. Ich mag dich wirklich sehr gerne, aber ich glaube, für eine Beziehung reicht es einfach nicht mehr. Es tut mir leid, wenn ich nicht so sein kann, wie du dir das wünschst. Aber ich will auch nicht so sein, wie du dir das wünschst!«, sagte ich. Den Spruch mit »Freunde bleiben« behielt ich für mich.

Dave stand auf. Er war außer sich vor Wut, das konnte ich sehen. »Ist das dein Ernst, Sharon?«, zischte er und versuchte, sich zu beherrschen. Ich nickte. Ja, es war mein Ernst. Ein Mann, der von mir alles verlangte, musste mir auch eine Menge bieten. Die Waagschalen, die mit allem bestückt waren, was wir jeweils für die Beziehung zu bieten hatten, war im Ungleichgewicht. Ich würde erheblich mehr geben als Dave. Und mir war klar, dass ich früher oder später alleine wäre, alleine mit mir. Und ich wusste, dass ich dann wieder lernen müsste, mein Leben ohne ihn zu leben, ohne seine Anleitung, ohne seine Befehle. Und bevor ich das in einigen Jahren machte, wollte ich es lieber gleich machen.

Ich nickte. Ich konnte sehen, wie sehr ich ihn getroffen hatte mit meiner Ablehnung. Ich konnte seine Wut und seine Enttäuschung erkennen. Dave war verletzt. Und selbst wenn ich jetzt erkennen sollte, dass er mich tatsächlich geliebt hatte, war es zu spät.

»Es tut mir so leid, Dave«, flüsterte ich.

Dave schüttelte den Kopf. Seine Augen glänzten, ich konnte sehen, dass Tränen darin standen. Er nahm den letzten Schluck aus seinem Glas und dann hob er die Hand. Ich zuckte kurz zurück, in der Angst, er könnte mir hier eine Ohrfeige verpassen. Er ließ die Hand sinken, schüttelte erneut fassungslos den Kopf. Dann drehte er sich um und verschwand.

Ich klammerte mich an mein Glas und weinte. Ich weinte um mein Idealbild, welches ich von ihm hatte. Und um Dave, wie er war. Ich weinte allerdings nicht um das, was ich nie haben würde. Denn wer wusste schon, was die Zukunft bringen würde?

DER ERSTE TAG

Vor der Tür ertönte eine Autohupe. Ich griff nach meiner Jacke und meiner Tasche. Schnell warf ich noch einen Blick in den Spiegel, ehe ich zur Tür hinaushetzte. Es war Frühling geworden und das merkte man an den Temperaturen. Die ersten Blumen steckten ihre Köpfe durch die Erde.

»Wie aufregend! Dein erster Tag!«, rief Kathi.

Ich sprang durch die offen stehende Beifahrertür ins Auto und umarmte sie herzlich. Sie würde mich mitnehmen in die Stadt, mich abliefern vor dem Gebäude, in dem ich künftig arbeiten würde.

»Oh mein Gott, ich bin so aufgeregt«, jammerte ich.

»Du schaffst das schon. Merk dir nur: Auf die Knie!, ist kein adäquater Einstieg.«

Ich musste lachen und wir fuhren los. 20 Minuten später waren wir da. Kathi wünschte mir viel Glück und ich stieg aus. Ich sah ihr hinterher, als sie wegfuhr. Dann atmete ich tief ein und lief den Gehweg entlang, durch die Eingangshalle zu den Fahrstühlen. Ich drückte auf den Knopf, um einen davon zu holen. Die Firma war im fünften Stockwerk.

Als sich die Türen öffneten und ich einstieg, stand Oliver vor mir, tief versunken starrte er auf das Display seines Smartphones und runzelte konzentriert die Stirn.

»Moment!«, rief jemand und stürmte durch die Tür herein.

Ich drückte gerade auf den Knopf, als Oliver den Kopf hob und mich ansah. Ich hatte das Gefühl, mein Herz setzte kurz aus. Wir hatten uns lange nicht mehr gesehen und er sah aus, wie er immer aussah. Wie ich es mochte. Er trug einen Anzug, dazu ein Hemd und eine Krawatte. Stocksteif, so wie ich es nicht anders von ihm gewohnt war. Ich wollte ihn so gerne begrüßen, doch ich wagte es nicht, etwas zu sagen.

»Frau Kernert! Sie sind doch unsere neue Systemadministratorin, richtig? Ich hab Sie doch gleich erkannt«, sagte eine Stimme, die zu dem Mann gehörte, der eben noch in den Fahrstuhl gehastet war. Er reichte mir die Hand und schüttelte sie hektisch. »Maier, Buchhaltung«, kam kurz und knapp über seine Lippen.

»Freut mich sehr«, sagte ich.

Oliver grinste, sagte aber nichts. Seine Augen funkelten, ich bemerkte, dass er wirklich gute Laune hatte. Im fünften Stock stieg ich gemeinsam mit dem neuen Kollegen aus dem Fahrstuhl aus und drehte mich noch mal kurz um. Oliver nickte mir aufmunternd zu, dann schlossen sich die Türen wieder. Mir wurde mein Büro gezeigt und alles Wichtige erklärt. Da klingelte plötzlich mein Telefon.

»Abheben und dann hier drücken«, erklärte mir eine der Sekretärinnen und ging dann aus meinem Büro, damit ich in Ruhe telefonieren konnte.

»Kernert, guten Tag«, meldete ich mich seriös und furchtbar aufgeregt.

»Guten Tag, Frau Kernert. Vogt mein Name. Ich habe da ein Problem mit meinem Internetzugang, ich befinde mich im selben Gebäude wie Sie. Könnten Sie mir kurz dabei behilflich sein?«, fragte die Stimme am anderen Ende. Ich stutzte kurz, musste dann grinsen und beschloss, auf sein Spiel einzusteigen.

»Herr Vogt, helfen könnte ich Ihnen bestimmt. Aber zu meiner und auch Ihrer Sicherheit würde ich Ihnen einen Kollegen empfehlen und diesen zu Ihnen schicken«, erklärte ich.

Oliver lachte. »Nun, das ist ja sehr bedauerlich, aber ich glaube, es funktioniert alles schon wieder. Aber wo ich Sie schon am Telefon habe: Wie wäre es, wenn Sie mich nach Feierabend zum Essen begleiten?«

»Gibt das mein Arbeitsvertrag her?«, fragte ich.

»Das müssten Sie selbst prüfen. Meiner jedenfalls untersagt es mir nicht.«

»Dann rechnen Sie doch einfach damit, dass ich um 17 Uhr vor Ihrer Kanzlei stehe. Zehnter Stock war das, oder?«

»Ich freue mich«, sagte er. »Ach und Frau Kernert, noch etwas Wichtiges. Würden Sie mir Ihren Vornamen verraten?«

Ich grinste spitzbübisch. »Das, Herr Vogt, müssen Sie sich erst noch verdienen.« Ich lehnte mich in meinem Stuhl zurück und betrachtete meinen Schreibtisch.

Mit dunkler Stimme sagte er: »Ich werde dich für diese freche Antwort übers Knie legen.«

Ich presste den Hörer fest an mein Ohr. »Ich bitte darum!«, hauchte ich. Dann vernahm ich ein monotones Tuten. Er hatte aufgelegt und ich tat es ihm gleich.

Mein Engelchen jammerte mein Teufelchen gerade an, wieder eingestellt zu werden. Der Gehörnte ließ sich lange bitten, ließ meinen Heiligenscheinträger auf den Knien herumrutschen, ehe er ein »Ja« von sich gab. Die beiden feierten es mit einer satten Orgie. Und dann, plötzlich, kam es wieder auf mich zu.

»Das ist er also. Das ist der erste Tag deines neuen Lebens«, flüsterte es leise in mein Ohr.

Ich nickte und nahm meine Hände hinter den Kopf. Ja das ist er. Der erste Tag vom Rest meines Lebens.

Und ein kleiner Hauch von Stolz umwehte mich, wissend, dass ich meinen Selbstwert erhöht hatte, indem ich meine eigenen Ziele verfolgte. Ob mit Oliver oder ohne ihn, ob als Single oder in einer Beziehung, ob als Informatikerin oder Domina oder vielleicht sogar beides: Ich wusste, meine Zukunft gehörte mir!

NACHWORT

Wir sind nun am Ende des Buches angelangt und ich möchte die Chance nutzen, mich bei einigen Menschen zu bedanken, die mir sehr geholfen haben, dass dieses Buch den Weg in die Öffentlichkeit gefunden hat.

In erster Linie natürlich bei meinen Betalesern Andrea, Emma, Ina, Iris, Kathi, Carl, Nicole, Nico, Nico N., Simon und Sven, die mir wieder unermüdlich geholfen haben, alle Ecken und Kanten so zu schleifen, dass sich der Leser daran entweder gar nicht oder ganz ordentlich stößt.

Außerdem bedanke ich mich bei meinem Coverfotografen Michael Papendieck sowie den Fotografen Ina Rohden, Heinrich von Schimmer, Holmsohn und Michael Findt, die mir für die Fotoausstellung im Roman ihre Werke zur Verfügung stellten.

Und natürlich auch ein Danke an meinen Verlag, der mir immer mit Rat und Tat zur Seite steht.

Ich habe im vergangenen Jahr viel Feedback zu meinem Debütroman erhalten. Darunter waren gute, anregende Kommentare, aber auch viele Pauschalverurteilungen. Eine Aussage davon ging mir nicht mehr aus dem Kopf und ich möchte sie hier zitieren: »Was wohl Ihre Eltern dazu sagen? Ich würde mich schämen!«, stand in einem Kommentarfeld unter einem Zeitungsartikel. Ich möchte diesen Punkt gerne aufgreifen, da er meiner Meinung nach ein wichtiger Aspekt ist: die Toleranz im engen Umfeld.

Meine Eltern erfuhren von meinem Buch bereits zu einem frühen Zeitpunkt, als klar wurde, dass es veröffentlicht wird. Als sich herauskristallisierte, welch ein Medienecho *Safeword* nach sich ziehen würde, besprach ich mich erneut mit ihnen. Meine Eltern sicherten mir ihre Unterstützung zu, und zwar in vollem Umfang. Sie verfolgten sämtliche Zeitungsartikel und sammelten alle, die in Österreich, meinem Heimatland, erschienen sind, und informierten mich darüber. Sie erwähnten häufig, wie stolz sie auf mich seien.

Und obwohl ich selbst bereits Mutter bin, stellte ich fest, wie wichtig dieser Rückhalt ist. Nein, es hätte sich nichts verändert, wenn sie keine gute Meinung über mich gehabt hätten. Ich wäre meinen Weg so oder so gegangen. Aber das Wissen, dass sie diesen Weg mit mir gehen, mich unterstützen und zu mir stehen, hat ihn mir auf jeden Fall erleichtert.

Meine Eltern sind in diesem Punkt Vorbilder für mich. Denn jedes Outing, ob das nun die Veröffentlichung eines erotischen Romans ist, ein Dasein als Sexarbeiter oder ein Outing bezüglich Homosexualität oder Polyamorie, erfordert Mut. Der Rückhalt, den Eltern in diesem Punkt geben können, tut enorm gut und gibt Kraft, sich in den Gegenwind zu stellen, der durch die gesellschaftlichen Normen geprägt ist. Es beeindruckt mich, welch eine Stärke die Worte »Ich stehe zu dir, auch wenn es nicht meine Welt ist« schenken können, und ich wünsche jedem Menschen eine solche bedingungslose Unterstützung, wie ich sie hatte – egal welches Outing ihm bevorsteht. Um es mit den Worten von Oliver zu sagen: »Steh zu dir. Nicht nur theoretisch, sondern auch praktisch!«

Ich freue mich immer über Feedback zu meinen Büchern. Schreiben Sie mir, wenn Sie Fragen oder Denkanstöße haben. Und vielleicht lesen wir uns wieder in einem meiner nächsten Bücher.

Nala Martin

DIE AUTORIN

Nala Martin wurde 1980 in Wien geboren und lebt heute mit ihrer Familie in der Nähe von Hamburg. Mit Leidenschaft arbeitet sie in zwei ganz unterschiedlichen Berufen: Sie ist studierte Informatikerin und professionelle Domina. Seit 2003 schreibt sie vor allem Kurzgeschichten und Kolumnen. PANIC SNAP ist die Fortsetzung ihres Debütromans SAFEWORD.

Nala Martin
PANIC SNAP
Ein SM-Roman

ANAIS Band 40
ISBN 978-3-86265-323-2
ANAIS ist ein Label des Berliner Schwarzkopf & Schwarzkopf Verlages.

1. Auflage September 2013

KATALOG
Wir senden Ihnen gern kostenlos unseren Katalog
Schwarzkopf & Schwarzkopf Verlag GmbH | Leserservice ANAIS
Kastanienallee 32 | 10435 Berlin
Telefon: 030 – 44 33 63 00 | Fax: 030 – 44 33 63 044

INTERNET | E-MAIL
www.anais.de | info@anais.de